도미노

DOMINO
ⓒRiku Onda 2004
First published in Japan in 2004 by KADOKAWA CORPORATION, Tokyo.
Korean translation rights arranged with KADOKAWA CORPORATION, Tokyo
through JM Contents Agency Co.

Korean translation copyright ⓒ Viche, an imprint of Gimm-Young Publishers, Inc. 2023

도미노

온다 리쿠 장편소설 — 최고은 옮김

ドミノ

비채

인생에서 우연은 필연이다

ドミノ

차 례

등장인물 한마디   8

도쿄역 지도   12

도미노   14

옮긴이의 말   349

등장인물 한마디

호조 가즈미(28)
간토생명 야에스 지사 사무직원
모두가 의지하는 중견사원.
"무릎 통증은 뭐든지 가르쳐주지. 기상청이나 점쟁이보다 정확하다고."

다가미 유코(22)
간토생명 야에스 지사 사무직원
열혈 유도인. 단것에 정신을 못 차림.
"할아버지 할머니에게 자리를 양보합시다. 거기 당신, 자는 척하지 마!"

가토 에리코(23)
간토생명 야에스 지사 사무직원
냉정하고 침착한 성격, 하지만 과거에는……
"사람은 물러날 때를 알아야 해. 계속 현역에 눌러앉으려니, 꼴사납잖아."

누카가 요시히토(48)
간토생명 야에스 지사 영업부장
뚱뚱한 체형에 땀을 많이 흘림. 세 아이의 아버지.
"인생 설계의 든든한 파트너, 저희 간토생명을 찾아주십시오."

모리카와 야스오(23)
간토생명 야에스 지사 신입사원
요즘은 출근을 기피하는 듯.
"차게앤아스카의 노래로 용기를 얻고, 일요일에는 <세계유산>을 보고 잡니다."

이치하시 겐지(24)
'나라시노피자' 점장, 에리코의 친구
"신속 배달로 유명한 나라시노피자, 많은 이용 부탁드립니다. 현재 딤섬과 콜라를 드리는 행사를 진행 중입니다."

히가시야마 가쓰히코(53)
지바 현 경시청 소속 경사
겐지하고는 오랜 악연이다.
"시민 여러분의 편안한 밤을 위해 불철주야 노력하겠습니다."

아유카와 마리카(10)

오타 구에 사는 초등학생

〈에미〉 오디션에 참가.

"킨키키즈의 고이치 오빠가 좋아요. 마쓰시마 나나코 언니처럼 되고 싶어요."

아유카와 아키코(36)

마리카의 엄마

예전에는 여행 대리점에서 근무했음.

"자기 표현 수단으로 마리카에게 연기를 배우게 하고 있어요. 부담 없이요."

쓰즈키 레이나(11)

가시와 시에 사는 초등학생

〈에미〉 오디션에 참가.

"프로 의식이 돋보이는 히가시가 좋아요. 목표로 삼은 사람은 오타케 시노부 씨."

아사다 가요코(29)

대형 은행 근무

부모님은 대학교수, 국회 중계방송 마니아.

"지금만 잘살자는 생각을 버려요. 앞으로 연금이 어떻게 될지도 모르는데."

유키 마사히로(34)

여러 음식점을 경영하는 청년 사업가

"역시 사람은 자신에게 없는 것을 가진 사람에게 끌리는 법이야."

오치아이 미에(30)

화랑에서 근무, 마사히로의 사촌 동생

"겉보기에 화려하다고 해서 내면까지 그럴 거라고 생각하진 마. 평소에는 캘빈클라인 정장을 즐겨 입는다고."

에자키 하루나(20)

K대 2학년, 동일본 미스터리 연합회 소속

"본격도 좋지만 요즘에는 카트린 아를레, 세바스티앙 자프리조처럼 독이 섞인 재치 있는 작품이나 콜린 덱스터, 레지널드 힐 같은 교양 있는 미스터리가 좋아."

모리나가 다다시(21)

W대학 2학년, 동일본 미스터리 연합회 소속

"역시 미스터리는 엘러리 퀸, 딕슨 카, 밴 다인이 최고야. 항상 트릭의 한계를 개척하고, 아무도 본 적 없는 새로운 지평을 목표로 삼아야 해."

가바야 신이치(23)

W대학 3학년, 동일본 미스터리 연합회 회장

"나의 시작은 소년탐정단. 최근 회원들 취향이 세분화되어 고전을 안 읽는 게 불만이야. 미스터리는 뭐든 좋지만, 웨스트레이크와 라이스가 제일 좋아."

필립 크레이븐(37)

호러영화 감독

'나이트메어' 시리즈로 유명 감독 반열에 오름. 4편 홍보차 일본 방문 중.

"존경하는 감독은 알프레드 히치콕, 존 카펜터, 다리오 아르젠토."

다리오(?)

필립의 반려동물

"......"

아베 구미코(27)

영화배급회사 근무, 간사이 지역 모 신사 신관의 딸

"좋아하는 영화배우는 이치카와 라이조. 뿜어내는 요염한 '기'가 매력적이야."

아즈마 슌사쿠(71)

쓰쿠바에서 농업에 종사 중

도쿄에 처음 방문, 하이쿠 친구들과의 오프라인 모임 참여가 목적.

"좋아하는 하이쿠 시인은 마사오카 시키. 야기 주키치의 작품에서 느껴지는 다정한 느낌도 좋아합니다."

시즈쿠이시 간조(66)

경시청 수사4과 OB

이하 네 사람은 경시청 내 하이쿠 동호회에서 처음 만남.

"좋아하는 하이쿠 시인은 다네다 산토카. 이시카와 다쿠보쿠의 작품에도 공감이 간다."

야마모토 도요히코(68)

경시청 수사2과 OB

"좋아하는 하이쿠 시인은 고바야시 잇사. 그 독특함이 좋다."

요로 히데토모(67)

경시청 수사1과 OB

"좋아하는 하이쿠 시인은 요사 부손. 미요시 다쓰지의 심상 풍경에도 끌립니다."

시라토리 겐키치(67)

경시청 수사1과 OB

"좋아하는 하이쿠 시인은 무로 사이세이. 요사노 아키코의 시도 좋아합니다. 사실은 단가를 읊고 싶습니다."

가와조에 겐타로(36)

테러 조직 '얼룩끈' 멤버

폭탄 제조 외길 인생.

"내 폭탄은 예술이야. 난 내 일을 예술 활동이라 생각해."

세노오 진이치(44)

테러 조직 '얼룩끈' 멤버

"썩어빠진 세상을 숙청한다. 우리 역할은 아직 끝나지 않았어."

미즈누마 아키후미(45)

테러 조직 '얼룩끈' 멤버

"기업과 정치가들이 일본을 더욱 망치고 있어. 최근에는 관료들과 외국계 기업도 꼴 보기 싫어."

미야코시 신이치로(49)

아사다TV의 인기 앵커

"앞으로도 계속 현장의 특종 기자로 남고 싶어. 애독서는 핼버스탬의 저서들. 《최고의 인재들》같은 책을 쓰는 것이 꿈."

도쿄역 지도

남쪽 출구
버스 터미널

도쿄중앙우체국

지하 남쪽 출구

도쿄스테이션호텔

하토버스 안내소

마루노우치
남쪽 출구

남북 통로

남
쪽
통
로

중앙
통로

**긴노스즈
광장
(B1)**

신칸센
타는 곳

신칸센
환승 광장

야에스 중앙 출구

야에스
남쪽 출구

야에스 남쪽 출구 광장

**다이마루
백화점**

지하 중앙 출구

지하 북쪽 출구

도린광장(B1)

마루노우치
중앙 출구

마루노우치
북쪽 출구

북
쪽
자
유
통
로

북
쪽
통
로

신칸센
타는 곳

**신칸센
환승 광장**

야에스
북쪽 출구

**다이마루
백화점**

도쿄역

1

　간토생명 사가미하라 본사로 향하는 마지막 버스는 도쿄 본사에서 6시 15분에 출발한다. 그 전에 야에스 지사에서 도쿄 본사로 가는 버스가 있긴 하지만, 이 버스는 4시 반에 출발한다.

　영업부장에게는 입에서 쉰내가 날 정도로 늦어도 3시까지는 계약서를 가지고 와야 한다고 못을 박았다. 게다가 입금도 같이 해야 하기 때문에 더더욱 골치가 아프다. 큰 금액인데도 현금을 직접 지사로 가져오란다. 지사의 금고는 3시에 문이 닫힌다. 경리과에는 전부터 이야기해두었지만, 입금이 늦어지면 어떤 꼴을 당할지 생각만 해도 소름이 끼친다. 그들은 돈이 제때 오가지 않는 상황을 제일 싫어하니까. 무슨 일이 있어도 오늘 온라인 영업시간이 끝나기 전까지 입금을 완료한 다음, 본사로 가는 버스에 계약서를 실어야만 한다.

이달은 시작은 좋았지만 후반에 영 부진해서, 이번 달을 위해 준비한 법인 계약이 막판에 두 건이나 취소되고 말았다. 금액은 합계 2억 3000만 엔. 노동시간은 조기에 달성했음에도 목표 금액에서 9000만 엔이나 부족했다. 지사장을 비롯한 간부들은 새하얗게 질렸지만, 분주하게 뛰어다닌 끝에 다음 달로 예정된 1억 엔짜리 계약을 사정사정해서 간신히 성사시켰다. 이 1억 엔이 없으면 야에스 지사는 목표를 달성할 수 없다. 그리고 오늘은 7월의 계약 접수 마지막 날이다.

간토생명에서는 7월, 11월, 2월이 '기념월'이라 불리는 영업 강화 달이다. 7월은 처음 맞이하는 기념월이기 때문에 영업에 기합이 들어간다. 전년도에 비해 최저 30퍼센트 성장을 목표로 하기 때문에 일찌감치 금액을 벌어놓아야 한다. 그리고 무슨 이유에서인지 업계에서 11월을 '생명보험의 달'로 정해두어, 11월 전쟁이 그중 제일 중요하게 여겨진다. 간토생명에는 오래전부터 기념월마다 사내에 여러 가지 장식을 다는 전통이 있다. 초등학교 학예회나 생일 파티를 상상하면 된다. 현재 야에스 지사 사무실 천장에는 비닐로 만든 형형색색의 불가사리와 개복치가 대량으로 붙어 있다. '계절감이 느껴지는 사물'을 장식하라는 지시를 받은 신입사원이 준비해온 물건인데, 묘하게 현실감이 넘쳐서 '어쩐지 기분 나쁘다'는 둥, '지사에만 오면 영업 의욕이 떨어진다'는 둥, 평판은 형편없었다.

호조 가즈미는 짜증스러운 얼굴로 지사장석 뒤에 걸린 시계를 바라보았다. 지사장을 비롯한 임원들은 각 영업부의 최종 영업 실적을 확인하기 위해 자리를 비우고 있었다.

시곗바늘이 오후 1시 20분을 가리켰다. 시계 아래에는 간토생명에서 자금을 지원받아 매년 여름방학에 대극장에서 상연되는 아동 뮤지컬의 빨간색 포스터가 붙어 있었다.

뮤지컬 제목은 〈에미〉인데, 외국 뮤지컬답게 생긋 웃는 배우들이 어울리지 않는 금발의 가발을 쓰고 있었다. 험한 세상을 꿋꿋하게 헤쳐나가는 고아 소녀가 고집불통 어른들의 마음을 감동시킨다는 이야기라고 한다. 작년에 스폰서 티켓으로 아이 넷을 데리고 보러 갔던 지사장에게 재미있었느냐고 묻자, 그는 "큰 극장이라 잠자기 딱 좋던데?" 하고 대꾸했다. 이 포스터가 사내를 장식할 무렵이면 언제나 7월 전쟁을 치르느라 만신창이였기 때문에, 〈에미〉에 잘못은 없지만 포스터를 볼 때마다 짜증이 났다.

이번 달 계약은 이미 다 끝났기 때문에 지금은 기다릴 수밖에 없다. 같은 팀의 신규 계약 담당 직원들 사이에도 이미 전쟁이 끝난 것처럼 맥 빠진 분위기가 감돌았다. 직원들은 실의에 빠진 눈으로 본사에 보낼 서류를 묵묵히 체크하고 있었다. 마지막에 도착할 계약 건은 가즈미가 담당하기로 되어 있다. 아슬아슬하게 도착할 계약 건을 기다리는 것은 무척이나 지치는 일이다. 도착할 때까지 아무것도 할 수 없고, 도착하면 도착하는 대로 지부장들의 닦달을 받으며 시간과 경쟁해야 한다.

지사 건물은 상당히 낡아서 냉방이 잘되지 않는다. 푹푹 찌는 무더운 7월 오후, 당연히 냉방이 되어 있지만 어딘지 모르게 공기가 탁해서 피로를 더했다.

유니폼 블라우스 소매에 빨간 잉크가 묻은 것을 보고, 가즈미는 세탁을 맡겨야겠다고 생각했다. 이 촌스러운 디자인 좀 어떻게 할 수 없나? 그녀는 점심에 먹은 빵 부스러기도 소매에서 털어냈다. 애당초 열여덟 살부터 예순 살까지 똑같은 디자인의 유니폼을 입는다는 것 자체가 무리였다. 그렇다고 나이에 따라 디자인을 다르게 하면 차별이네 성희롱이네 하며 직원들의 항의가 쇄도할 테지만.

"유코."

"네!"

가즈미가 근처를 지나가던 입사 2년 차의 다가미 유코에게 말을 걸자, 그녀가 동그란 눈을 잽싸게 돌렸다. 작은 체구에 짧은 머리가 사랑스러운 그녀가 어릴 적부터 유도밖에 모르는 열혈 유도인이라는 것을 누가 알까. 언제나 활기차고 기운이 넘치는 괜찮은 사람이지만, 매사에 쉽게 흥분하고 외골수인 것이 옥에 티다.

"조금 있다가 시원한 아이스크림이라도 사서 사람들한테 돌려."

"와, 정말요?"

가즈미가 지갑에서 5000엔짜리 지폐를 꺼내자, 유코가 팔짝 뛰어올랐다.

"그래. 우리 팀이랑 경리과 것까지."

"아하, 뇌물이군요."

"배려라고 해줄래?"

유코는 손으로 작게 오케이 사인을 보내고는 가즈미가 준 지폐를 주머니에 넣었다.

갑자기 창밖이 하얗게 번쩍였다.

"어머, 번개 치나?"

사원들은 어깨를 움츠리며 창밖을 내다봤다. 어느샌가 하늘이 어두워졌다. 그렇군. 왜 이렇게 날씨가 찌는 듯 덥나 했더니, 이것 때문이었어. 잠시 후에 우르릉하고 멀리서 천둥소리가 들렸다. 아직 비구름이 오려면 먼 모양이다.

"비가 오려나 봐."

가즈미와 유코는 지사장석 뒤쪽에 있는 창문 너머로 밖을 내다봤다. 빠른 걸음으로 큰길을 지나가는 사람들이 물맴이처럼 움직이고 있었다.

"그럼 지금 전 할 일 없으니까 비 오기 전에 나가서 사 올게요."

유코는 양손으로 주먹을 꼭 쥐며 고개를 끄덕였다.

"그래? 그럼 부탁할게. 조심해서 다녀와."

"네. 호조 선배, 뭐 드시고 싶은 거 있으세요?"

"자기 먹고 싶은 걸로 사 와."

"네!"

유코는 근무표에 있는 자신의 이름 위에 '외출'이라고 적고는 종종거리는 걸음으로 사무실을 나섰다.

그 모습을 바라보고 있는데 또다시 작게 섬광이 번뜩였다. 우르
릉거리는 천둥의 위치를 찾아내려는 듯, 가즈미는 팔짱을 낀 채 날
카로운 시선으로 바깥을 바라봤다.

2

〈에미〉에 잘못은 없다. 그렇지만 〈에미〉 따위 정말 싫다.

아유카와 마리카는 손톱을 잘근잘근 깨물며 차가운 철제 의자에
앉아 순서를 기다렸다. 집합 시간보다 30분이나 일찍 도착했지만
대기실은 이미 붐비고 있었다.

"마리카, 손톱 물어뜯는 버릇 고치라고 했잖니. 보기에도 안 좋
고, 어떻게 보면 꼭 욕구불만인 사람처럼 보여."

옆자리에서 마리카의 엄마 아키코가 눈길도 주지 않은 채 나지
막한 목소리로 나무랐다.

"알아요. 심사 위원 앞에선 안 그럴 거예요."

"글쎄, 그런 버릇은 무의식중에 나오는 거야. 저번 오디션 때도
나올 때 보니까 손이 입에 가 있더라."

"끝나고 나서잖아요. 나도 안다고요." 마리카는 짜증을 내며 퉁명
스레 중얼거렸다.

아키코도 신경이 곤두선 마리카를 더 건드려서 좋을 게 없다고 생각했는지 말없이 다시 잡지를 집어 들었다.

대기실은 정적에 휩싸여 있었다. 30명 정도 되는 초등학생 여자 아이들이 엄마나 매니저와 같이 앉아 있는 모습을 보고 있자니 긴장감이 스멀스멀 번졌다.

이번 역할은 에미의 보육원 시절 친구인 샐리다. 마리카는 올해 에미 역에 두 번째로 도전했지만, 3차에서 떨어졌다. 작년에는 1차에서 떨어졌으니 발전한 거야. 내년에는 붙을지도 몰라. 아키코가 위로했지만, 저보다 엄마가 더 실망했다는 것을 잘 알고 있었다.

이제 곧 여름방학이고, 〈에미〉는 벌써 대본 연습을 시작했다. 샐리 역을 맡은 아이가 쓰러지는 바람에 갑자기 추가 오디션이 열린 것이다. 출연 장면도 별로 없고 눈에 띄지 않는 작은 역이지만, 간토극장에 2주간 설 수 있다는 점 때문에 경쟁률은 높았다. 에미 역에 지원했다 떨어진 2차, 3차 후보자들을 모았다고 한다. 마리카는 솔직히 이제 〈에미〉 관련 일이라면 지긋지긋했지만, 아키코가 너무 열심인 까닭에 못 이기는 척 오디션에 참가할 수밖에 없었다.

어느샌가 아키코는 열심히 잡지를 읽고 있었다. 아닌 척하지만 눈빛이 상당히 진지했다. 아키코가 자주 읽는 그 잡지는 겉보기에는 진지한 잡지처럼 보이지만 내용은 '독자 체험담' 같은 것이 상당수를 차지하고 있는, 남편의 말을 빌리자면 혐오스러운 잡지다. 그 증거로, 전에 아키코는 '벌써 20년이나 내게 손을 대지 않는 남편'

이란 기사를 읽는 마리카의 모습을 발견하자마자 무서운 기세로 손에서 그 잡지를 빼앗은 적이 있다.

대기실에 있으면 언제나 숨이 막히고 무언의 압박이 느껴진다. 간토극장의 커다란 대기실을 둘러싸고 있는, 돌로 만들어진 낡고 두꺼운 벽이 모든 것을 빨아들이는 듯해서 어쩐지 두렵다. 빨리 밖에 나가 신록이 이어진 왕궁 수로 옆을 걷고 싶다.

마리카는 작게 한숨을 쉬었다. 오디션이 끝나면 제국호텔에서 차를 마시기로 아키코와 약속했다.

오디션을 볼 때마다 항상 도망치고 싶다. 어서 내 차례가 왔으면 하는 마음과 영원히 차례가 오지 않았으면 하는 마음이 상충한다.

4학년인 마리카는 오타구의 공립 초등학교에 다니고 있다. 지난 6월에 열 살이 되었다. 노래하고 춤추는 것은 유치원 때부터 좋아했지만, 아키코와 아역 오디션을 보러 다니기 시작한 것은 2년 전부터다. 중견 아동극단에 소속되어 있긴 하지만, 단순히 오디션 정보를 얻기 위해서다. 마리카가 연이어 몇 편의 광고에 출연하게 되자, 아키코는 딸을 완전히 그쪽으로 진출시키기로 마음먹었다. 마리카도 한때는 열심히 레슨을 받았지만 최근에는 괜히 침울해질 뿐이었다.

확실히 반 친구들에 비하면 마리카는 눈에 띄는 귀여운 아이다. 길쭉한 팔다리, 작은 얼굴에 의젓한 눈과 코, 부드러운 긴 갈색 머리. 음감도 운동신경도 나쁘지 않다. 그렇지만 그런 건 특별하지 않다. 귀여운 외모는 대기실에 앉아 있기 위한 최소 조건이다. 그것만 으로는 부족하다. 더 특별한 뭔가를, 더 반짝이는 뭔가를 가지고 있 지 않으면 선택받지 못한다. 마리카의 마음속에서는 최근 자신에게 그 '뭔가'가 있을 거란 생각이 점점 사라지고 있었다.

아역 오디션에는 매번 보이는 얼굴이 있는데, 그 가운데에서도 합격하는 아이는 대체로 정해져 있다. 예를 들면 레이나 같은 아이. 레이나는 마리카보다 한 살 많지만 요즘 눈에 띄게 부쩍 성장했다. 아직 배역을 많이 따내진 못했지만, 이 바닥에선 상당히 유명인이 라 오디션에 레이나의 모습이 보이면 다른 지원자들은 실망을 금 치 못했다. 확실히 몇 십 명이나 되는 아이들 속에서도 레이나는 눈 에 띈다. 또래인 마리카가 보기에도 레이나는 확실히 눈길을 끄는 존재였다. 성격도 무난하고 얌전한 편이지만 확실히 레이나에게는 '뭔가'가 있었다. 레이나는 선택받을 아이다.

'조만간……' 마리카는 그렇게 생각했다.

무엇이 '조만간'인지는 본인도 알지 못했지만, 뭔가를 결정할 때 가 다가온 것 같다는 생각이 들었다.

문이 열리고, 또 한 쌍의 모녀가 들어왔다. 느긋한 사람들이네. 그렇게 생각하며 고개를 든 마리카의 눈이 동그래졌다.

짧은 검은 머리, 큰 눈의 소녀가 엄마와 함께 들어왔다.

쓰즈키 레이나다.

저 아이가 이 오디션에 지원하다니. 대기실이 순간 술렁였다. 다른 지원자들도 레이나의 등장에 동요한 모양이다. 아키코가 고개를 들더니 역시 움찔했다. 마리카를 발견한 레이나는 기쁜 표정으로 손을 흔들었다. 마리카도 굳은 표정으로 웃으며 손을 흔들었다.

레이나는 이런 점에서도 남들과 다르다. 레이나는 언제나 자연스럽다. 다른 지원자들처럼 욕심부리지 않는다. 아무리 귀여워도 영악한 아이는 안 된다. 어른들은 자주 그런 말을 한다. 레이나는 그런 점에서도 매력적이다. 언제나 자연스럽고 살짝 내성적인 듯한 모습을 어른들은 '아이답다' '신비하다'며 좋아한다.

마리카는 무릎에서 힘이 빠지는 것을 느꼈다. 아키코가 옆에서 신경질적으로 잡지를 넘겼다. 아키코도 강적의 출현에 마음이 조급해진 것이다.

어째서일까. 어째서 레이나가 샐리 역 오디션에 참가한 것일까. 레이나는 텔레비전 단편극에 출연하기로 정해져 있었다. 〈에미〉하고 시기가 겹쳐서 에미 역 오디션에도 지원하지 않았을 텐데.

"마리카, 오랜만이구나." 레이나의 엄마가 말을 걸었다.

통통한 레이나의 엄마는 딸과는 그다지 닮지 않았다.

"안녕하세요." 마리카는 고개를 숙여 인사했다.

아키코도 가식적인 웃음을 지으며 인사를 건넸다. "어머, 레이나도 오디션 보는 거니? 드라마에 출연한다고 하지 않았나?"

마리카는 아키코의 목소리에 희미하게 짜증이 섞인 것을 놓치지 않았다. 엄마도 같은 생각을 하고 있었던 것이다.

"출연 장면이 얼마 없었거든요. 우리 딸 촬영분은 벌써 다 끝났어요."

레이나의 엄마가 차분하고 여유가 느껴지는 목소리로 답했다.

"그래서 극장 공연도 괜찮을 것 같더라고요. 아는 사람이 이 오디션을 추천해줬거든요."

"어머, 에미 역 오디션은 안 봤어요?"

극장 공연도 괜찮을 것 같다는 한마디에 화가 난 듯 아키코의 목소리가 굳어졌다.

"네. 시기적으로 무리일 것 같아서요. 하지만 아는 프로듀서가 〈에미〉 스태프하고 친해서, 레이나도 한번 보라고 소개해주지 뭐예요."

주변 분위기가 살벌해졌다. 프로듀서의 인맥. 그것이 큰 연줄이 된다는 것은 모두 알고 있다. 다른 지원자들도 레이나의 엄마 이야기에 귀를 기울이고 있는 것이 느껴졌다.

그 순간, 오렌지색 셔츠에 검은 바지를 입은 젊은 여자가 문을 열고 들어왔다.

불온한 공기가 사라지고, 지원자와 보호자 들은 자세를 바로잡으며 정면을 향했다.

"여러분, 오늘 이렇게 간토생명 가족 뮤지컬 〈에미〉의 샐리 역 오디션에 참가해주셔서 감사합니다. 먼저 간단한 안무를 선보인 다음에, 한 사람씩 노래와 대사를 보여주시면 됩니다. 아직 이르지만 시간 관계상 바로 시작하도록 하겠습니다. 1번부터 10번까지 무대로 나와주십시오."

웅성웅성 대기실이 소란스러워지더니 의자를 움직이며 자리에
서 일어나는 소리가 울려 퍼졌다.

마리카는 배 한가운데가 꽉 죄는 듯한 느낌이 들었다.

"마리카, 몇 번이니?"

아키코가 진지한 얼굴로 마리카의 가슴에 달린 배지를 들여다봤
다. 배지에는 커다랗게 번호가 적혀 있었다.

"27번."

근처에 앉아 있던 레이나가 수줍은 얼굴로 자신의 배지를 가리
키며 말했다.

"마리카, 우리 열심히 하자."

레이나의 엄마가 싱긋 승리의 미소를 지었다.

순간 말을 삼키고 레이나의 배지를 바라본 아키코와 마리카는
누가 먼저랄 것도 없이 서로를 마주 봤다.

3

난 아무 잘못 없어. 다 그 녀석 잘못이야.

내가 그걸 할지 안 할지는 그 녀석한테 달렸어.

아치형의 고풍스러운 창문 너머 흐린 구름 사이로 마루노우치의

비즈니스 거리가 보였다. 검고 탁한 하늘은 지금 자신의 마음을 그대로 반영한 것 같았다.

도쿄스테이션호텔은 벽돌로 만들어진 도쿄역의 일부이다.

도쿄역 마루노우치 방면에는 북쪽 출구, 중앙 출구, 남쪽 출구라는 표지판이 붙어 있는데, 중앙 출구와 남쪽 출구 사이에는 호텔이 자리 잡고 있다. 프런트에서 왼쪽 계단을 올라가면 2층에 바와 레스토랑이 있다. 복도를 지나면 커다란 창문이 있는데, 그 너머로는 역에서 흘러나오는 안내 방송이 들린다. 호텔은 중심부가 뻥 뚫려서 마루노우치 남쪽 개찰구가 내려다보이는 형태다. 호텔 중앙을 둘러싸듯 긴 복도가 이어지는데, 이탈리안 레스토랑에 인접한 짧은 카운터 바가 그곳에 있다. 이 카운터 바에 앉으면 마루노우치의 빌딩들이 눈앞에 펼쳐진다. 일어나 뒤를 돌아보면 남쪽 개찰구의 홀을 지나다니는 사람들 모습이 한눈에 들어온다. 바에서는 낮에는 커피, 저녁에는 술을 판매한다.

한 여자가 카운터 바 가장자리에 앉아 있다. 다른 손님은 없었다.

아사다 가요코는 초조한 얼굴로 카운터 바에 팔을 걸치고 있었다.

선글라스를 신경질적으로 만지작거리며 창문 너머로 재건축 중인 빌딩을 바라본다. 담배를 피우고 싶었지만 담배꽁초를 남길 수는 없었다.

주문한 커피에는 손도 대지 않고, 카운터 바에도 손이 닿지 않게 주의를 기울였다. 만일의 경우를 대비해 그녀는 손끝에 살짝 잔재

주를 부렸다. 반창고를 작게 잘라 지문이 남지 않도록 열 손가락에 붙인 것이다. 언뜻 봐서는 전혀 모를 것이다. 그렇지만 이렇게나 더운 날씨다. 인간도 얼마쯤은 피부로 호흡하고 있는 것일까. 손끝에 반창고를 붙이고 있으니, 왠지 모르게 숨이 막히는 것 같아 조금 전부터 짜증이 심해졌다. 어서 반창고를 떼어버리고 싶었다.

가요코는 몸서리치듯 한숨을 내쉬었다.

이제 곧 점심시간이 끝난다. 카운터 바 근처에 있는 작은 이탈리안 레스토랑에는 손님이 거의 없었다. 젊은 종업원들도 바쁜 시간이 지나가 한숨을 돌렸는지 모여서 잡담을 나누고 있다. 카운터 바 구석에서 커피를 주문한 여자 따위는 아무도 신경 쓰지 않을 것이다.

오늘은 일부러 화려한 정장을 입었다. 하지만 환한 핑크색 정장 아래에는 하얀 티셔츠, 무릎 아래까지 오는 기장의 치마 밑에는 검은 레깅스를 입었다. 일부러 한 사이즈 큰 정장을 입은 것은 밑에 옷을 껴입기 위해서다.

종업원들의 기억에 남는 건 화려한 정장을 입고 선글라스를 긴 연령 불명의 여자일 것이다. 카운터 바 통로 바로 옆에 밖으로 나갈 수 있는 계단이 있다는 것은 이미 확인했다. 도움을 요청하는 척 곧바로 문을 열고 뛰어내리면 금세 역의 인파 속으로 사라질 수 있을 것이다. 계단을 내려가며 옷을 벗고 종이봉투에 넣는다. 선글라스를 벗고 머리를 묶는다. 이러면 아무도 내가 카운터에 앉아 있던 여자라 생각하지 않을 것이다. 마루노우치 남쪽 개찰구는 바로 저기다. 개찰구를 지나 눈에 보이는 열차에 올라타면 아무도 내 뒤를 쫓을 수 없을 것이다. 아니면 눈앞의 도쿄중앙우체국 안으로 뛰어드는 방법도 있다. 카운터 바를 떠난 순간, 이미 핑크색 정장을 입은 여자는 세상에서 모습을 감출 것이다.

사람의 눈은 믿을 것이 못 된다. 수천, 수만 명이 드나드는 도쿄역에서 여자 하나를 찾아내는 것이 얼마나 어려운 일인지는 안 봐도 뻔하다. 나는 그 안으로 사라질 것이다.

한가한 주말에 시간을 보내기 위해 도쿄역을 어슬렁거리다 이곳을 발견했을 때부터 내 계획은 구체적인 모습을 갖췄다. 복잡한 계획은 좋지 않다. 자연스럽고 단순한 계획이 성공하는 법이다.

나는 정장 주머니에 가만히 손을 넣었다.

여기 그것이 있다. 그리고 경우에 따라서는 한 시간 이내에 이것으로 그 남자에게 자신의 죄를 뼈저리게 느끼게 해줄 것이다.

4

"잠시 후 종점인 도쿄에 도착하겠습니다. 이 버스는 도쿄역 야에스 남쪽 출구에 정차합니다. 승객 여러분께서는 두고 내리시는 물건이 없는지 잘 살피신 후 하차하시기 바랍니다. 다시 한번 안내드립니다. 도쿄역, 도쿄역입니다. 오늘도 이용해주셔서 감사합니다."

시야가 획 바뀐다. 버스가 크게 커브를 돌았다. 거대한 갈색 도쿄 역 건물이 눈앞으로 다가온다.

차 안에 안도의 웅성거림이 번져갔다. 승객들은 기지개를 켜며 내릴 준비를 했다. 주말을 이용해 도쿄에서 쇼핑을 하거나 디즈니랜드로 놀러 가는 모양이다. 젊은 여자 승객들이 들뜬 목소리로 떠들었다.

수많은 빌딩, 도로를 빼곡하게 메운 차. 다들 불경기다 불경기다 하지만, 소비욕에 불타는 사람들과 통행인들 손에 들린 쇼핑백을 보면 역시 도쿄란 곳은 연중 축제 기분에 들떠 있는 모양이다.

버스에서 바깥 풍경을 바라보며 아즈마 슌사쿠는 긴장했다. 중절모가 잘 어울리는 보통 체격의 신사적인 노인이었다. 그는 속으로 "도린광장, 도린광장"이라 되뇌었다. 이번에 처음 만나는 하이쿠5·7·5의 3구 17음절로 된 일본 고유의 단시短詩 친구인 야마모토 일행이 거기서 기다리고 있을 것이다.

버스가 멈추고 문 열리는 소리가 났다. 시끌벅적한 공기가 차에 흘러들자, 승객들이 하나둘 자리에서 일어났다. 순식간에 입구가 북적거린다. 사람들은 통로에 늘어섰다.

슌사쿠는 짐을 확인했다. 작은 가죽 보스턴백과 '도라야'의 검은 종이봉투. 내용물은 곱게 접은 양복 상의와 하이쿠 친구들에게 줄 선물이지만, 아내가 도라야에서 밤 양갱을 사다달라며 잊지 않도록 일부러 들려준 것이다.

"왠지 비가 올 것 같아."

"어두컴컴한데?"

"어떡해, 우산 안 가져왔는데."

소리치고 있는 여자들의 키는 보통 사람보다 훨씬 컸다. 왜 그런가 했더니 밑창이 두꺼운 구두를 신고 있었다. 도저히 일본인 같지 않았다. 혹시 외국인인가? 순사쿠는 귀를 기울였다. 알아듣기 힘들긴 했지만 일본어로 말하고 있었다.

"으악!"

느닷없이 비명을 지르며 눈앞에 있던 여자가 사라졌다.

"뭐야?"

"아파!"

"아야!"

버스 계단에 발이 걸린 여자가 앞에 있던 승객과 함께 구른 것이다.

순사쿠는 조심스레 버스에서 내렸다. 갈색 머리 여자와, 마찬가지로 갈색 머리의 젊은 남자가 서로 포개듯 쓰러져 있었다. 젊은 남자가 여자의 쿠션 역할을 한 모양이었다.

"죄송합니다."

여자는 황급히 자리에서 일어났다. 속옷이 훤히 들여다보인 탓에 순사쿠는 얼른 고개를 돌렸다.

"손님, 괜찮으십니까?"

젊은 남자는 좀처럼 일어나지 못했다. 주변에 종이봉투가 흐트러져 있었다. 구둣발에 차여서 쓰러졌으니 그럴 법도 하다. 슌사쿠는 걱정돼서 내려온 운전사와 함께 자신의 짐을 바닥에 내려놓고 남자를 부축했다.

"으…… 아야야야."

삐쩍 마른 창백한 남자였다. 선글라스가 삐뚤어진 얼굴이 젊은 듯 보이기도 하고, 나이가 많아 보이기도 한다. 손자인 신이치보다 연상이려나. 아무렇게나 자란 수염 때문에 안색이 더 나빠 보인다.

이윽고 남자는 화들짝 놀란 듯 주변을 둘러보았다.

"아, 아."

남자는 흐트러진 종이봉투를 집어 들더니 도망치듯 자리를 떠났다. 남겨진 슌사쿠와 사람들은 그저 어안이 벙벙할 뿐이었다.

"다친 덴 없는 모양입니다."

"그런 것 같네요."

운전사와 슌사쿠는 쓴웃음을 지으며 작게 중얼거렸다.

"할아버지, 죄송해요."

새카만 얼굴에 입술만 하얀 여자가 슌사쿠에게 고개를 숙였다. 생긴 건 일본인 같지 않지만 의외로 서글서글한 아가씨인 것 같다.

신경 쓰지 말라고 인사한 뒤, 슌사쿠는 자신의 짐을 챙겼다.

불현듯 위화감이 들었다. 도라야 종이봉투 위치가 놓았을 때와 달라진 것 같은 느낌이 들었기 때문이다.

5

"내 생각에 범인은 이 사람 같아."

"난 얘. 그렇지만 최근에는 단독범 말고 공범 관계라는 의외의 노선도 나오고 있으니까 말이야. 1편이 그랬잖아. 지난번과 지지난번은 단독범이었으니까 이번엔 공범일지도 몰라."

"4편이니까 슬슬 주인공이 범인이란 패턴도 있을지 모르겠어."

"주인공이 범인이라면 5편은 어떻게 될까?"

"분명히 조연 중에서 제일 인기 많은 사람을 뽑아서 주인공으로 삼을걸?"

유라쿠초의 낡은 영화관은 젊은 커플과 대학생 들로 절반 정도 차 있었다. 맨 뒷줄, 중앙 통로를 사이에 두고 두 남녀가 앉아 있다.

모리나가 다다시와 에자키 하루나는 입구에서 산 〈나이트메어 4〉 팸플릿의 등장인물을 보며 통로 너머로 흥분을 억누른 목소리로 대화를 나눴다. 팸플릿에는 커다란 글자로 '아무도 범인을 맞히지 못할 것이다!'라고 쓰여 있었다.

〈나이트메어〉는 젊은 관객층을 노린 B급 할리우드 영화다. 한창 잘나가는 신인배우들이 고등학생으로 등장해, 이상한 가면을 쓴 수수께끼의 살인마와 싸우는 내용이다. 관객 동원력이 괜찮은 장르 영화답게 연이어 속편이 나왔다. 1편은 고등학교 캠퍼스, 2편은 여름 캠프장, 3편은 눈 덮인 산장이 무대였다. 매번 진범은 가까운 멤버들 가운데에 있었지만, 각본까지 맡고 있는 감독이 호러영화와 미스터리 마니아인 듯 언제나 극적 반전을 선보이며 일본 미스터리 팬들에게도 열광적인 지지를 받았다.

이번 4편에서는 새로 생긴 놀이공원이 무대인 모양이다. 주인공 곁에서 1년에 한 번씩, 벌써 세 번이나 친구가 여럿 살해당했는데도 놀이공원에 가다니. 참 회복이 빠른 여자다.

다다시는 옆에 앉은 하루나의 얼굴을 힐끔 보았다. 요새 유행하는 얇은 렌즈의 안경을 쓴 그녀의 모습이 무척이나 침착해 보였다.

쳇. 여유가 넘치는군.

다다시는 다소 긴장하고 있는 자신의 모습에 짜증이 났다. 팸플릿을 계속 뒤적거렸더니 땀 때문에 종이가 후줄근해졌다.

질 수 없지. 그는 그렇게 다짐했다.

하루나는 하루나대로 아무렇지 않은 척했지만, 온 신경을 집중해 다다시의 기척을 살피고 있었다. 트레이드마크인 뉴욕 메츠의 모자 아래로 보이는 눈이 조용한 자신감으로 가득 차 있는 것 같았다.

흥, 점잖은 척하긴. 나한테 질 리 없다고 생각하는 건가. 웃기고 있어.

팸플릿을 쥔 손에 무심코 힘을 주었다.

"콜라 마실래?" 하루나는 태평한 목소리를 내며 옆자리의 다다시를 향해 싱긋 웃었다.

"응, 그러자. 내가 사 올까?" 다다시 역시 여유 있는 표정으로 웃어 보였다.

"괜찮아, 내가 갔다 올게. 큰 사이즈? 아님 작은 사이즈?"

"작은 걸로 부탁해."

"알았어."

하루나는 고개를 끄덕이며 자리에서 일어났다. 일어난 순간, 자신이 생각보다 긴장하고 있다는 사실을 알아챘다. 몸이 잔뜩 굳어 영화관의 빨간 카펫 위를 제대로 걸을 수가 없었다.

어머, 내가 왜 이러지? 침착해. 벌써부터 긴장하면 어쩌자는 거야. 이 영화 하나로 결판이 나는 것도 아니잖아.

붐비는 매점에서 작은 사이즈의 콜라 두 잔을 산 하루나는 영화 관련 물품을 판매하고 있는 로비를 어슬렁어슬렁 걸었다. 찾던 두 사람이 눈에 들어왔다. 담배를 피우며 담소를 나누는 젊은 남자를 향해 천천히 걸어가자, 상대방도 하루나의 존재를 알아챈 것 같았다. 검은 티셔츠 차림의 비쩍 마른 남자가 히죽 웃으며 손을 흔들었다. 회장인 가바야다.

"하루나, 오늘 자신 있어?"

"그럭저럭. 꼭 공평하게 채점해줘."

"알았어."

"가바야 선배는 이 영화 이미 봤다고 했지?"

"시사회에서 봤어."

"어땠어?"

"안 돼. 넌 감이 좋으니까 어설프게 감상을 이야기했다간 다 알아챌 거야."

"아냐, 그냥 얘기해줘."

"안 돼. 그럼 나중에 봐."

가바야는 히죽거리며 고개를 저었다. 하루나는 어깨를 살짝 으쓱하며 객석에 돌아왔다.

역시 안 넘어가는군. 뭔가 힌트가 될 만한 걸 가르쳐주지 않을까 하는 기대를 안고 일부러 로비까지 나가 가바야를 찾았는데.

하루나는 자리로 돌아와 다다시에게 콜라를 건넸다.

"고마워. 얼마야?"

"350엔."

"여기."

다다시가 돈을 건넸다. 하루나는 자리에 앉았다. 두 사람은 잠시 말없이 콜라를 마셨다. 빨대로 콜라를 마시는 소리가 겹친다.

곧 영화가 시작한다. 기대에 부푼 관객들이 웃으며 차례차례 입장했다. 두 사람은 그 모습을 초조한 표정으로 멍하니 바라보았다.

상영 시각이 다가왔음을 알리는 벨이 큰 소리로 울려 퍼진 순간, 둘은 동시에 움찔 몸을 떨었다. 로비에 있던 관객들이 줄지어 객석에 앉는다. 가바야와 부회장인 가메다가 들어왔다. 둘은 인사를 한 다음, 다다시와 하루나를 둘러싸듯 각각 옆자리에 앉았다.

"준비됐지?"

가바야가 둘의 얼굴을 교대로 둘러봤다. 두 사람은 작게 고개를 끄덕였다. 가바야는 앞을 보았다.

"그럼 지금부터 1라운드를 시작하겠습니다."

다시 벨이 울렸다.

6

도쿄역 마루노우치 남쪽 출구를 나오자마자 바로 옆에 있는 횡단보도를 건너면 모퉁이에 하얀 타일로 된 낡고 커다란 빌딩이 있다. 도쿄중앙우체국이다. 모퉁이를 정면에 두고 왼쪽인 유라쿠초 방향으로 걸어가면, 오른쪽에 우체국 동쪽 문이 보인다. 안을 들여다보면 빨간 우체국 트럭이 늘어서 있다. 밝게 불이 켜진 작업장에서 끊임없이 짐이 운반되고, 기세등등하게 트럭이 차례차례 나가는 광경을 볼 수 있다. 동쪽 문 주변은 하루에 수십만 명이나 드나드는 도쿄역 부근이라고는 믿어지지 않을 정도로 인적이 드물다. 지나가는 사람도 거의 없어서 도로는 썰렁하다. 붉은 선이 비스듬하게 들어간 노란색 하토버스도쿄와 가나가와 현을 오가는 정기 관광버스 몇 대가 조용히 늘어서 있지만, 아직 집합 시간이 아니어서 그런지 정적에 감싸여 있다. 운전사는 차 안에서 하품을 하고 꾸벅꾸벅 졸면서 승객이 돌아오기를 기다렸다.

하지만 여기서 주목해야 하는 건 하토버스도, 우체국 트럭도 아니다. 조금 전 모퉁이로 다시 돌아가 오른쪽 마루노우치 방향으로 시선을 돌려보자. 우체국 건물을 둘러싼 작은 화단이 보일 것이다. 그곳에 작은 석상이 있다. 정확하게 말하자면 돌 받침대에 석상이 올려져 있다. 자세히 보면 지구 위에 나팔을 부는 천사가 앉아 있다. 이런 곳에 왜 지구와 천사 석상이 있지? 그런 생각에 한 걸음 더 다가가보면, 받침대 옆에 뭔가 붙어 있다. 우편 회수 시간이 적힌 판이다. 이 석상의 정체는 우체통이다. 돌로 된 받침대 부분이 우체통인 것이다. 우체통 입구에는 이런 글자가 새겨져 있다.

'우편은 세상을 이어준다.'

그렇군, 그래서 천사가 지구에 앉아 있는 것이다. 세상 사람들에게 우편을 전하는 천사는 낭랑하게 나팔을 불고 있다. 산성비와 배기가스 때문에 이제는 어두운 녹색으로 변색되었지만, 천사는 지구에 앉아 있고 우편은 세상을 이어준다. 실로 멋진 일이다. 지금 하늘은 다시 변덕스레 벼락을 번쩍이며 빗줄기로 천사를 흠뻑 적시려 한다. 그렇지만 천사는 꿈쩍도 하지 않고 하늘을 향해 나팔을 불고 있다. 우편은 세상을 이어준다. 그러니까 우체통은 이렇게 자신의 사명을 믿으며 언제나 꿈쩍하지 않고 그곳에서 편지가 오기를 기다리고 있는 것이다.

7

촤르륵 소리와 함께 커튼이 올라가자 장내가 어두워졌다. 스크린에서 광고가 흘러나왔다. 해변에서 건넨 다이아몬드 반지. 인기 배우가 피부에 바르는 여름용 리퀴드 파운데이션. 큰 소리로 구매욕을 자극하는 미국산 캐주얼웨어.

눈으로는 광고를 보고 있지만, 다다시의 머릿속에는 전혀 들어오지 않았다. 그는 필사적으로 몇 가지 가능성을 정신없이 검토했다.

영화관에 도착했을 때 이미 영화를 본 회장 가바야에게 지나가는 소리처럼 감상을 물었지만, 그는 히죽거릴 뿐 아무런 대답도 하지 않았다. 그의 감상을 들으면 범인의 힌트를 얻을 수 있을 거라 생각했는데. 예를 들자면 '룰 위반'이나 '놀랐다'란 사소한 한마디라도 좋다. '룰 위반'이라면 일반적인 범인 찾기에서 벗어난 황당한 결과가 등장할 것이라고 예측할 수 있다. '놀랐다'고 표현한다면 무척이나 의외의 결말이 기다리고 있다는 것이다. 그렇지만 그는 자신의 말이 다다시 같은 미스터리 마니아에게 어떤 형태로든 힌트를 주리라는 사실을 잘 알고 있는 듯 아무런 단서도 제공하지 않았다. 과연 회장이다.

다다시는 팸플릿 속 등장인물을 다시 한번 떠올렸다. 대부분의 멤버는 대충 머릿속에 들어 있다. 전작에도 등장했던 낯익은 얼굴이 몇 있고, 그 밖에는 새로운 인물이 3분의 2를 차지했다. 내가 감독이라면 누구를 범인으로 만들까? 이렇게 진지하게 범인을 알아맞히려 노력한 건 오랜만이었다. 하루나도 지금쯤 필사적으로 범인을 찾고 있을 것이다.

생각해보면 참 질긴 인연이다. 입학한 지 얼마 안 돼 참가한 첫 연합회에서 같은 테이블에 앉은 것이 실수였다. 하긴, 거기서 마주치지 않았어도 언젠가는 반드시 부딪쳤겠지만. 그 후로 2년. 눈 깜짝할 사이였다. 설마 둘이서 회장 자리를 두고 겨루게 될 줄이야.

잠시 감상에 젖었던 다다시는 마음을 다잡았다.

정신 차려. 이런 생각을 하고 있을 때가 아냐.

돌비사운드로 영화 예고편이 시작됐다. '특보!'라 외치는 으스스한 목소리가 쩌렁쩌렁 울려 퍼진다.

다다시는 불현듯 그 소리를 듣고 팸플릿에 적힌 말을 떠올렸다.

'아무도 범인을 맞히지 못할 것이다!'

그게 대체 무슨 뜻일까. 일본 쪽 배급사가 넣은 홍보 문구가 아니라, 미국에서 개봉했을 때부터 사용한 캐치프레이즈라고 했다. 〈나이트메어〉의 감독은 상상을 초월하는 미스터리 마니아라고 들었다. 감독 본인이 그러니 웬만큼 자신이 있지 않고서야 그런 문구를 사용하진 않았을 것이다. 그렇다면 역시 미스터리 마니아가 생각할 법한 범위를 넘어선 '룰 위반'의 결말이라는 건가.

다다시는 어둠 속에서 예고편 화면을 응시했다. 주인공들이 거대한 폭발에서 탈출하려 하고 있었다.

한편, 옆자리 하루나도 팸플릿에 적힌 말을 생각했다.

'아무도 범인을 맞히지 못할 것이다!'

왜 그런 말을 한 거지? 의외의 인물이 범인이라? 단순하게 생각하면 그렇게 풀이할 수 있겠지만 요즘 세상에 그런 작품을 만들기란 상당히 힘든 일이다. 추리소설만 해도 그렇다. 지금까지 수많은 트릭과 '의외의 범인'이 양산되고 연구되었기 때문에 독자의 입에서 앗 하는 소리가 튀어나오는 건 점점 더 어려워졌다. 바로 그 점이 하루나와 다다시가 대립하는 이유 중 하나다. 진정으로 창조적 트릭을 찾느냐, 조합이나 연출이 괜찮으면 참신하단 평가를 내리느냐. 옆에 앉은 이 친구는 정말 고집 불통이다. 진정으로 새로운 트릭 같은 건 이제 존재하지 않는다니까. 그리고 아무리 트릭 자체가 참신하다 해도, 그것을 제대로 살리지 못하는 고전 작품도 얼마든지 있다. 독창적인 아이디어가 있어도 소설로서 잘 만들어져 있지 않으면 상품으로는 낙제다. 영리한 연출로 평범한 트릭을 깔끔하게 포장한다면 그것도 좋은 작품이라 할 수 있을 것이다. 영화계에서도 같은 작품을 몇 번이나 리메이크하지만, 그때마다 새로운 관객을 불러 모으고 있지 않은가. 그런 점에서 다다시와 하루나는 신입생 때부터 평행선을 달리고 있었다. 속으로 한숨을 내쉬고, 하루나는 다시 〈나이트메어 4〉에 집중했다.

미스터리 팬이 얼마나 무서운지 미스터리 마니아인 감독이 모를 리 없다. 그렇다면 혹시 '아무도 범인을 맞히지 못할 것이다!'란 말에는 다른 뜻이 감춰져 있는 것일까? 혹시 '물리적으로' 범인을 맞히는 게 불가능하다는 뜻인가? 예컨대, 〈스타워즈〉처럼 '다음 편에 계속'이란 형태로 흐지부지 끝난다든지. 만일 그런 거라면 범인을 알아맞히는 건 불가능하다. 그렇게 되면 이 대결은 어떻게 되는 것일까?

하루나는 어둠 속에서 옆자리에 앉은 가바야를 힐끔 보았다. 가바야는 조용히 화면을 응시하고 있었다.

아니, 그럴 리 없다. 하루나는 다시 생각하기로 했다.

그렇다면 이미 영화를 본 가바야가 범인 맞히기 게임의 문제로 이 영화를 선정했을 리 없다. 범인을 종이에 써서 넘기라고 하지 않았는가.

응?

그렇게 생각한 순간 마음속에서 뭔가가 걸렸다.

잠깐만, 가바야가 정말 그렇게 말했나? 잘 생각해보자. 정말 그가 범인을 종이에 쓰라고 했나? 하루나는 필사적으로 기억을 더듬었다.

―진상을.

맞아, 진상을 종이에 써서 넘길 것. 이렇게 말하지 않았나?

온몸에 아드레날린이 퍼진다.

맞아, '진상'이라고 했다. '범인'이라고는 하지 않았다. 가바야는 추리소설에서 그 무엇보다 페어플레이를 중시하는 사람이다. 그러니까 스스로도 공정하게 발언했을 것이다. '진상'이라고 한 그 말에는 나름대로 의미가 있을 것이다. 바로 이거다!

아마도 이번 〈나이트메어〉에는 엄밀하게 따져 범인이 존재하지 않을 것이다. 분명 이 노선이 맞다.

하루나는 어둠 속에서 흥분했다.

다다시도 이 사실을 눈치챘을까? 살며시 통로 건너편 좌석에 앉은 다다시를 보았지만, 그는 모자를 깊숙이 눌러쓴 채 무표정한 얼굴로 스크린을 보고 있을 뿐이었다.

화면이 어두워지더니 스크린 좌우가 넓어진다.

하루나는 자세를 바로 했다. 이제 곧 본편이 시작된다. 누군가의 작은 기침 소리가 장내에 울려 퍼졌다.

8

이날은 7월 하순의 금요일. 한여름을 앞두고 비릿하고 불온한 공기가 하늘을 가득 메우고 있었다. 요즘 들어 날씨가 계속 불안정했다. 장마가 끝났는데도 연일 먹물을 푼 것처럼 흐린 날이 계속되었고, 오후만 되면 천둥과 소나기가 수도권을 덮쳤다.

〈나이트메어 4〉 상영 시작 한 시간 전.

근처에 사는 쉰두 살 주부 미야모토 요코는 여름 감기로 고생하고 있었다.

최근 들어 관절염이 심해진 데다 새벽에는 기침까지 난다. 몇 년 전에 지독한 감기를 앓은 후로는 가벼운 감기로도 호흡이 괴로워져서 힘들었다.

오전에 잠깐 날이 갠 틈을 타서 밀린 빨래를 널었는데 또다시 하늘이 심상치 않다. 황급히 빨래를 걷는 동안 점점 몸 상태가 나빠졌다.

찌는 듯한 더위로 몸이 달아올랐는데도 어쩐지 으슬으슬하다. 지독한 습기까지 한몫 거드는 바람에 기분이 최악이었다. 땀에 젖은 티셔츠를 갈아입고 부엌 의자에 앉아 시원한 녹차를 마시니 얼마쯤 기분이 나아졌다.

아이들이 돌아오기 전에 약을 사 와야겠다.

무거운 몸을 이끌고 15분 정도 파밭을 지나 간선도로로 나간 요코는 오래전부터 가족들이 다니는 개인 병원을 찾았다.

주사를 한 대 맞고 약을 타서 밖으로 나오자, 기분 나쁜 바람이 불고 있었다. 난폭하게 도로를 지나가는 트럭과 승용차 소리가 신경을 긁어댄다.

인적 드문 길을 터벅터벅 걷던 요코는 우유와 식빵을 사기 위해 대형 편의점에 들렀다. 근처 학교의 하교 시간이 아직 멀었는지 편의점은 한산했다.

물건을 사서 밖으로 나오자 그새 하늘이 시커멓게 변해 있었다.

빗방울이 섞인 세찬 바람이 뺨을 찰싹 때린다.

비 맞는 것만은 피하고 싶다. 지금까지의 경험으로 봤을 때, 여기서 비를 맞고 집까지 갔다간 내일 자리에 드러누울 것이 불 보듯 뻔하다. 이제 곧 여름방학이다. 더구나 막내가 수험생이라 신경이 곤두서 있는데 엄마가 되어서 누워 있을 순 없다.

무거운 머리로 힐끔 발밑을 내려다보자, 우산꽂이에 낡은 비닐우산이 꽂혀 있는 것이 보였다. 보아하니 꽤 오랫동안 방치된 모양이다. 지금 편의점에 있는 손님이 들고 온 우산은 아닌 것 같았다.

편의점 안을 돌아본 요코는 마음을 굳게 먹고 우산을 들었다. 무척 더러운 데다 비닐도 벗겨지고 우산살까지 구부러졌지만, 비를 피할 순 있을 것이다.

요코는 그 우산을 빌리기로 했다.

그녀는 힘겹게 파밭을 횡단했다. 사방에서 불어오는 바람 때문에 몇 번이나 걸음을 멈출 뻔했다. 겨우 집에 도착했을 무렵에는 비닐이 두 군데나 벗겨져 있었다.

요코는 욱씬욱씬 쑤시는 몸을 구부려 현관 밖에 우산을 놓았다. 집 안은 널어놓은 빨래로 이미 습기가 가득했기 때문에 젖은 물건을 더는 들이고 싶지 않았다. 우산이 무척이나 너덜너덜하고 추레해서 집에 들여놓고 싶지도 않았다.

요코가 늦은 점심을 먹는 동안 바람은 점점 더 거세졌다.

현관이 낮은 담으로 둘러싸여 있긴 했지만, 변덕스레 부는 세찬 바람은 펼쳐놓은 비닐우산을 순식간에 정원 쪽으로 밀어냈다. 땅에 착지한 새가 두 다리를 벌리고 콩콩 뛰어서 이동하는 것처럼 우산은 올라갔다 내려갔다를 반복하며 바람에 밀려 저 멀리 사라졌다.

눈 깜짝할 사이에 우산이 파밭 위로 날아올랐다. 그러고는 뭔가에 이끌리듯 요코의 집에서 멀어졌다. 우산은 널따란 밭 위를 미끄러지듯 날아갔다. 작은 회오리바람에 밀려 위아래로 움직이며 변덕스러운 여행을 계속한다.

우산은 하얀 콘크리트 벽으로 둘러싸인 고가도로 쪽으로 향했다.

9

엘리베이터에서 내려 밖으로 나온 다가미 유코는 잠시 동안 망설였다.

긴자 쪽으로 갈까, 아니면 도쿄역 쪽으로 갈까.

긴자 쪽은 백화점이 많다. 마쓰야나 미스코시 지하에 가면 케이크나 쿠키 종류는 얼마든지 있다. 그렇지만 요즘 그녀가 제일 좋아하는 쿠키는 도쿄역에 입점한 다이마루백화점 지하에서 팔았다. 요즘 유행하기 시작한 쿠키인데, 이 시간이라면 아직 줄도 길지 않을 것이다. 유코는 최근 몇 번이나 이 쿠키를 사려고 시도했지만, 퇴근길에 들러보면 무서울 정도로 줄이 길게 늘어서 있거나 이미 다 팔린 후거나였다. 요즘 유행하는 단맛을 줄인 깔끔한 과자들은 단것을 무척 좋아하는 그녀의 입맛에는 다소 부족했다. 이때 등장한 강렬한 보라색 쿠키는 오랜만에 단맛을 즐길 수 있는 이상적인 쿠키였다. 텔레비전이나 잡지 등에서도 소개가 되었으니, 그걸 사 가면 이야깃거리도 생기고 미식가인 선배들도 센스 있다고 좋아해줄 것이다. 하지만 선배들은 항상 칼로리를 신경 쓰니 그 쿠키만 사갈 순 없다. 절반은 가볍게 먹을 수 있는 다른 과자를 사고, 쿠키는 다 같이 맛이나 볼 정도로만 사면 되겠지.

아니면 그냥 부담 없이 먹을 수 있는 걸로 사야 하나. 호조 선배가 준 5000엔을 다 쓸 수는 없다. 최대한도는 3000엔. 2000엔은 남겨가야 한다. 그 쿠키는 꽤 비싼 축에 속한다. 그렇다고 쿠키와 차이 나는 다른 저렴한 과자를 살 수도 없다. 음식 때문에 생기는 원한은 무서운 법이니까, 나누어줬을 때 비싼 것과 싼 것의 격차가 느껴지면 안 된다. 아, 경리과의 도와타 과장님을 잊었다. 그분도 단것에는 정신을 못 차린다고 했지. 언제나 직원들이 간식 먹고 있는 모습을 뚫어져라 본다. 경리과 직원들에게만 돌리고 과장님께 안 드리면 잊지 않고 앙갚음한다는 소문이 돌았을 정도다. 과장님껜 쿠키를 드려야겠다. 잠깐만, 그렇게 되면 우리 과장님한테도 드려야 하잖아. 도와타 과장님껜 비싼 쿠키를 드리고, 우리 과장님께는 저렴한 과자를 드리면 불쾌해하실지도 모른다. 하지만 이제 곧 지사장님들도 돌아오실 텐데 어떡하지? 과장님 자리는 지사장님 자리 바로 앞이라, 책상에 쿠키가 올려져 있으면 금방 눈치채실 텐데. 7월 전쟁의 마지막 날인데, 직원들끼리만 먹고 윗분들께는 드리지 않는 것도 좀 그런가? 그러면 전부 합해 몇 개나 사야 하지?

오만 가지 생각이 유코의 머릿속을 어지럽혔다.

어렵다. 사내 인간관계란 정말 어렵다.

유코는 팔짱을 낀 채 진지한 표정으로 생각에 잠겼다. 긴자도, 도쿄역도 거리는 별 차이 없다.

그렇지만 먹고 싶다.

⋯⋯결국 승리한 것은 그녀의 식욕이었다.

오랫동안 못 먹었으니 역시 쿠키로 하자.

유코는 두 손을 꽉 쥐었다. 뭔가를 결심했을 때의 버릇이다.

좋았어, 역시 도쿄역이야.

조깅 자세를 취한 유코는 도쿄역을 향해 달려갔다.

10

아즈마 순사쿠는 당황스러웠다.

아무래도 길을 잃은 것 같다. 길이라고 해도 도쿄역 안이지만.

도쿄역은 거대하다. 만일 그가 축척 1만 6000분의 1 지도를 펼치고 있다면, 도쿄역이 마루노우치 1번가와 2번가를 합친 것과 맞먹는 넓이라는 사실을 알아챘을 것이다. 그렇지만 그가 들고 있는 시각표의 지도에서는, 도쿄란 역 이름을 표시한 것에 지나지 않았다. 쓰쿠바 산기슭에서 견실하게 농업에 종사해온 그에게 역이란 개찰구가 두 개쯤 있고 전망이 좋은 장소일 뿐이었다. 애당초 사람이 북적거리는 곳은 좋아하지 않고, 자신의 직업과 생활에 충분히 만족했기 때문에 그는 거의 멀리 나오는 법이 없었다. 그런 그가 일부러 고속버스까지 타고 여기에 온 것은 몇 년 전부터 시작한 하이쿠 때문이었다.

애초에 취미로 시가詩歌를 즐기긴 했지만, 아이들이 독립할 때까지 직접 지어보자는 생각은 한 번도 해본 적이 없었다. 그렇지만 둘째 아들이 다니던 회사를 그만두고 가족과 함께 고향으로 돌아왔다. 아들의 귀향은 생각지도 못한 일이었지만 시작詩作을 시작할 계기가 되었다. 아들이 뒤를 이어 농사일을 하는 지금, 여유가 생긴 슌사쿠는 국어 선생을 하던 어릴 적 친구의 권유로 함께 하이쿠를 배우기 시작했다. 몇 년 배우고 친구의 친구들과 함께 인터넷을 통해 하이쿠 동호회에 가입한 후로는 매일 일하면서 한 수 읊조리는 것이 습관이 되었다. 얼굴도 본 적 없는 인터넷에서 친해진 하이쿠 친구들과 한번 만나 이야기해보고 싶다, 어딘가에 모여서 하이쿠 모임을 갖고 싶다는 생각이 들기 시작했다. 그 꿈이 드디어 이번에 실현되었다. 할아버지, 오프라인 모임 하신다면서요? 손자가 그렇게 말했을 때는 무슨 소린지 알아듣지 못했지만.

그렇게 슌사쿠는 소년처럼 두근거리는 가슴을 안고 도쿄역에 내렸다. 하지만 그의 앞에는 미궁 같은, 하나의 마을 같은 도쿄역이 우뚝 서 있었다.

친구들과 만나기로 한 곳은 '도린광장'이었다. 그렇지만 불행하게도 쓰쿠바에서 출발한 고속버스가 도착한 곳은 도쿄역의 야에스 남쪽 출구였다. 도린광장은 반대편인 마루노우치 쪽에 있다. 그가 도린광장까지 가기 위해서는 도쿄역 바깥쪽을 따라 한 바퀴 빙 돌며 상당한 거리를 걸어야 한다.

그런 사실을 알 리 없는 그는 일단 도린광장을 향해 걸음을 옮기기 시작했다. 간판이나 안내도를 보긴 했지만 조그만 글자가 눈에 잘 들어오지 않을뿐더러, 복잡해서 자신이 어디 있는지조차 파악할 수가 없었다.

사실 순사쿠는 부끄러움을 많이 타는 성격이었다. 수줍을 때 짓는 우아한 미소가 당신 매력이에요. 아내는 그렇게 말했지만, 이곳에서 그 우아함은 방해만 될 뿐이었다. 누군가를 붙잡고 도린광장이 어디냐고 묻고 싶었지만 괜히 꺼려졌다. 더구나 지나가는 사람들 모두 그가 생각하는 인간의 이동속도보다 세 배쯤 빠르게 어깨를 들썩이며 걷고 있는 터라 도저히 말을 걸 타이밍을 맞출 수가 없었다.

마음이 초조해졌다. 땀방울이 등줄기를 타고 흘러내린다. 심장이 쿵쾅거리며 뛰기 시작한다.

그를 기다리고 있을 사람들 이름이 빙글빙글 머릿속을 맴돌았다. 야마모토, 시라토리, 요로, 시즈쿠이시. 요로, 참 좋은 이름이네요. 그래서 작품이 그렇게 느긋하고 복스럽나 봅니다. 첫마디는 그렇게 꺼내자고 전부터 계속 생각했다. 야마모토, 시라토리, 요로, 시즈쿠이시. 야마모토, 시라토리……

"뭘 찾으세요?"

그것이 자신을 향한 말이라는 걸 깨닫기까지는 잠시 시간이 걸렸다.

화들짝 놀란 슌사쿠가 긴장한 얼굴로 뒤를 돌아보니, 통통한 중년 여성이 상냥한 미소를 지으며 서 있었다. 슌사쿠의 눈에 그녀는 천사처럼 빛나고 있었다. 역시 어디든 친절한 사람은 존재하는 법이다.

"아, 고맙습니다. 도린광장이란 곳을 찾고 있습니다만."

슌사쿠가 수줍게 입을 열자, 여자는 순간 놀란 표정을 지었다. 그 표정을 주의 깊게 살폈어야 했지만, 지옥에서 천사를 만난 기분인 슌사쿠가 거기까지 신경 쓰는 데에는 무리가 있었다.

"동린광장요?"

여기서 여자가 제대로 이름을 말하지 못했다는 사실을 알아챘어야 했지만, 그는 이미 여자에게 의지하고 있었다.

"사람들이 약속 장소로 자주 이용하는 곳이라고 들었습니다."

"아, 누구랑 만나기로 하셨군요. 유명한 곳에서."

여자는 싱긋 미소 짓더니 몇 번 고개를 끄덕였다. 슌사쿠는 진심으로 안도하며 가슴을 쓸어내렸다.

"제가 안내하죠. 이쪽이에요."

"바쁘실 텐데 죄송합니다. 시간은 괜찮으십니까?"

"걱정 마세요. 도쿄역이 너무 넓어서 길 찾기 힘드시죠?"

두 사람은 화기애애하게 대화를 나누며 걷기 시작했다. 그녀 말이 맞다. 도쿄역은 너무 넓어서 찾기 힘들다. 그 말은 맞는 말이지만, 그녀도 자신이 무슨 말을 하는지 제대로 파악하지 못한 것 같았다. 여자 역시 도쿄 사람이 아니었다. 도쿄에서 혼자 사는 동생이 신장결석으로 입원 중이었기 때문에 일주일에 한 번 우쓰노미야에서 다니고 있을 뿐이다. 자신이 자주 가는 곳은 파악하고 있지만 그녀 역시 도린광장은 몰랐다. 그렇지만 도쿄역이 사람을 얼마나 불안하게 만드는지 잘 아는 터라, 같은 지방 사람으로서 순사쿠를 도와주고 싶다고 생각했다. 그래서 두리번거리는 순사쿠에게 말을 건 것이다. 그녀의 됨됨이를 나타내는 행동이었다.

그렇지만 이 나이대 사람들이 그렇듯 그녀는 순사쿠의 말을 일부밖에 듣지 않았다. '약속 장소'로 '유명한 곳'이다. 같은 단어를 사용해도 그것을 어떻게 조합하느냐에 따라서 전혀 다른 내용이 된다. 그것은 스포츠 신문의 헤드라인이나 텔레비전 와이드쇼를 보면 잘 알 수 있다. 그녀는 그 두 단어만을 기억했고, 조합했다. 그리고 그곳이 자신이 아는 장소라고 믿어버렸다.

두 사람은 담소를 나누며 지하로 내려갔다. 그곳은 그녀가 일찍이 친척과 몇 번 만났던 장소였다.

"여기 맞죠?"

"오, 여기가 맞네요."

확실히 여러 사람이 모여 누군가를 기다리고 있었고, 안쪽에는 기념물로 보이는 커다란 뭔가가 놓여 있었다. 슌사쿠는 이곳을 완전히 도린광장이라 생각했다.

"고맙습니다, 고맙습니다. 동생분의 쾌유를 빕니다."

"별말씀을요. 좋은 시간 보내세요."

두 사람은 꾸벅 고개를 숙이고 기분 좋게 헤어졌다. 양쪽 모두를 흡족하게 만든 아름다운 조우였다.

슌사쿠는 두리번거리며 사람들의 얼굴을 살폈다. 약속 시간이 벌써 15분이나 지났는데 그 비슷한 사람들은 보이지 않았다.

늦는 건가? 아니면 내가 늦으니까 걱정돼서 찾으러 간 건가? 슌사쿠는 몇 번이나 광장을 돌며 네 명을 찾았다.

또다시 강한 불안이 밀려든다.

등줄기를 타고 땀이 흘러내렸다.

광장에 도착했을 때, 그는 안쪽에 놓인 기념물을 자세히 보았어야 했다.

그것은 커다란 은방울이었다.

친절한 중년 여성이 그를 데리고 온 곳은, 도쿄역 야에스 방면에서 전국적으로 유명한 약속 장소인 '긴노스즈광장'이었다.

11

새카만 구름이 속도를 올려 밀려드는 파도처럼 논밭 위를 달렸다. 윙윙거리는 소리와 함께 거친 바람이 벼 이삭을 휩쓸고 지나간다.

군데군데 찢어진 투명 비닐우산은 여전히 바닥과 공중을 오가며 어설프게 춤추고 있다.

멀리 떨어진 하늘에서 섬광이 번뜩였다. 이윽고 불온한 땅울림이 들렸다. 고가도로 밑에서 한층 거센 바람이 불어왔다. 바람에 휩싸인 우산이 하늘 높이 솟아올라 하얀 연처럼 공중에서 너울거렸다.

우산은 천둥소리를 배경으로 잠시 동안 공중에 머물렀지만, 바람이 멈추자 순식간에 힘을 잃었다. 그렇게 움직임을 멈춘 우산은 그대로 선로에 떨어졌다.

12

가와조에 겐타로는 당황했다. 당황이라는 말만으로는 설명할 수 없다. 새하얗게 질렸다고 해야 할 것이다.

부러진 선글라스를 셔츠 주머니에 쑤셔 넣은 뒤, 아픈 다리를 이끌고 도쿄역 안에 들어가 잠시 걷는 도중에 그 사실을 깨달았다.

들고 있던 짐이 가볍게 느껴졌지만 기분 탓인 줄 알았다. 그렇지만 한 걸음 내디딜 때마다 너무 가벼워, 이럴 리 없어, 더 무거웠는데, 하는 생각이 뭉게뭉게 마음속에 피어올라서 불현듯 종이봉투를 다리로 건드려봤다.

종이봉투는 쉽게 구겨졌다.

'시제품'이 없다.

그 순간, 싸늘한 공포가 온몸을 뒤덮었다.

잃어버렸다. 말도 안 돼.

글자 그대로 온몸이 싸늘해졌다. 상반신에서 핏기가 가신다.

기둥 그늘로 들어가 들고 있던 종이봉투 세 개를 발밑에 내려놓았다. 분명히 세 개가 맞다. 가급적 남들 눈에 띄지 않도록 흔한 봉투를 골랐다. 그리고 이 까만 봉투에 막 완성된 시제품을 넣었다.

그렇지만 안에 들어 있는 건 노인네들이나 입을 만한 마 혼방 회색 재킷과 콩이었다.

왜 이런 게 들어 있는 거지? 도둑맞은 건가?

남자는 천천히 재킷을 펼쳐보았다. 앞섶에 '아즈마'란 이름이 수놓여 있었다.

그 순간, 그는 무슨 일이 일어났는지 알아챘다. 조금 전 넘어졌을 때, 아니, 쓰러졌을 때다. 그 망할 여자의 발길질에 쓰러졌을 때 짐이 사방으로 흩어졌다. 확인도 하지 않고 황급히 줍다가…….

모자를 쓴 노인의 모습이 뇌리에 떠올랐다.

재킷이 든 까만 봉투를 뚫어져라 바라본다. 도라야의 로고.

분명히 그 영감이 들고 있던 봉투를 잘못 가져온 것이다.

충혈된 눈에 서서히 공포가 번져나간다. 자신이 얼마나 큰일을 저질렀는지 깨달은 순간, 묵직한 납덩이가 가라앉은 것처럼 위장이 욱신거렸다.

그 영감을 찾아야 한다.

그는 황급히 왔던 길을 되돌아갔다. 온몸에서 진땀이 흐른다. 어쩌지, 개찰구로 들어가 어딘가로 가버렸으면 게임 끝이다. 게다가 봉투 안을 봤으면 어쩌지. 본다 해도 금세 무엇인지 알아채진 못할 테지만, 개봉한 시점에서 계획은 이미 끝이다. 전부 다시 시작해야 한다. 어떤 꼴을 당할지 상상만 해도 무섭다.

겐타로는 순간 혼란에 빠졌다.

진정해. 아직 시간이 얼마 지나지 않았어. 시골에서 올라온 영감이니 아직 근처에 있을 거야. 겐타로는 핏발 선 눈으로 주변을 두리번거리며 야에스 남쪽 출구로 되돌아갔다. 저기 있다!

중절모를 쓴 자그만 노인의 모습이 눈에 들어왔다. 그 모습을 발견한 순간 겐타로는 신에게 감사했다.

노인이 두리번거렸다. 뭔가를 찾는 모양이다.

겐타로는 호흡을 가다듬으며 잠시 노인을 지켜보았다. 노인은 그의 검은 종이봉투를 들고 있었다. 저거다. 물건이 바뀌었다는 사실을 아직 눈치채지 못한 모양이다.

땀이 식어간다.

어쩌지? 어떻게 해야 하지? 솔직하게 다가가 물건이 바뀌었다고 해야 하나? 내 얼굴을 기억하고 있을까? 시간이 흐른 뒤에도 내 얼굴을 기억할까?

선글라스가 망가졌다는 사실을 떠올리고 그는 혀를 찼다.

정말 타이밍하고는. 젠장. 그 여자 때문이다. 그 여자가 뒤에 서 있지 않았다면, 그 여자가 그 멍청한 신발을 신고 있지 않았다면 이런 일이 벌어지지 않았을 텐데.

입술을 꽉 깨문다.

노인은 여전히 두리번거리고 있었다. 개찰구에 들어가려는 것 같지는 않았다. 누군가를 기다리고 있나? 그렇다면 일행이 나타나기 전에 어서 물건을 바꿔달라고 하는 편이 낫겠다.

그렇지만 겐타로는 잠시 망설였다. 그가 망설이는 동안 중년 여성 한 명이 노인에게 다가가 말을 걸었다.

쳇, 저 여자는 누구지? 기다리던 사람인가?

겐타로는 움찔했다. 두 사람이 뭔가 이야기를 나눴다. 그다지 가까운 사이로는 보이지 않는다.

위험하다, 위험해. 지금 내가 저 영감에게 말을 걸었다면, 여자는 분명히 그 모습을 목격했을 것이다. 그건 안 된다. 영감 혼자라면 몰라도, 다른 사람까지 내 모습을 기억했다간…….

두 사람은 걸음을 옮기기 시작했다. 다시 식은땀이 등줄기를 타고 흘러내렸다.

어디로 가는 거지?

겐타로는 하는 수 없이 뒤를 밟았다. 주머니에 손을 넣었다. 교통카드는 가지고 있으니, 전철을 탄다 해도 뒤쫓을 수 있다.

두 사람은 화기애애하게 웃으며 지하로 내려갔다.

그들은 긴노스즈광장 앞에서 헤어졌다. 단순히 길을 안내해준 모양이다.

젠장. 여기서 영감이 누군가와 만나기로 한 건가. 상황이 점점 더 나빠졌다. 역시 조금 전에 말을 걸었어야 했다.

또다시 위장이 묵직해졌다.

어떡하면 좋지. 어떡해야 하지.

위장이 욱신거린다. 겐타로는 식은땀을 흘리며 광장을 두리번거리는 노인의 모습을 바라보았다.

13

누카가 요시히토는 흠뻑 젖은 손수건으로 번들거리는 이마의 땀을 닦았다. 온몸이 땀투성이다.

나잇살이 오른 육중한 몸 탓에 그냥 서 있기만 해도 땀이 나는데, 요 며칠은 이곳저곳 뛰어다니기까지 했다. 그것도 모자라 마지막 날에는 이렇게 멀리까지 계약서를 가지러 왔다. 지금 흘리는 땀의 절반은 식은땀이었다.

함께 온 영업 사원은 아직도 사장과 이야기하는 중이다. 요시히토는 계약서와 보험료를 가지고 돌아가기 위해 한발 먼저 회사를 나왔다. 사장은 인정 많고 좋은 사람이긴 하지만, 한번 이야기를 시작하면 끝이 없다. 영업 인생 25년 차인 요시히토조차 끼어들 수 없는 걸 보면 정말 인물은 인물이다.

벗어놓은 양복 재킷에서 더운 김이 피어오르는 것 같았다.

정말 못살겠군.

목덜미를 주무르며 플랫폼에 들어온 전철에 올라탔다.

나리타 선 상행은 비어 있었다. 냉방이 잘된 차 안에는 젊은 여자와 회사원 몇 명이 꾸벅꾸벅 졸고 있었다.

좌석에 앉은 요시히토는 안도의 한숨을 크게 내쉬었다.

그러곤 편안한 마음으로 무릎 위 가방을 꼭 껴안는다.

됐다. 1억 성공이다. 이걸로 마음 편히 돌아갈 수 있다. 가방에는 방금 받아온 계약서와 보험금이 든 봉투가 들어 있다. 지사장에게는 조금 전 연락을 했다. 목표를 달성해서 지사장도 안심한 모양이다. 이번 달도 살아남았구나. 그는 수화기에서 흘러나오는 한숨 소리를 들으며 마음을 놓았다. 물론 계약과의 결정이 날 때까지 기다려야 하지만, 이번 달에 계약한 피보험자의 건강과 사업 내용에 불안 요소가 없으니 괜찮을 것이다.

어떻게 매달 이런 짓을 해왔는지 모르겠다.

피곤이 몰려온다.

드디어 불평을 내뱉을 여유가 생긴 건가. 그런 생각을 한 자신이 스스로도 우스워서 요시히토는 혼자서 쿡쿡 웃었다.

눈앞으로 팔을 올려 시계를 보았다. 1시가 지났다. 3시까지는 계약서를 가지고 돌아갈 수 있을 것이다. 호조에게 넘기고 나면 뒷일은 걱정하지 않아도 된다.

쏴아 하는 소리에 요시히토는 차창을 바라보았다.

빗줄기가 차창을 때리는 소리였다. 하늘이 소름 돋을 정도로 시커멓다.

또 비가 오는군. 요즘 이런 날씨가 계속되고 있다. 어차피 더울 거라면 햇볕 쨍쨍한 푸른 하늘이 낫다. 푹푹 찌는 날씨에 비 내리고 바람까지 불면 바깥에 돌아다니는 사람은 어쩌라고.

요시히토는 넥타이를 느슨하게 풀었다. 오늘 밤엔 느긋하게 맥주나 마셔야겠군. 그렇게 생각한 순간 팽팽하던 긴장의 끈이 풀렸다. 해일처럼 잠기운이 몰려왔다.

14

"날씨가 왜 이 모양이람. 얼굴이 끈적거려서 짜증 나잖아."

오치아이 미에는 화장한 얼굴을 잔뜩 찌푸리며 하늘을 올려다보았다. 하늘을 뒤덮은 낮은 구름이 금방이라도 비를 뚝뚝 떨어뜨릴 것 같았다.

"비싼 화장품 쓰면서 왜 그래?" 유키 마사히로가 놀리듯 말했다.

미에는 입을 삐죽이며 옆에 있는 마사히로를 노려보았다.

"여름에 피부 관리하는 게 얼마나 큰일인 줄 알아? 더구나 건물 안은 너무 추워서 건조하단 말야. 피부가 얼마나 상하는데. 화장품도 매년 진화하고 있긴 하지만, 그보다 먼저 피부가 노화하는 게 느껴진다고. 요즘 들어 왜 그런지 땀도 잘 안 나. 갱년기 장애인가."

마사히로는 기가 막히다는 표정으로 미에의 얼굴을 보았다.

"무슨 소리야. 아직 서른밖에 안 됐으면서."

"벌써 서른이야. 그거 알아? 요새 여자들 갱년기가 점점 빨라지고 있대. 30대에도 환경이나 스트레스의 영향으로 갱년기 장애랑 비슷한 증상이 나타난다고."

"여자들도 고생이야. 일을 너무 열심히 해서 그래." 마사히로는 천연덕스레 대답했다.

미에는 쓴웃음을 지으며 가볍게 마사히로의 어깨를 쳤다. "뭐야, 오늘 누구 때문에 이런 차림으로 나왔는데? 적당히 해."

"미안, 미안. 갖고 싶은 거 있으면 말해. 가방이든 구두든 다 사줄 테니까."

미에는 땅이 꺼져라 한숨을 쉬었다.

옆에 있는 마사히로는 지나가는 여자들이 모두 힐끔 곁눈질할 정도로 잘생긴 남자다. 비싼 양복을 세련되게 차려입고 자신만만한 태도로 긴자 거리를 걷고 있다. 오늘 마사히로가 가급적 화려한 차림으로 와달라기에, 미에는 화려하고 거만한 여자를 연출하기 위해 라크루아 정장을 입고 머리도 굵게 말았다. 미에 역시 지나치는 남자들이 모두 선망의 시선으로 바라볼 정도로 매력적인 여성이다.

미에와 마사히로는 네 살 차이 나는 사촌으로, 어릴 적부터 사이가 좋았다. 마사히로는 청년 사업가다. 부유한 집안에서 태어나 아버지의 사업체 중 몇몇을 물려받아 경영하고 있다. 유전인지, 천부적으로 사업에 소질이 있어서 고급 음식점을 몇 차례 성공시킨 뒤 지금은 다른 장사에도 손대고 있다.

겉과 속이 다르지 않은 털털한 성격으로 미워할 수 없는 인물인데다, 겉모습도 훤칠해서 어릴 적부터 인기가 많았다. 미에는 마사히로와 닮지는 않았지만, 털털한 성격이 서로 잘 맞아 예전부터 자주 함께 놀러 다니곤 했다.

문제는 마사히로가 때때로 헤어지고 싶은 여자가 있을 때마다 미에를 이용한다는 것이었다. 마사히로는 쉽게 반하고 쉽게 질리는 남자였다. 게다가 솔직한 성격이라, 그때까지 공주 대접을 하던 여자들에게 어마어마한 충격을 주었다. 어차피 찰 거라면 처음부터 가볍게 만날 여자를 사귀면 될걸. 미에는 그렇게 생각했지만, 마사히로는 그런 관계에는 그다지 관심을 보이지 않았다. 그는 진지하고 착실한 여자를 좋아했다.

미에는 몇 번이나 위험한 짓은 관두라고 충고했다. 사람들은 배신당했다, 자기를 가지고 놀았다 그런 식으로 부정적인 감정을 품기 쉽다. 그러다 언젠가 칼 맞는다? 고등학교 때부터 농담처럼 그렇게 말했지만 마사히로는 들으려 하지 않았다. 하지만 스무 살 때 사귀던 여자가 자살을 시도한 뒤로는 천하의 마사히로도 나름대로 자중하는 것 같았다.

사전에 이야기를 듣기 위해 만난 긴자의 레스토랑에서 상대방 사진을 본 순간, 미에는 불길한 예감이 들었다.

이 여자는 위험하다.

사진을 본 순간 그런 확신이 들었다.

들어보니 사업상 알게 된 여자인데 은행에 근무한다고 한다. 부모님은 대학교수. 착실한 성격에 학벌도 좋고, 게다가 상당한 미인이다. 확실히 마사히로가 끌릴 만한 여자였지만, 이 여자는 위험하다.

"마사히로, 난 이 여자 만나기 싫어." 미에는 내키지 않는 목소리로 중얼거렸다.

"왜? 미에가 안 만나주면 순순히 물러나지 않을 거란 말이야."

오리 로스트를 먹으며 마사히로는 어린아이 같은 눈빛으로 미에를 바라봤다. 미에가 거절할 거란 생각은 꿈에도 하지 않는 천진난만하고 잔혹한 눈동자였다.

"조금만 더 일찍 말하지. 그러면 나도 이런 옷 말고 얌전하게 꾸미고 왔을 텐데."

"왜? 그런 옷이 훨씬 효과적이잖아. 나보다 이런 경박한 여자가 좋다니, 사람 잘못 봤어. 이렇게 생각할 거 아냐."

"역효과만 날 수도 있단 말야."

미에는 사진을 들어 올렸다. 특히 이런 여자의 경우엔 더더욱. 마음속으로 그렇게 중얼거렸다.

"안 내켜. 너 혼자 만나."

"뭐? 이제 와서 그러면 어떡해. 네가 와준다고 해서 마음 놓고 있었는데."

"그건 알 바 아니고. 사촌이라고 지금까지 챙겨준 내가 바보지."

"이번 한 번만. 정말 이번 한 번만 도와주면 다시는 부탁 안 할게. 제발, 응?" 마사히로는 당황했는지 잠시 불안한 표정을 지었다. 그러곤 혼잣말처럼 중얼거렸다. "그리고…… 솔직히 혼자서 만나기 무서워."

미에는 마사히로의 얼굴을 빤히 보았다.

"왜?"

"음…… 그게 말이지, 요새 눈빛이 심상치 않거든. 가끔씩 오싹해진다니까."

"뭐?"

미에는 자신도 모르게 뒤로 물러났다.

"내가 헤어지자고 하려는 걸 어렴풋이 눈치챈 것 같은데, 직접 얼굴 보고 그런 말은 안 해. 하지만, 날 버리지 않을 거지? 그런 소리를 한단 말이야."

　마사히로가 진심으로 무서워하고 있다는 사실을 깨달은 미에는 점점 더 불안해졌다.

　"진짜 이제 작작 좀 해, 마사히로! 두 번 다시 이런 일로 불러내지 마. 나이깨나 먹어서 이러고 싶니? 이제 진지하게 사귈 여자를 찾아보라고. 언제까지 이렇게 살 거니?"

　갑자기 짜증이 치밀어서 미에는 언성을 높였다. 마사히로는 어울리지 않게 의기소침한 표정을 지었다.

　"응. 이제 안 그럴 거야. 그러니까 이번만 도와줘. 이런 일 부탁할 사람은 너밖에 없단 말이야."

　"당연하지. 이런 일 부탁할 여자가 여럿 있을 정도면 넌 정말 좀 맞아야 돼."

　미에는 화를 내며 난폭하게 커피 잔을 들어 벌컥 들이켰다.

　둘은 어떻게 할 것인지 의논하며 약속 장소인 도쿄스테이션호텔까지 걸어갔다. 호텔에 가까워질수록 점점 흐려지는 날씨가 마치 이 상황을 나타내는 것 같아서 썩 기분이 좋지 않았다.

　두 사람의 말수가 점점 줄어들었다.

　"저기, 그 여자 이름이 뭐야?"

　미에가 태연한 척 묻자 마사히로는 앞을 본 채 혼잣말처럼 중얼거렸다.

　"아사다 가요코."

15

터덜터덜 복도를 걷는 마리카의 가슴이 불안으로 가득 찼다.

내 안무를 어떻게 봤을까? 내 생각에는 꽤 잘한 것 같은데.

마리카와 같이 춤췄던 다른 여자아이들도 복잡한 표정으로 복도를 걷고 있었다.

레이나와 그렇게 차이 나진 않았어. 조금 떨어진 곳에서 뒤따라오는 레이나의 기척을 느끼며 마리카는 스스로에게 되뇌었다.

레이나의 춤은 사뿐사뿐 가볍다. 동작에 그다지 강약은 없다. 세세한 동작만 놓고 보자면 마리카가 더 뛰어나다. 레슨 선생님도 마리카는 어떻게 하면 남들이 좋아할지 잘 알고 있다고 칭찬했다.

그보다 심사 위원들이 마리카와 다른 아이들의 안무를 보며 뭐라고 소곤대던 것이 신경 쓰여 견딜 수가 없었다. 무슨 얘기를 한 거지? 날 보고 있던 것 같기도 하고, 다른 아이를 보고 있던 것 같기도 하고.

대기실로 돌아갈 생각을 하니 우울했다. 아키코가 무서운 얼굴로 잘했느냐고 캐물을 것이 눈에 선했다.

대기실 분위기는 조금 전 나왔을 때보다 훨씬 편안했다. 대부분의 아이들이 첫 테스트를 마친 뒤 안도감에 젖어 있어서 그럴 것이다.

대기실에 들어가자 레이나의 엄마와 이야기를 나누고 있는 아키코가 보였다. 아까처럼 살벌한 분위기는 아닌 것 같아서 안심했다.

"수고했어." 아키코는 생글거리며 마리카를 맞이했다. "어땠어? 잘했니?"

레이나의 엄마 앞에서 침착한 모습을 보여주려는 건지, 아키코의 태도는 평소와 달리 대범했다. 다행이다.

마리카는 어깨를 으쓱했다. "모르겠어요. 그럭저럭 괜찮은 것 같았는데."

"레이나, 잘했어?" 레이나의 엄마가 살짝 기대 어린 목소리로 딸에게 말을 걸었다.

"음. 선생님들이 어떻게 보셨는지는 모르겠어. 다 같이 쳤거든." 레이나는 난처한 표정이었다.

마리카는 내심 놀랐다. 레이나가 심사 위원들의 시선을 신경 쓰는 줄 몰랐기 때문이다.

"그래, 수고했어. 아직 오디션이 남았으니까 앉아서 푹 쉬렴. 이번에는 한 사람씩 부른다니까 시간이 좀 걸릴 거야. 음료수 줄까?"

아키코가 자리에서 일어나려 하자, 레이나의 엄마가 가방에서 물병을 꺼내며 말을 걸었다.

"집에서 칼피스 가져왔는데, 마리카도 마실래?"

칼피스란 말을 들으니 갑자기 마시고 싶어졌다. 마리카는 아키코의 눈치를 보았다. "엄마, 마셔도 돼요?"

아키코는 잠시 망설였지만 웃으며 고개를 끄덕였다. 그리고 레이나의 엄마에게 고개를 숙였다.

"그래, 그러렴. 잘 마실게요."

레이나의 엄마가 종이컵을 꺼내 테이블에 놓았다.

16

주인공은 거울로 둘러싸인 방에서 덜덜거리는 피투성이 전기톱을 든 살인마가 다가오기를 기다렸다.

놀이공원의 태평한 테마 송이 천진난만하게 흘러나온 순간, 클라이맥스가 다가왔음을 알리는 으스스한 중저음 음악이 영화관 전체에 울려 퍼졌다.

주인공은 온몸에 부상을 입고 피를 흘렸다.

기묘한 색깔의 어두운 광선이 교차하는 거울 방에서, 만화경처럼 주인공의 얼굴이 여기저기 나타난다. 주인공이 겁에 질린 얼굴로 두리번거릴 때마다 다양한 각도에서 본 자신의 모습이 나타난다.

발밑에는 피투성이 소년이 쓰러져 있다. 그녀를 지키려다가 살인마의 함정에 걸린 것이다. 그를 보지 않으려 애쓰던 주인공은 소년의 손에 들린 휴대전화를 보고 눈물을 흘린다.

"너무해, 어떻게 이럴 수가 있어."

주인공은 작게 신음했다. 동시에 그녀는 뭔가 깨달은 듯 놀란 표정을 지었다. 그러곤 눈빛에 강렬함을 띠기 시작했다.

"알았어."

그녀의 눈동자에서 분노의 불길이 활활 타올랐다.

태평한 음악이 귀를 찌른다. 양옆에서 울려 퍼지는 중저음도 점점 커져갔다.

"그래. 그 녀석이 범인이야."

주인공은 카메라를 향해 소리쳤다.

그 순간 화면이 멈췄다.

웅성거리는 환호성이 장내를 흔들더니 박수갈채가 터져 나왔다.

팡파르가 울려 퍼지고 스크린에 글자가 나타났다.

관객에게 보내는 도전장

단서는 지금까지 상영된 영화 속에 있습니다.

자, 살인마는 과연 누구일까요?

플래시백으로 지금까지 나온 장면과 등장인물이 차례차례 흘러나왔다. '나이트메어' 시리즈가 미스터리 팬들의 지지를 받는 것은 이러한 형식 덕분이었다. 절정 부분에서 '관객에게 보내는 도전장'이라는 문구와 함께, 범인을 포함하여 등장인물과 단서가 담긴 영상을 플래시백 형태로 보여주는 것이다.

그리고 이 시간을 이용해 다다시와 하루나는 옆자리에 앉은 가바야와 가메다에게서 건네받은 종이에 재빨리 무어라 썼다.

영화를 보고 두 사람이 추리한 진상을.

다 쓴 다음, 둘은 메모를 재빨리 옆자리로 넘겼다.

짜잔 하는 소리와 함께 다시 팡파르가 울리며 화면이 움직였다. 두 사람은 잡아먹을 듯한 표정으로 화면을 뚫어져라 응시했다.

요란한 소리와 함께 거울이 깨지자, 주인공은 눈을 부릅뜨며 날카로운 비명을 질렀다.

17

창밖이 밝아진 것 같다.

아침인가? 요시히토는 잠결에 그런 생각을 했다.

그 순간, 강력한 중력과 함께 요시히토는 좌석에서 튕겨 나올 뻔했다. 곧바로 눈이 떠졌다.

끼이익, 둔탁한 소리와 함께 전철이 멈췄다.

열차 안 불이 모두 꺼지면서 컴컴해졌다. 요시히토는 깜짝 놀라 자리에서 일어났다. 그와 마찬가지로 졸고 있던 승객들이 여기저기서 황급히 일어나는 기척이 느껴졌다.

"뭐지?"

"정전이네."

"낙뢰인가?"

어두운 차 안에서 누군가가 중얼거리는 소리가 들렸다.

요시히토는 어느샌가 잠에 취한 자신의 모습에 머쓱해하며 창밖을 보았다.

바깥은 여전히 어두컴컴했고, 세찬 빗줄기가 창문을 두드렸다.

고가도로 아래에는 넓은 밭이 펼쳐져 있었다. 역과 역 사이에 멈춘 모양이다.

여기가 어디지?

모두가 가만히 숨을 죽였다. 잠시 후에 불이 다시 켜졌다.

사람들은 이제야 마음을 놓은 듯 안도한 표정을 지었다.

그렇지만 여전히 열차는 멈춰 서 있었다.

승객들은 끈기 있게 기다렸지만 꿈쩍도 하지 않았다.

다시 눈을 붙인 승객도 이윽고 짜증스러운 얼굴로 눈을 떠 천장을 올려다보고, 옆 차량을 들여다보았다.

요시히토의 마음도 점점 불안해졌다.

어떻게 된 거지? 사고가 난 건가?

초조한 마음으로 기다렸다. 냉방이 꺼진 모양이다. 점차 올라가는 차 안 온도에 비례해 승객들의 불쾌지수도 높아져간다.

"대체 어떻게 된 거야? 안내 방송은 해야 할 거 아냐."

회사원 두 명이 불평을 내뱉었다.

맞아. 이렇게 오랫동안 안내 방송도 하지 않다니, 근무 태만이다.

마음속으로 고개를 끄덕이며 요시히토는 다리를 떨기 시작했다.

그 순간, 귀에 거슬리는 소리가 나며 안내 방송이 흘러나왔다.

승객들은 동작을 멈추고 귀를 기울였다.

"승객 여러분께 알려드립니다. 선로 사고가 발생한 모양입니다. 지금 원인을 조사 중입니다. 선로 사고가 발생한 모양입니다. 지금 원인을 조사 중입니다. 원인을 알아내는 즉시 출발하겠사오니 잠시만 기다려주십시오. 다시 한번 승객 여러분께 알려드립니다……."

안내 방송의 목소리도 동요를 감추지 못하고 있었다. 뭐야? 승객들은 의아한 얼굴로 서로 마주 보았다. 사전에 약속이라도 한 듯 동시에 손목시계를 들여다보는 사람들을 보고, 요시히토 역시 자신의 손목시계를 보았다.

그 순간, 요시히토는 온몸에 찬물을 뒤집어쓴 듯 오싹한 기분을 느꼈다.

2시 5분.

여기가 어디지?

요시히토는 정차 위치를 파악하기 위해 차 안과 바깥 풍경을 두리번거렸다. 그렇지만 아무것도 없는 밭이 펼쳐져 있을 뿐, 단서라고는 전혀 찾을 수 없었다.

어디지? 출발하려면 앞으로 얼마나 더 있어야 하지?

요시히토는 가방을 껴안고 자리에서 일어났다. 온몸에서 식은땀이 흘러내렸다.

계약서. 보험료. 오후 3시. 마감일.

수많은 것이 한꺼번에 머릿속에 떠올랐다.

갑자기 닥친 불운에 요시히토의 머릿속이 새하얘졌다.

오 마이 갓.

초등학교에 입학한 지 얼마 되지 않은 셋째가 요새 매일 입버릇처럼 내뱉는 그 말이 무의식중에 튀어나왔다.

18

"여름 역 달리지 않는 차륜 더위를 피하네."

"여름 역 디즈니랜드 봉투로 넘쳐나네."

"붉은 벽돌 출근하는 사람들에게 모닥불을 붙이네."

"기고ㅎㅏㅇㅣㅋㅜ에 들어가는 계절을 상징하는 시어가 뭐지?"

"안 되나? 하긴, 모닥불은 겨울 느낌이지. 도쿄역의 붉은 벽돌이 활활 타오르는 숯불처럼 보일 정도로 무더운 여름. 전철에서 줄줄이 쏟아져 내리는 사람들에게 불을 붙이는 것처럼 보인다. 붉은 벽돌에서 여름이 연상되지 않나?"

"도쿄역이 연상되긴 하지만, 여름은 좀 아니라고 보네."

"아니, 그래도 붉은 벽돌을 꼭 넣고 싶네. 붉은 벽돌, 붉은 벽돌. '붉은 벽돌 출근하는 사람들의 옷을 벗겨라.' 어때? 역에서 나가면 더우니까 모두 웃옷을 벗지. 이러면 여름이 연상되지 않나?"

"도요히코, 자네는 항상 그런 '아방가르드'한 표현을 즐기더군."

"좀 더 솔직하게, 처음에는 기본에 충실해야지. 진부한 것에서 출발해 조금씩 정도에서 벗어나는 것이 제일 빠른 길이야."

"도쿄역은 기고로 쓸 수 없겠지?"

"우에노역이라면 설에 귀성한다든지, 집단취직1960년대 일본 농촌 청소년들이 고등학교 졸업 후 도시의 공장 등에 취직하기 위해 집단으로 기차를 타고 상경하던 일 같은 이미지가 연상되니까 봄이란 느낌이 들기도 하네만."

"히데토모, 요새 누가 집단취직이란 말을 쓰나."

여기는 도쿄역 마루노우치 방면의 도린광장이다. 야에스 방면의 긴노스즈광장에 비하면 비교적 지명도가 낮은 만남의 장소이다. 플라스틱 의자가 놓여 있긴 하지만 긴노스즈광장만큼 많지는 않다. 참고로 이 '도린'이란 C62형 증기기관차의 바퀴를 뜻한다. 전후인 1948년, 전쟁으로 파괴된 도쿄역 복구와 함께 탄생하여 전국 방방곡곡을 달리며 일본의 부흥에 공헌한 바퀴다. 증기기관차로서는 세계에서 제일 빠른 시속 129킬로미터를 기록하기도 했다. 기특한 바퀴다. 그 공적을 높이 사, 이렇게 기념물로 지정된 것이다. 그렇지만 검고 웅장한 바퀴도 옆에 설치된 흡연 구역의 박력에 점점 밀리고 있었다. 매년 설 자리를 잃어가는 애연가들이 황홀한, 혹은 원한에 찬 얼굴로 조급하게 담배를 피우는 풍경에서는 섬뜩한 뭔가가 느껴졌다. 천장에 설치된 거대한 공기청정기는 배출되는 연기의 양을 전혀 따라잡지 못했다. 애연가들은 자신들의 마지막 요새를 사수하려는 듯 빽빽이 흡연 구역을 둘러싸고 있었다. 이대로 손을 잡고 빙빙 돌기 시작하는 게 아닐까 하는 생각이 들 정도다. 담뱃불을 끄는 몇 초도 아쉬운 듯, 차례차례 불을 붙이며 열심히 담배를 피우는 그들 덕분에 유령 같은 재색 연기가 말 그대로 연막을 치고 있었다.

그 구석에 누군가를 기다리는 듯한 노인들이 느긋하게 서 있다.

언뜻 보기에는 수수한 생김새의 노인들이지만 뭔가 이상하다. 그 주변에만 뭔가 심상치 않은 기운이 감돌았다. 그것을 증명하듯 플라스틱 의자에서 자고 있는 노숙자도, 누군가를 기다리는 중년의 사업가도 때때로 힐끔힐끔 노인들을 바라보았다. 그러다 눈이 마주치기라도 하면 황급히 시선을 돌린다.

먼저 눈길을 끄는 것은 희끗한 머리의 덩치 큰 남자다. 눈빛이 날카로웠고, 얼굴과 머리는 노인처럼 보이지만 운동으로 다져진 육체에서는 조그만 빈틈도 찾아볼 수 없었다. 과묵해서 더더욱 박력이 느껴지는 타입이다. 그의 이름은 시즈쿠이시 간조였다.

그 옆에 바싹 붙어 서 있는 노인은 자그마한 몸집에 온화한 표정을 짓고 있었다. 금색 안경테가 잘 어울렸다. 그렇지만 역시 눈은 웃고 있지 않았다. 그는 빈틈없는 시선으로 주변을 구석구석 관찰했다. 그의 이름은 야마모토 도요히코였다.

건너편에는 싱글싱글 인상 좋아 보이는 보통 체격의 노인이 서 있었다. 그 부드러운 태도는 보는 사람까지 미소 짓게 했다. 그의 이름은 요로 히데토모였다.

그리고 마지막 한 사람. 뚜렷한 이목구비와 짙은 눈썹의 소유자였다. 이제는 노인이라고 불릴 나이였지만, 얼굴에 강한 의지가 뚜렷하게 드러나 있다. 포기할 줄 모르는 끈기가 느껴지는 노인이었다. 그의 이름은 시라토리 겐키치였다.

이 네 노인이 모두 날카로운 눈빛, 즉 매서운 눈매를 가진 이유는 바로 이들이 경시청을 은퇴한 경찰이기 때문이다.

퇴직한 지 한참이 지났음에도 그들에게서는 여전히 경찰 냄새가 났다. 게다가 넷이서 만나 이렇게 사람이 북적이는 곳에 서 있으니 오죽하겠는가. 저절로 두리번거리며 수상한 인물을 찾고, 무슨 일이 일어나지 않는지 살펴보게 된다. 시즈쿠이시 간조는 오랫동안 조직폭력배를 상대해왔고, 야마모토 도요히코는 지능형 범죄를 담당했다. 요로 히데토모와 시라토리 겐키치는 같이 일하던 동료로, 주로 살인사건을 조사했다. 네 사람은 퇴직하기 전부터 경시청 내의 하이쿠 동호회에서 친하게 지냈고, 퇴직한 후로도 이렇게 함께 하이쿠를 즐기고 있다.

"간조, 그런 험악한 표정 짓지 말라고. 아즈마는 무척 얌전한 친구라 우리가 자기 하이쿠 친구인 줄은 꿈에도 모를 거야."

히데토모의 말에 간조는 난처한 듯 웃었다.

"우리가 경찰이었다고 말할걸 그랬나?"

"이제 퇴직했으니 별 상관없잖아."

"하이쿠 친구가 전직 경찰이었단 소릴 들으면 괜히 무서워서 집에 가버릴지도 몰라."

"간조, 좀 웃어봐."

"눈매는 뭐 고칠 방법이 없으니 어쩔 수 없지. 요전에도 동네 온천 여행에 다녀와서 손자에게 사진을 보여줬더니, 할아버지 얼굴이 무섭다며 엉엉 울더군. 하긴 그중에 내 얼굴만 잔뜩 굳어 있긴 했어. 그 료칸일본의 전통적인 고급 숙박 시설이 예전에 조직끼리 싸움이 벌어졌을 때 젊은 조직원이 도망쳤던 곳이거든. 이래 봬도 예전에 비하면 많이 부드러워진 것 같은데." 간조는 처량한 얼굴로 말했다.

"괜찮아, 자넨 겉보기엔 무섭지만 막상 이야기해보면 좋은 사람이니까. 아즈마도 좋은 사람이니 분명 자넬 알아줄 거야."

"그건 그렇고, 너무 늦는데? 무슨 일 있나?"

겐키치는 시계를 보았다. 벌써 약속 시간이 20분이나 지났다.

"길을 헤매나? 역시 여긴 잘 모르는 모양이야. 이쪽이 한산해서 사람 찾기는 쉬울 줄 알았는데." 히데토모가 머리를 긁적였다.

"좋았어, 찾아보자."

그렇게 말한 순간, 모두가 술렁였다.

"나눠서 찾지. 그리고 누구 한 명은 여기 남아 있어야 해." 겐키치가 진두지휘에 나섰다. "대상은 아즈마 슌사쿠, 71세. 남성. 이바라키현 마카베군 출신. 키 162센티미터. 체중 53킬로그램. 안경은 착용하지 않았음. 허리 꼿꼿함. 영화배우 류 치슈와 닮은 부처님 얼굴.

도쿄는 초행임."

겐키치의 지시를 받은 세 사람이 신난 얼굴로 지하도로 흩어졌다. 근처에 있던 노숙자가 깜짝 놀란 듯 그 모습을 바라보았다.

19

"와, 저거 봐. 굉장하다. 웬 빨간 트럭이 저렇게 많아."

길을 걷던 미에는 좁은 문 너머에 줄지어 서 있는 트럭에 눈길을 빼앗겼다.

"아, 여기가 도쿄중앙우체국이야. 그러고 보니 어릴 적에는 우체부 아저씨가 되고 싶었는데."

"정말? 네가 우편배달부가 되고 싶었다고?"

"응. 저 빨간 트럭이 좋았거든. 우체부 아저씨의 까만 가방이 얼마나 갖고 싶던지. 편지를 배달해준다는 건 기분 좋은 일이잖아."

"흠. 너한테도 그런 귀여운 시절이 있었구나."

"그러고 보니 왜 빨간색일까? 빨간 트럭이 저만큼 늘어서 있는 걸 보면 흥분돼서 투쟁심이 솟아오르는 걸까? 좋았어, 내가 제일 먼저 배달해주겠어. 이런 마음을 먹게 될 수도 있겠네."

"무슨 투우인 줄 아니?"

그런 대화를 나누면서도 두 사람은 조금씩 긴장했다.

하늘은 여전히 어두웠고, 푹푹 찌는 공기는 끈적끈적 살갗에 달라붙었다.

이대로 뒤돌아 도망쳐. 미에는 스스로에게 속삭였다. 자신이 이런 삼류 연극을 벌일 필요는 없다. 이런 손해 보는 역을 맡을 이유는 없다. 같은 여자로서 상대방이 불쌍하지도 않니?

그렇지만 미에는 과거 자신이 일종의 유희로 이 행위를 즐겼다는 사실을 잊지 않았다.

어머, 이분은 누구야? 당신 비서? 마사히로, 취향이 많이 바뀌었네. 저번 여자하고 너무 다르잖아.

미에는 어린 시절부터 눈에 띄는 아이였다. 이목구비가 뚜렷한 화사한 외모의 소유자였기 때문이다. 살짝 화장을 하면 더욱 화려하게 보였다. 성격은 굳이 따지자면 착실한 편이었지만, 생김새 때문에 옛날부터 색안경을 끼고 보는 사람이 많았다. '쟤 엄청 논대.' 그런 근거 없는 험담을 들으며 사생활이 문란하다는 소리까지 들었다. 사춘기 시절에는 단순한 가십성 소문에 상처도 많이 받았다. 같은 아름다움이라도 미움을 사지 않는 아름다움도 있는 법이련만, 아무래도 미에의 아름다움은 미움을 받는 쪽인 모양이다. 특히 모범생 타입의 사람들이 그녀를 지독히도 싫어했다.

자신이 착실하다는 이유만으로 미에 같은 사람을 깔보는 부류. 그녀에 대해 잘 알지도 못하면서 짙은 화장과 화려한 옷차림을 보고 인상을 찌푸리는 부류. 그러면서 멋지다, 귀엽다, 하는 칭찬에는 민감하게 반응한다. 어쩌다 그런 말이라도 들으면 평생 소중하게 마음속에 간직한다. 아니, 그렇게까지 말하는 건 너무 심했나. 외모는 중요하다. 겉모습으로 어느 정도 판단하게 되는 건 어쩔 수 없다. 특히 여성에게 외모는 더욱 민감하다. 하지만 먼저 다가가 진심으로 이야기하려 해도, 이미 색안경을 쓰고 있는 사람들은 미에 같은 이들에게 인격이 존재한다고는 꿈에도 생각지 않는 모양이다. 단순히 착실하다는 이유만으로, 단순히 규칙을 준수한다는 이유만으로 모든 정의가 자기 안에 있다고 믿으며 그것을 내세우는 사람은 정말 싫다. 미에는 그런 감정이 자신과 마사히로의 공범 관계를 구축했다는 사실을 깨달았다.

그렇지만 이번에는? 이래도 괜찮은 걸까?

왠지 모르게 가슴 한구석에서 묵직한 통증이 느껴졌다.

마사히로와 나란히 호텔로 들어서며 미에는 머릿속이 복잡했다.

20

1시 45분이 지났을 무렵부터 호조 가즈미는 왠지 불길한 예감에 휩싸였다.

오랫동안 키워온 직감이 발동한 것이다. 가즈미는 서류를 확인하며 고개를 돌려 스트레칭을 했다. 이런 불길한 예감은 항상 예외 없이 들어맞는다. 한때 유행한 '머피의 법칙' 같은 건 아니었지만, 지금까지의 경험으로 봤을 때 제일 일어나지 않았으면 하는 일이 제일 일어나지 않았으면 하는 시기에 일어날 확률은 상당히 높았다.

그렇지만 현실에는 믿을 수 없을 정도의 행운이 믿을 수 없는 타이밍에 일어나는 일도 꽤 많기 때문에 항상 플러스마이너스 제로라는 생각을 하고 있다. 자, 오늘은 어느 쪽일까. 무릎이 아픈 걸 보면 분명히 전자일 텐데.

2시가 지났을 무렵에 전화벨이 울려 퍼졌다. 가즈미는 그 순간 이거다, 하는 생각에 곧바로 수화기를 들었다.

"호, 호조 씨 바꿔줘."

이름을 대기도 전에 갈라진 목소리가 귓가로 튀어 들어왔다. 가즈미는 자신의 예감이 적중했다는 사실을 깨달았다.

"부장님, 저예요. 지금 어디세요?"

"그게⋯⋯."

가즈미가 침착한 목소리로 묻자, 요시히토는 힘없는 목소리로 중얼거렸다.

"어딘지 모르겠다고요? 아직 사쿠라역에 계세요? 전철이 멈췄다고요?"

가즈미의 놀란 목소리를 들은 다른 직원들이 움찔하며 돌아본다. 이번 달은 무사히 끝났다고 안심하던 사내 분위기에 먹구름이 밀려온다. 인간이란 불행의 기척에 민감한 법이다. 언제나 냉정해서 웬

만한 일이 아니면 언성을 높이지 않는 가즈미다. 동료들은 그런 그녀가 당황한 모습을 보고 전화로 전달받은 내용이 얼마나 심상치 않은지, 그리고 지사 전체와 관련된 일인지 파악한 것이리라.

가즈미는 무심코 근처를 지나가던 올해 입사한 신입사원 모리카와 야스오의 소매를 힘껏 잡아당겼다. 전기에 감전된 것처럼 그의 온몸이 굳었다. 원래 마음 약한 타입이긴 했지만, 매일 회사에서 날선 말을 듣다 보니 더더욱 소심해진 모양이다. 요새는 신경쇠약 증세가 있는지 이름을 부르기만 해도 바로 굳어버리는데, 그 모습이 재미있어서 저도 모르게 말을 걸게 된다. 지금 그는 사기꾼 영업 사원에게 붙잡힌 양 벌벌 떨고 있었다.

"지도."

귀와 어깨 사이에 수화기를 낀 채 가즈미가 무뚝뚝하게 중얼거렸다.

"네?"

"금고 옆에 수도권 지도 있으니까 가져와. 지금 당장. 네? 움직였다고요? 이제 곧 요쓰카이도역이라고요?"

가즈미가 속사포처럼 그렇게 말하자, 야스오는 금방이라도 울음을 터뜨릴 것 같은 얼굴로 지도를 가져왔다. 가즈미는 지도를 건네주고 몰래 도망치려는 야스오의 팔을 다시 꽉 붙잡았다.

"요쓰카이도역 찾아봐."

"요쓰카이도역이요?"

"지바 현에 있어, 지바 현."

그는 허둥지둥 지도를 넘겼다. 그가 가리킨 곳을 보고 가즈미는 혀를 찼다.

"젠장, 아직도 거기 있으면 어떡해."

다시 도망치려 하는 야스오의 팔을 붙잡았다. 늑대에게 붙잡힌 토끼처럼 더없이 슬픈 눈으로 돌아보는 야스오를 향해 가즈미는 싱긋 웃음을 지었다.

"고마워."

야스오는 지친 표정으로 비틀비틀 사라졌다.

"그 앞에도 막혔다고요? 지바역까지 전부 다요? 내릴 수 있으세요?"

모두 가즈미의 말에 귀를 기울였다. 같은 팀 직원들은 하던 일까지 멈췄다.

"차를 부른다고요? 네, 그럼 그렇게 하세요. 오면서 전화하세요. 네, 지사장님께는 제가 말씀드릴게요."

가즈미는 탁 소리 나게 수화기를 내려놓았다. 순간 사무실이 정적에 휩싸였다.

새하얗게 질린 경리과장 도와다 요시히로가 자리에서 일어나더니 비틀거리는 걸음으로 가즈미에게 다가갔다. 안색이 마치 천장에 매달린 비닐 장식처럼 변해 있었다.

"호조, 지금 그 전화는 뭔가?"

"지바 현 쪽에 지금 폭우주의보가 내렸나 봐요. 나리타 선이 멈췄다네요. 소부 본선은 서행 중이고요. 누카가 부장님은 요쓰카이도 역에서 내려서 택시 타고 오신대요."

"그래, 요쓰카이도역에 계신단 말이지."

요시히로는 안절부절못하며 시계를 보았다. 다른 사람들도 따라 시계를 봤다. 2시 15분. 비관적인 분위기가 흐른다.

"아마 다시 전화하실 거예요."

가즈미가 그렇게 중얼거린 순간 전화벨이 울렸다. 그녀는 재빨리 수화기를 들었다.

"네, 호조입니다. 역시 그렇군요. 잠시만요."

가즈미는 수화기를 내려놓고 직원들 얼굴을 둘러보았다.

"지금 택시 회사로 영업 사원들 전화가 쇄도하고 있어서 도저히 차를 잡을 수가 없대요. 아무리 서둘러도 한 시간 뒤에나 탈 수 있을 것 같다는데요."

모두 어깨를 떨어뜨렸다.

"그럼 히치하이크라도 해야겠네."

"트럭에 태워달라고 하면 안 되나?"

계약팀 젊은 직원들이 입을 모아 중얼거렸다.

"천재지변 때문이니까 계약과에 마감 시간을 연장해달라고 하면 안 되나요?" 가토 에리코가 불만스러운 얼굴로 물었다.

그녀는 입사 3년 차로, 항상 무표정했지만 일도 성실하게 잘하고 경우도 발랐다.

가즈미는 고개를 저었다. 눈물 작전은 통하지 않는다. 이미 지난달에도 사용한 데다, 심지어 '지부가 돌풍에 휘말리는 바람에 계약서가 날아갔어요'라는 말도 안 되는 변명까지 했다. 또다시 말을 꺼낼 수는 없었다.

"오늘은 그런 전화가 전국에서 500통은 올걸. 눈이 내렸네, 코끼리가 몰려왔네, 운석이 떨어졌네, 고질라에게 습격당했네 하고 말이야. 하늘에 맹세하건대 절대로 안 믿을 거야."

통화 대기 중임을 알리는 전화기의 붉은 램프를 바라보며 가즈미는 초조해했다.

"오토바이 부를까요? 전철이 멈췄으면 차도 막힐 텐데. 택시를 잡아도 주말이라 밀릴 거예요."

"그 방법이 있었군. 괜찮은데?"

"그렇지만 오토바이는 거의 도쿄 23구 안에서만 다니지 않나요? 저번에도 기치조지로 가달라고 부탁했더니 거절하던데요."

"하긴. 오토바이라면 괜찮겠네요."

에리코는 눈을 가늘게 뜨며 생각에 잠겼다. 그 모습에는 사람들을 기대하게 하는 뭔가가 있었다. 모두가 그녀를 주목했다.

"잠깐만요. 괜찮은 생각이 났어요."

에리코는 살짝 고개를 숙이더니 책상 안쪽에 둔 작은 토트백에서 휴대전화를 빼냈다. 그리고 자리에서 일어나 사무실 구석으로 갔다.

"겐지? 나야. 이런 시간에 미안하다. 아, 잘 지내. 바보 같은 소리 말고. 이제 와서 어떻게 현역으로 복귀하니? 너희는 잘 지내지? 아직도 바닷가에서 짭새들이랑 놀고 있어?"

모두 깜짝 놀라 눈을 휘둥그레 떴다. 소리를 낮추긴 했지만 에리코에게서 평소와는 전혀 다른 위협적인 목소리가 났기 때문이다.

"부탁이 있어. 지금 피자 가게 한다며? 그 주변이 네 구역이라고 들었어. 누구 한가한 애 없니? 거기 나라시노 맞지? 응, 우리 부장님이 지금 요쓰카이도역에 계시는데 옴짝달싹 못 하는 상황인가 봐. 부장님한테 서류 좀 받아서 우리 회사까지 가져다줘. 사례는 할게."

에리코는 흘끗 가즈미를 보았다. 가즈미는 돌변한 에리코의 모습에 아연실색했지만 곧바로 손가락 세 개를 세웠다.

"3만 엔에 부탁한다. 고맙다. 이 은혜 안 잊을게. 다음에 맛있는 거 사 들고 찾아갈게. 응, 이름은 누카가 요시히토. 나이는 쉰. 무민처럼 살찐 얼굴에 머리카락으로 커튼을 친 아저씨야. 땀을 뻘뻘 흘리는 사람이니까 멀리서도 알아볼 수 있을 거야. 꼭 스프링클러가 걸어 다니는 것 같거든. 어? 같이 데려온다고? 그럼 좋지. 요새 연합 꼴이 말이 아니라며? 모두 예전 같지 않은 모양이야. 아니, 난 이제 손 씻었어. 그럼 출발할 때 연락 줘. 회사 위치는 아저씨한테 물어보고. 도쿄역 쪽으로 오면 돼. 응. 그래. 고맙다."

에리코는 전화를 끊고 태연한 얼굴로 자리로 돌아왔다. 주변에 조금 전과는 또 다른 의미의 침묵이 감돌았다.

"옛날 친구한테 부탁해서 부장님을 여기까지 모셔다달라고 했어요. 오토바이 타는 친군데, 실력이 좋으니까 여기까지 한 시간 안에는 도착할 거예요. 한 시간 넘으면 돈 안 받겠대요. 이래서 배달의 기수라고 하나 봐요. 아, 부장님께 말씀드리세요. 피자 배달하는 하얀 오토바이를 탄 겐지란 사람이 데리러 간다고."

에리코는 싱긋 웃었지만, 모두 어색하게 경직된 미소로 답할 뿐 아무 말도 하지 못했다. 그제야 제정신으로 돌아온 가즈미는 대기로 돌려놓았던 전화기 버튼을 황급히 눌렀다.

21

마지막 엔딩 크레디트가 올라갔다.

격렬한 비트의 신나는 록 음악에 맞춰 NG 장면이 차례차례 흘러나온다. 피투성이가 되어 쓰러진 등장인물들이 일어나 카메라를 향해 웃음을 터뜨린다. 몸에 도끼가 꽂힌 남자가 깡충깡충 뛰어다닌다. 몇몇 스태프가 거울 방을 체크한다. 그리고 마지막으로 젊은 남자가 화면 옆에서 머리를 내밀고 카메라를 향해 외쳤다.

"NEXT, TOKYO!"

영화가 끝나고 화면이 어두워졌다.

장내가 밝아지자 기지개를 펴던 관객들은 흥분이 가시지 않은 얼굴로 하나둘 밖으로 나갔다. 그렇지만 에자키 하루나와 모리나가 다다시는 넋 나간 얼굴로 까만 스크린을 바라보고 있었다. 하루나는 손에 든 팸플릿을 으스러지게 쥐었다. 다다시는 의자에 늘어진 채 아무 말도 하지 않았다.

"맨 마지막에 나와서 소리 지른 사람 있지? 그 사람이 필립 크레이븐 감독이야. 일본 문화 마니아라 다음 편은 도쿄를 무대로 촬영하려는 모양이야. 방금 저 장면은 일본판에만 특별히 들어간 거래."

가바야는 두 사람은 안중에도 없다는 듯 태평하게 말했다.

"자, 그만 나가자. 너희 답이 뭔지 궁금한데?"

하루나와 다다시는 그제야 몸을 움직였다. 두 사람 다 크게 충격받은 건 틀림없는 듯했다.

"저게 말이 돼?"

영화관에서 나와 근처 카페에 들어가자마자 다다시는 이해할 수 없다는 듯 가바야를 노려보았다.

"공정하지 않잖아."

겨우 마음을 진정시켰는지 하루나도 팸플릿을 테이블에 던지며 항의했다.

"무슨 말씀을."

가바야는 침착한 태도로 팸플릿의 인물 소개란을 펼쳤다.

"그 안에 없었잖아. 미스터리에서 죽은 사람이 범인인 경우는 있다지만, 이건 전편에서 죽은 사람이 범인이잖아. 그걸 어떻게 맞혀?"

다다시는 팸플릿을 가리켰다.

확실히 범인은 의외의 인물이었다. 친구(지지난 편에서 죽었다)의 아버지가 범인이었는데, 그 역시도 지난 편에서 죽었다. 건축가인 그는 이번 무대인 놀이공원의 설계자이기도 했다. 그는 딸을 죽게 내버려둔 친구들에게 복수하기 위해 살인 기계로 가득 찬 놀이공원을 만든 것이다.

"잘 봐."

가바야는 다다시의 항변에도 꿈쩍하지 않고 클로즈업된 주인공의 뒤를 가리켰다. 그곳에는 작은 명패가 박힌 놀이공원 입구 기둥이 찍혀 있었다. 자세히 보니, 명패에는 '내 딸 케이트를 추억하며. 도널드 그린'이라고 적혀 있었다. 다다시와 하루나는 서로 얼굴을 마주 보았다.

"헉."

"이럴 수가."

"알겠지? 인물 소개란에 범인 이름이 써 있잖아. 공정하다고."

가바야는 의기양양하게 두 사람의 얼굴을 번갈아 보았다.

"치사해. 이런 치사한 수법을 쓰다니."

"'진상을' 알아내라면서? 그래서 난 정해진 범인이 없는 줄 알았단 말이야."

두 사람은 울분을 참지 못하겠다는 듯 종업원이 가져온 아이스 커피를 거칠게 들이켰다.

"진정해. 다른 것도 아니고 회장 자리가 걸려 있잖아. 이 정도는 예상했어야지." 가바야는 어깨를 으쓱했다. "자, 그럼 너희가 쓴 답안을 볼까?"

가바야는 주머니에서 쪽지 두 개를 꺼내 펼쳤다.

'감독이 범인. 모리나가 다다시.'

'메타픽션. 마지막에 카메라가 감독을 비춘다. 모든 것은 감독의 망상에서 비롯된 것에 지나지 않는다. 에자키 하루나.'

각자 쓴 답을 읽은 두 사람은 겸연쩍은 표정을 지었다.

결국 둘 다 비슷한 생각을 한 것이다.

"뭐, 확실히 감독이 범인이라는 건 모든 작품에 통용되는 원리일지도 모르겠네. 그렇지만 이런 답을 썼으면서도 인물 소개를 샅샅이 뒤져보지 않은 건 이해가 안 되는데? 이 안에 감독은 없잖아."

"그거야말로 시각 트릭이라고 생각했지. 인물 소개란은 물론, 이 팸플릿과 영화 자체가 감독의 산물이니까. 모두 감독의 작품인 거잖아."

다다시는 지극히 냉정한 태도로 답했지만, 스스로 말하면서도 조금 억지스러운 느낌이 들었다.

"내 답은 아주 틀리진 않았잖아? 마지막에 감독이 나왔으니까."

겨우 평소 모습을 되찾은 하루나 역시 상황을 조금이라도 자신에게 유리하게 만들기 위해 애를 썼다.

"그렇지만 결국 다다시와 똑같잖아. 메타픽션이라고 쓴 시점에서 이미 틀렸다고 봐야지." 가바야가 담담하게 대답했다.

하루나는 말을 흐리며 괜히 빨대로 아이스커피를 휘저었다.

"뭐, 1라운드는 무승부로 치자. 둘 다 점수 없음."

그 말을 들은 두 사람은 실망과 안도가 뒤섞인 복잡한 표정을 지었다. 그렇지만 차이가 벌어지지 않았기 때문에 안도하는 마음이 더 컸다.

"자, 시간 없으니까 곧바로 2라운드에 돌입하자."

가바야가 손목시계를 보았다.

"이번엔 또 뭐야?"

다다시는 퉁명스레 말하며 자리에서 일어났다. 하루나도 따라 일어났다.

"이번에는 허구의 세계가 아니라 현실로 가보자. 현실에서 사람을 관찰하는 능력을 겨루게 될 거야." 가바야는 무덤덤한 표정을 지었다. "이번 무대는 도쿄스테이션호텔이야. 호텔만큼 사람을 관찰하고 현실에서 일어나는 일을 추리하기에 어울리는 장소는 없으니까."

"호텔이라. 알았어."

그렇게 중얼거린 하루나는 다시 다다시와 얼굴을 마주했다. 두 사람은 적개심을 노골적으로 드러낸 채 상대방을 노려보았다.

22

백화점 지하는 달콤한 향으로 가득 차 있었다. 그 향기는 항상 유코를 행복하게 했다. 언제까지나 이 향기를 맡을 수 있다면 얼마나 좋을까. 백화점 지하는 시간대에 따라 전혀 분위기가 달랐는데, 이 시간에는 아직 우아하고 여유로운 분위기로 가득했다.

퇴근길의 살기 어린 분위기도 뜨거워서 좋지만, 이런 여유로운 시간대도 나쁘지 않아. 회사에 있으면 언제나 눈 깜짝할 새에 하루가 지나가버려서 그런지 이런 곳에서는 왠지 마음이 넓어지는 것 같은 기분이 든다.

유코가 이렇게까지 여유로운 기분을 만끽할 수 있는 것은 그녀가 찾는 쿠키를 무사히 발견했고, 다행히 줄도 그리 길지 않다는 이유 때문이었다. 계산대가 점점 가까워진다. 내심 미소를 지으며 유코는 뚫어져라 쿠키를 바라보았다.

차례를 기다리는 유코의 머릿속에 여름휴가 계획이 떠올랐다. 대학 시절 친구들하고 아직 휴가 기간을 맞추지 못해서 일단 이즈에 있는 온천에 가자고만 이야기해두었다. 가을에는 2, 3박이라도 좋으니 어디 가까운 해외로 떠나고 싶다. 달콤한 향기에 감싸인 유코의 머릿속에 푸른 하늘과 하얀 구름이 펼쳐진다. 좋다, 역시 바캉스하면 남쪽 섬이야. 온천도 좋지만 좀 부족하단 말이지.

미도리 창구 일본 역내에 위치한 기차표 등의 여행 상품을 파는 곳에 들렀다 가야겠다. 불현듯 그런 생각이 들었다.

가만히 시계를 본다. 눈에 띄는 팸플릿만 가져올 거니까 괜찮겠지. 전속력으로 달리면 늦지 않을 거야.

23

샐리: 에미, 잊지 마. 이 그네도, 목마도. 잊지 마, 삐걱거리는 우리 장난감들을. 프랭크 할아버지라고 이름 붙인 거, 기억나지? 에미, 외로울 때면 프랭크 할아버지에게 뭐든지 이야기해. 날 잊지 마. 이곳에서 네 언니이던 나를, 항상 네 행복을 빌고 있을 나를.

샐리: 미안해, 에미. 나, 가끔씩 하느님께 기도했어. 에미를 여기 있게 해주세요. 내가 모르는 먼 곳으로 보내지 말아주세요. 계속 저랑 함께 있게 해주세요. 거짓말, 거짓말이야. 난, 난

말이지. 사실은 매일 밤 기도했어. 아무도 여기서 나가지 못하게 해달라고. 그래, 여기서 누군가 나갈 수 있다면 정말 잘된 일이야. 무척 멋진 일이지. 엄마, 아빠도 생기고 푹신한 침대에서 잘 수도 있으니까. 처음부터 행복한 가정의 아이인 것처럼. 그렇지만, 그렇지만 모두 한 가족이었잖아. 신부님과 수녀님을 부모님이라고 생각했잖아. 그건 다 뭐였는데? 남겨진 아이들이 얼마나 슬프고 비참한지. 잘 지내, 웃으며 손을 흔들고 문 너머로 떠나는 아이의 모습이 사라지면 이를 악물고 이불을 뒤집어쓴단다. 아무도 원하지 않는 아이는 어떻게 해야 하지?

샐리의 대사 중 긴 대사는 별로 없다. 이 두 대사가 제일 길다고 봐도 무방하다. 아마도 이 둘 중 하나를 읽어보라고 할 것이다.

다른 아이들도 그렇게 생각하는지 모두 중얼중얼 대사를 외웠다.

마리카는 이미 이 대사를 다 외웠다. 샐리는 에미보다 두 살 위로, 보육원의 맏언니다. 입버릇이 거칠고 쉽게 울컥하는 성격이지만, 실은 다정하고 외로움을 많이 타는 소녀다. 동생들을 잘 돌보기 때문에 아이들은 모두 샐리를 따르지만, 보육원을 찾은 부부에게는 항상 외면당한다.

왠지 우리 같네. 마리카는 마음속으로 그런 생각을 하며 웃었다.

어른들은 아이를 마음대로 선택할 수 있는 보육원을 찾는다. 날

데려가주세요. 포근한 침대가 있는 집으로 데려가주세요. 아이들은 진심으로 그렇게 바란다. 하지만 어른들은 자기 취향대로 아이를 이러쿵저러쿵 평가한다. 선택하는 건 언제나 어른들이니까. 앤 옆모습이 별로야. 이번 배역하고는 안 맞는 것 같아. 열 살이나 먹었어? 좀 더 어린 친구는 없나? 키가 너무 커. 웃는 모습이 사진이랑 다른데?

무슨 말을 들어도 우리는 방긋방긋 웃어야 한다. 선택하는 사람은 새로운 부모님이니까. 포근한 침대를 가지고 거기서 잠잘 아이를 선택하는 건 새로운 부모님이니까. 부모님은 마음에 차는 아이를 찾아내면 다른 아이에게는 눈길 한 번 주지 않는다. 남겨진 아이들은 딱딱한 침대에서 비참한 기분을 곱씹을 수밖에 없다. 하지만 언젠가, 언젠가는 나를 데려가줄 새로운 부모님이 나타날 거야.

넋을 잃고 생각에 잠겨 있던 마리카는 제정신으로 돌아왔다.

이러면 안 돼, 안 돼. 눈앞의 오디션에 집중해야 해. 내 의지로 지금 여기 있는 거니까.

하지만 정신이 산만해진 원인이 대사 내용 때문만이 아니라는 것은 마리카 자신도 어렴풋이 눈치채고 있었다.

아까부터 배가 살살 아프다.

처음에는 긴장한 탓이려니 했는데, 그렇다고 하기에는 평상시와 아픈 곳이 다르다. 긴장했을 때에는 항상 명치 언저리가 꽉 죄어드는 느낌인데, 지금은 아랫배가 아프다.

왜 이러지? 이상한 걸 먹었나? 점심에 그라탱 먹었는데.

마리카는 필사적으로 대사에 집중하려 했지만, 그러면 그럴수록 통증은 점점 더 심해졌다.

아파. 역시 아픈 거 맞아.

아키코는 기다리다 지쳤는지 꾸벅꾸벅 졸고 있었다. 아이들이 중얼중얼 대사를 읽는 소리가 염불 소리처럼 대기실을 채웠다. 마리카의 순서까지는 아직 여덟 명 정도 남은 것 같다.

마리카의 심장이 점점 쿵쾅거렸다. 어쩌지. 배가 아파서 오디션을 제대로 보지 못하면 어쩌지. 오디션 도중에 화장실에 가고 싶으면 어쩌지, 어쩌지?

곤히 잠든 아키코를 도저히 깨울 수가 없었다. 엄마는 분명히 야단법석을 피울 테다. "뭐? 배가 아프다고?" 그런 소리라도 했다간 라이벌이 하나 줄었다며 주변 아이들이 기뻐할 것이다. 그것은 마리카의 자존심이 허락하지 않았다. 어쩌면 겁을 먹고 오디션에서 도망친 거라고 생각할지도 모른다. 그건 죽어도 싫다.

아플 거면 차라리 빨리 아프고 말지, 이건 견딜 수 있을 정도의 통증이라 더 애가 탔다. 참을 수 있는 고통과 참을 수 없는 고통 사이를 오가고 있어서 쉽사리 화장실에 갈 결심이 서지 않았다.

어쩌지. 어떻게 해야 하지?

대본을 앞에 펼쳐두고 마리카는 식은땀을 흘렸다.

그렇게 가고 싶은 건 아니지만, 역시 지금 갔다 오는 게 낫겠지?

이러다 내 순서에 늦으면 큰일이니까.

마리카는 자리에서 일어나 화장실로 향했다.

화장실은 비어 있었다. 오디션에서 종종 보는 아이들 부모 셋이 그 앞에서 수군덕대고 있었다.

마리카는 제일 구석 칸으로 들어갔다. 하지만 배가 아프기만 할 뿐 일을 볼 수 없었다. 짜증이 나서 눈물이 날 것 같았다. 정말, 왜 하필이면 이럴 때. 나올 거면 빨리 나오라고.

"레이나 엄마 짓이죠?"

화장실 밖에서 수군덕대는 소리를 듣고 마리카는 움찔했다.

뭐지? 아픈 것도 잊고 이야기에 귀를 기울인다.

"우리 아이도 당했어요, 텔레비전 오디션 때."

"요코도 당했대요. 최종 오디션 때요."

"아는 사람들은 절대로 그 사람 옆에 앉지 않는다면서요?"

"어쩐지 이상하다 했어요. 보통은 자기 아이에게 주려고 음료수를 싸 오잖아요? 그런데 그 사람은 항상 다른 아이에게 주는 거예요. 레이나가 마시는 건 한 번도 본 적 없어요."

"그 안에 변비약을 넣는다더라고요."

"변비약?"

"그 있잖아요, 한방약을 주성분으로 한 여자들 변비약. 설사약이랑 달리 편안히 일을 보게 해준다고 광고하는 그 약 말이에요. 그걸 갈아서 녹인 다음 음료수에 넣는대요. 한방약이면 혹시 나중에 무슨 일이 생겨도 알아내기 힘들잖아요. 설사약 같은 건 마른 아이들에겐 위험하고. 그러니까 증상이 심하지 않은 약을 쓰는 거죠."

마리카의 가슴이 또다시 쿵쾅거린다. 복통 때문이 아니었다.

뭐지? 지금 무슨 소리를 하는 거지?

하얀 컵이 뇌리에 떠오른다.

―집에서 칼피스 가져왔는데, 마리카도 마실래?

레이나 엄마의 여유로운 미소.

맞아. 오후에 내가 먹은 거라곤 그 칼피스 한 잔뿐이야. 그때까지는 아무렇지도 않았다고. 분명히 레이나는 칼피스를 마시지 않았다. 그쪽을 보지도 않았다. 마시지 말라고 미리 일러둔 게 분명하다.

말도 안 돼. 말도 안 돼. 이런 비겁한 짓을 하는 사람이 있다니. 게다가 어른이. 자기도 아이를 키우는 엄마이면서. 레이나는 언제나 선택받는 아이잖아.

충격과 분노, 분한 마음이 한꺼번에 치밀어 올라서 머리가 터질 것만 같았다. 그 순간, 극심한 통증이 배를 찌르는 느낌에 마리카는 자신도 모르게 얼굴을 찡그렸다.

24

조금씩 얼굴에 떨어지는 빗방울을 느끼며 하루나 일행은 야마노테 선을 타고 도쿄역에 내렸다. 도쿄역에 도착할 때까지 모두 입을 꼭 다문 채, 서로의 얼굴을 보려 하지 않았다. 묵묵히 걸음을 옮기며 마루노우치 안쪽 개찰구를 지난다. 부회장인 가메다는 총회 준비 때문에 먼저 자리를 떴다.

"이번 무대는 여기 도쿄스테이션호텔이야. 안쪽에 카페 겸 바가 있어. 낮에는 텅텅 비어 있는데, 아담하고 조용해서 이야기하기엔 제격이야. 거기서 처음 들어오는 손님을 관찰할 거야. 첫째, 몇 살인가. 둘째, 가족 관계는 어떻게 되나. 셋째, 직업은 뭔가. 넷째, 지금까지 어디 있었나. 다섯째, 앞으로 어딜 가려는 건가. 이 다섯 가지를 추리하도록 해."

"추리는 그렇다 치고, 어떻게 확인할 건데?"

"내가 그 사람한테 물어볼 거야."

"순순히 대답해줄까?"

"사회행동학을 연구하는 대학생이라고 하면 돼. 위장용 설문지도 만들었으니까 믿을 거야. 내가 좀 성실하게 생겼잖아."

마지막 말은 받아들일 수 없었지만 둘은 일단 고개를 끄덕였다.

"그럼 그 손님이 일행한테 우리가 추리해야 하는 내용을 이야기할 경우에는 어떡할 거야?"

"그럴 경우엔 로또 맞은 거라 생각하고 못 본 척해줄게. 이야기 내용이 들리면 그걸 가지고 추리해도 좋아."

"흠."

심드렁하게 대답하긴 했지만 다다시는 투쟁심이 끓어오르는 것을 느꼈다.

차림새와 소지품으로 사람의 직업과 가족 관계를 알아맞힌다. 셜록 홈스 시절부터 이어져 내려오는 정석적인 추리 방법이다. 좋았어. 이걸로 단번에 점수를 벌겠어.

하루나 역시 조금 전에 받은 충격을 잊고 의욕을 불태웠다.

됐어. 금융회사에 다니는 언니조차 내 관찰력에 혀를 내둘렀을 정도니까.

두 사람은 남몰래 투지를 불태우며 호텔로 들어갔다.

25

젊은 남자 둘과 젊은 여자 하나가 들어왔다.

아사다 가요코는 힐끗 시선을 돌렸다.

어딜 봐도 학생이다. 티셔츠에 청바지, 야구 모자에 안경. 딱 요즘 학생들이다.

세 사람은 두리번거리며 주변을 살피더니 카운터 바 옆에 있는 유일한 테이블 석에 앉았다.

학생들이 이런 곳에 오는 일은 드물다. 왜 이런 시간에 이곳을 찾은 거지?

가요코는 자연스럽게 그들을 향해 등을 돌렸다. 그다지 얼굴을 보이고 싶지 않았다.

종업원이 주문을 받으러 간다. 모두 커피를 주문했다.

어쩐지 이쪽을 힐끔힐끔 보는 것 같은 게 불길한 예감이 든다.

왜 나를 보는 거지? 뭔가 눈치챈 건가? 왠지 오래 앉아 있을 것 같은데 괜찮을까? 빨리 마시고 가라고. 그렇지만 학생들은 한번 앉으면 기본이 몇 시간이잖아.

가요코는 어렴풋이 초조함을 느꼈다. 그때까지 시커멓고 격렬한 분노가 마음속을 뒤덮고 있었기 때문에, 가요코는 그런 자신의 모습에 동요했다.

진정하자. 모르는 척하면 돼. 난 지금 변장 중이잖아. 이 모습은 누가 봐도 상관없어. 저쪽이 나중에 증언하게 된다고 해도 분명히 이 모습만 기억할 거야.

여러 가지 생각이 머릿속에서 폭발하는 것을 가까스로 견디며 가요코는 가만히 자리에 앉아 있었다.

26

"이상한 사람이네."

"그냥 봐서는 나이를 모르겠는데?"

테이블 석에서는 다다시와 하루나가 수군거리며 카운터 바에 앉은 여자를 주목하고 있었다. 시선을 느꼈는지 여자는 스리슬쩍 등을 돌렸다.

선명한 핑크색 정장. 긴 검은 머리. 커다란 선글라스. 짙은 립스틱. 발밑에 놓인 커다란 도라야 봉투. 무릎에 놓인 검은색 핸드백.

혼자 앉아 있었지만 커피에는 손도 대지 않았다.

"이거 어렵겠는데?"

"여자 맞지? 순간적으로 남자가 여장한 줄 알았어."

그런 대화를 나누며 두 사람은 필사적으로 가바야가 건넨 쪽지에 적어 넣을 내용을 생각했다.

하루나는 카운터 바에 앉은 여자에게서 기묘한 위화감을 느꼈다. 어쩐지 어색한 것이 자기 모습 같지가 않다. 정장은 오늘 막 꺼내 입은 듯 새 옷이지만, 왠지 빌린 옷 같았다. 어깨가 헐렁하다.

사이즈가 안 맞나?

하루나는 그 사실을 눈치챘다.

그래서 여장 남자 같았구나. 역시 빌린 옷인가. 아니면 오랫동안 병을 앓는 바람에 체중이 줄어서 사이즈가 커 보이는 건지도 모른다. 고향에 돌아가려는 건가? 맞아, 그런 것 같아. 그녀는 몸이 아파 지금까지 입원했다. 그리고 이제 고향으로 돌아가려 한다. 그런 눈으로 보니까 안색도 나빠 보이고, 피부도 거친 게 화장이 떴다. 꽤 마른 체형인 것 같다. 선글라스를 쓰고 있는 것도 몸이 좋지 않기 때문일까. 주변에 심한 아토피 피부염을 앓는 친구가 있는데, 눈 주변까지 증상이 나타난다고 한다. 수업을 들을 때도 선글라스를 끼고 있다가 교수님께 크게 혼났는데, 선글라스 벗은 얼굴을 보더니 미안하다며 사과까지 했다고 한다. 그만큼 저 여자는 선글라스가 어울리지 않았다. 얼굴 절반을 가린 커다란 렌즈는 오히려 우스꽝스럽기까지 했다. 분명히 얼굴을 가리고 있는 것이다.

다다시는 고전하고 있었다.

저 또래 여자들은 정확한 나이를 가늠할 수가 없다. 20대 후반처럼 보이지만 어쩌면 마흔이 다 됐을지도 모른다. 왼손 중지에 반지 하나. 아직 미혼인 것 같다. 하지만 요즘은 그것만 가지고 섣불리 판단할 수 없다. 이혼을 했을지도 모른다. 남편과 헤어진 지 얼마 되지 않은 터라 저렇게 어두운 건가. 손등을 보니 의외로 젊을지도 모른다는 생각이 들었다. 하얗고 가느다란 고운 손이다. 왜 저렇게 이상한 차림을 하고 있는 걸까? 왜 여자들은 한 사람 한 사람 다 저렇게 옷 취향이 갈리는 걸까? 연예 기획사의 매니저인데, 젊은 남자 연예인 발굴에 실패한 것처럼 보이기도 한다. 그래, 이거 괜찮다. 저 차림을 보니 왠지 매니저가 연상되는군. 입고 있는 정장은 새것이다. 사랑에 실패하고 일에도 실패한 여자가 심기일전하여 다음 돈줄을 기다리고 있는 것이다. 그래, 장소도 딱 좋다. 도쿄역이잖아. 지방에서 상경하는, 갓 중학교를 졸업한 아이돌 지망생과 만나기로 약속한 것이다. 커피에 손도 대지 않은 건 분명 긴장하고 있기 때문이다. 이제부터 만날 사람이 그녀의 운명을 쥐고 있는 것이다.

두 사람은 머리를 긁적이기도 하고 테이블을 탁탁 치기도 하면서 머리에 쥐가 날 정도로 생각하고 또 생각했다. 제한 시간은 20분. 가바야는 잠시 시계를 보다가, 이윽고 끝이라 말하며 두 사람에게서 쪽지를 회수했다. 주머니에 쪽지를 넣은 뒤, 그는 가방에서 설문지 다발을 꺼냈다.

"그럼 갔다 올게."

가볍게 웃음을 지으며 가바야는 천천히 여자에게 다가갔다.

"저, 바쁘실 텐데 죄송합니다. 잠깐 시간 좀 내주실 수 있을까요?"

여자는 화들짝 놀란 얼굴로 뒤돌아봤다.

왜 이렇게 놀라지? 가바야는 그렇게 생각했지만 웃음을 잃지 않고 말을 이었다.

"아, 저희는 수상한 사람이 아닙니다. W대학 경영학부 학생들인데요, 과제의 일환으로 광고 회사와 협력해서 설문 조사를 하고 있습니다. 도쿄역 주변 승객들의 동선을 조사하고 있는데요, 잠깐 몇 가지 질문만 드릴 건데 도와주실 수 있을까요?"

막힘없이 말을 잇던 가바야는 얼마 지나지 않아 놀란 표정으로 말을 삼켰다.

여자의 낯빛이 점점 변하더니 선글라스 너머로 알아챌 수 있을 정도로 격렬하게 분노를 표출했기 때문이다.

"저기, 죄송합니다. 오래 걸리지는 않거든요."

가바야는 어쩔 줄 몰랐다. 여기서 여자의 대답을 얻어내지 못하면 차기 회장 선발 시험이 물거품이 되어버린다.

"……누구야?"

여자의 낮은 목소리를 듣고서야 가바야는 분노의 대상이 자신이 아니라는 사실을 눈치챘다. 그녀는 가바야 뒤쪽을 보고 있었다.

가바야는 저도 모르게 뒤를 돌아봤다.

숨넘어갈 정도로 아름다운 남녀가 서 있었다. 둘 다 훤칠한 키에 화려한 정장을 입고 이쪽을 지그시 바라보고 있었다. 그들 주변에만 빛이 내리쬐는 것처럼 보일 만큼 화사한 외모의 소유자이지만 표정은 무척이나 진지했다. 두 사람은 가바야에게는 눈길 한 번 주지 않은 채, 온몸으로 분노하고 있는 선글라스 여자만 바라보았다.

27

논밭이 평화롭게 펼쳐진 한적한 마을 귀퉁이에 새하얀 간판을 내건 가게가 있다.

작은 조명들이 '나라시노피자'란 글자가 적힌 그 간판을 밝히고 있었다. 가게 앞에는 뒷좌석에 하얀 박스가 달린 오토바이가 일렬로 늘어서 있다.

바람을 동반한 빗줄기 때문에 낮인데도 하늘이 어두웠다. 좁은 가게에서는 붉은색 'P' 자 마크가 새겨진 하얀 모자를 쓴 젊은이들이 바쁘게 움직이고 있었다.

그 가운데 제일 침착하고 연장자로 보이는 남자가 모자를 고쳐 쓰며 가게 안을 노려봤다.

새빨갛게 염색한 고슴도치 같은 머리가 모자 밖으로 삐죽 튀어나왔고, 귀에는 반짝이는 귀걸이를 다섯 개씩이나 달고 있었다. 탄탄한 근육이 금방이라도 티셔츠 소매를 찢고 튀어나올 것 같았다. 미간에서 이마에 걸쳐 세로로 나 있는 3센티미터 정도의 흉터가 매서운 얼굴을 더욱 부각시켰다. 흉터 밑에 자리한 조용하지만 날카로운 눈동자에서는 심상치 않은 박력이 느껴졌다.

다른 이들이 자신에게 주목하고 있는 걸 확인한 그는 위협적인 목소리로 외쳤다.

"좋아. 준, 다키, 가자. 료타, 나 없는 동안 부탁한다. 지금 신과 다케시를 불렀으니 배달은 걱정하지 않아도 된다."

"형님, 에리코 누님한테 안부 전해주십쇼. 누님의 용맹스러운 모습을 다시 보고 싶다는 말도요."

"부럽습니다. 에리코 누님의 부탁이라니. 저희도 가고 싶습니다!"

"하하. 질투하지 마라."

하나둘 입을 여는 남자들 사이에서 자그만 체구의 두 남자가 헬멧을 쓰며 의기양양하게 웃었다.

형님이라 불린 청년은 들뜬 분위기를 제압하듯 가게 안을 매섭게 둘러봤다.

"가게를 닫을 순 없으니까, 잘 지키고 있어. 주말인 데다 날씨도 이 모양이니 주문이 많이 들어올 거야. 행사 기간이니까 딤섬을 서비스로 주는 것도 잊지 말고. 일 끝내고 내가 한턱 쏜다."

휘익 하는 휘파람 소리가 일제히 가게에 울려 퍼진다. 세 남자는 비가 내리는 바깥으로 달려 나갔다.

두 명은 그대로 가게 앞 오토바이에 올라탔지만, 형님이라 불린 남자는 가게 뒤편으로 향했다. 곧이어 짐승 소리 같은 중저음과 함께 육중한 뭔가가 모습을 드러냈다.

"오랜만에 애차를 끌고 나가시는 겁니까?"

"낮에 보는 건 정말 오랜만이네요."

검게 빛나는 그 오토바이에서는 유선형으로 개조한 장갑차를 보는 듯한 박력이 느껴졌다. 주인의 성격을 그대로 옮겨놓은 듯, 매서운 힘을 간직한 머신은 마치 자유의지를 가진 듯 보였다. 조금씩 움직이는 그 머신에 손을 올리고 있는 청년의 팽팽한 팔근육만 봐도, 보통 사람이 다룰 수 있는 물건이 아니라는 것을 눈치챌 수 있었다.

"버펄로 등장!"

오토바이에 탄 두 사람은 황홀한 목소리로 외쳤다.

"가자."

검은 헬멧을 쓴 남자가 말했다.

28

다리오는 당혹스러웠다.

아무래도 평소 살던 LA의 건물과는 뭔가 다른 것 같았다. 바닥에는 양탄자가 깔려 있었고, 바쁘게 돌아다니는 사람들도 건물 주민처럼 보이지는 않았다.

주인의 여행길에 동행한 것은 이번이 처음은 아니다. 원체 가만히 있는 걸 싫어하긴 하지만, 이번에는 좁은 바구니 안에 너무 오랜 시간 있다 보니 지겨워죽을 지경이었다. 대체 언제 밖에 내보내줄 거냐고 불만스러운 마음으로 바구니 뚜껑을 코로 찔렀는데, 이동 중에 헐거워졌는지 쉽게 열렸다. 다리오는 조심스레 바구니 밖으로 얼굴을 내밀었다. 모르는 곳이다. 그렇지만 주인이 항상 들고 다니는 검은 상자가 가득 쌓여 있는 걸 보면, 분명 주인은 이 근처에 있을 것이다. 너저분한 것은 비슷했지만 아무래도 평소 보던 주인의 집이 아닌 것 같았다.

폴짝 의자로 뛰어오른 다리오는 다시 한번 책상으로 뛰어올랐다.

역시 집이 아니다. 어딘가 다른 곳인 듯하다. 에어컨이 가동 중이었지만, 다리오는 육감적으로 바깥이 무척이나 더울 거라는 사실을 깨달았다.

책상 위쪽에는 난생처음 보는 글자가 적힌 액자가 걸려 있었다.

1950년대와 1960년대의 도쿄역에는 1번 선에서 15번 선까지 열차가 들어오지 않는 시간대가 하루에 4분 정도 있었다. 그리고 이 4분 남짓한 시간 동안 건너편 플랫폼을 볼 수 있었다. 4분의 시간 트릭을 이용한 마쓰모토 세이초 사회파 추리소설을 많이 발표한 일본 문학의 거장의 대표작《점과 선》은 그가 209호실에 묵었을 때 생각해낸 작품이라고 한다.

물론 다리오는 그 액자와 옆에 있는 낡은 시간표, 책 겉표지의 뜻은 전혀 이해할 수 없었다.

문이 열렸다. 다리오는 다급히 바구니 안으로 뛰어들었다.

낯선 여자가 카트를 밀고 들어왔다. 여자는 방을 청소하고 침대를 정리하기 시작했다.

그녀는 바닥과 테이블에 쌓인 검은 상자를 보고 고민에 빠졌다.

건드리지 않는 게 좋을걸요. 다리오는 그렇게 생각했다. 정리해 봤자 어차피 금세 어지를 거라고요.

다리오의 마음을 읽었는지 그녀는 테이블 위는 손대지 않고 욕실 청소를 시작했다. 바구니 밖으로 빼꼼 얼굴을 내민 다리오의 눈에 열린 문이 들어왔다.

잠깐 산책 좀 다녀와도 되겠지? 이렇게 오래 참았으니.

다리오는 재빨리 카펫을 지나 복도로 나갔다.

29

덩치 큰 금발 외국인이 방으로 들어왔다. 외출했다 돌아오는 길인 모양이다. 그는 모자를 벗고 허리춤에 차고 있던 가방과 비디오 카메라를 테이블에 올려놓았다. 땀으로 젖은 몸이 불쾌한지 손으로 목덜미를 닦으며 인상을 찌푸린다. 이윽고 견디지 못하겠다는 듯 그는 욕실로 향했다.

잠시 후, 샤워를 마친 남자가 수건으로 머리를 털며 나왔다. 그리고 상쾌한 표정으로 리모컨을 들고 비디오 스위치를 켰다.

영상이 나오기 시작하자, 그는 콧노래를 부르며 의자에 털썩 주저앉아 열심히 화면을 응시했다.

일본 배급사 스태프에게 부탁해 가져온 비디오테이프와 텔레비전이었다. 커피 테이블에는 금방이라도 무너질 것처럼 비디오테이프가 많이 쌓여 있었다. 스태프는 좀 더 넓은 방을 잡겠다고 했지만, 친구에게서 유명 미스터리 작가가 도쿄스테이션호텔의 209호실에서 작품을 집필했다는 이야기를 듣고는 자신도 그 방에 묵겠다고 했다. 호화로운 방과 식사에는 관심 없다. 밖에 나가면 보고 싶은 곳, 가고 싶은 곳은 얼마든지 있으니까. 어차피 일본에 있는 동안은 이미지 작업을 위해 장소 섭외에 모든 시간을 쏟고, 시간이 남는다면 일본 영화를 감상할 생각이었기 때문에 방 같은 건 아무래도 좋았다.

비디오테이프 라벨에는 무시무시한 글자가 춤추고 있었다. 모두 일본 호러영화와 미스터리영화다. 고전부터 최근 흥행작까지 닥치는 대로 가져온 모양이다.

방은 엉망진창이었다. 침대에는 티셔츠며 재킷이 흩어져 있고, 디지털카메라와 'JAPAN'이라 적힌 가이드북이 아무렇게나 놓여 있었다. 바닥에는 노트북 컴퓨터가 내팽개쳐 있고, 트렁크도 널브러져 있었다.

남자의 나이는 마흔 전후. 외모도 준수한 편이고 체구도 다부졌다. 하지만 복장에는 그다지 신경 쓰지 않는 듯, 입고 있는 파란 티셔츠와 무릎 아래까지 내려오는 면 반바지가 마구 구겨져 있었다. 남자는 청회색 빛 눈동자로 뚫어져라 화면을 응시했다.

텔레비전 화면은 호수에서 V 자 모양으로 튀어나온 남자의 맨 다리를 비추고 있었다. 그는 그 구도가 무척 마음에 들었다. 원작이 인기 있는 작품이라 몇 번이나 리메이크되었지만, 이 장면은 항상 충실하게 재현되었다고 한다.

흠, 이거 괜찮은데? 다음번엔 피해자가 이 포즈를 취하게 해야겠군. 일본의 호러 팬들에게는 널리 알려진 장면이라니까 분명 반응도 좋을 거야.

물속에서 V 자로 튀어나온 다리. 필립 크레이븐은 수첩에 그렇게 적었다. 이럴 때의 그는 메모를 한다는 자각이 없다. 영상을 보면서도 머릿속에서 다양한 이미지와 아이디어 조각이 정신없이 교차해서 스스로도 영화를 보고 있는 것인지, 영화를 보는 자신의 이미지를 보고 있는 것인지 분간이 가질 않았다.

그는 흥분했다. 일본어는 잘 모르지만 평소 미국에서 보는 B급 호러와는 다른 독특한 분위기가 있다. 청소년들이 입은 교복에서도 금욕적이고 은유적인 느낌이 풍겨서 정체 모를 공포가 느껴졌다. 시대극 요소가 섞인 흑백영화는 이 세상 것이라고는 생각할 수 없을 정도로 아름다워서 영상만 봐도 질리지 않았다. 게다가 호러영화는 설령 말을 알아듣지 못한다 해도 만국 공통의 분위기로 대충 이해할 수 있다. 그는 이번 일본 방문을 통해 반드시 좋은 플롯을 쓸 수 있으리라 확신하고 있었다.

도쿄를 방문한 건 이번이 세 번째다. 이번 방문의 제일 큰 목적은 〈나이트메어 4〉의 홍보였다. 그가 만든 영화는 전 세계 청소년들에게 인기가 있었다. 그는 자신의 영화가 요란하게 비명을 지르고 싶어 하는 젊은이들을 매료시키는 제트코스터 무비이지만, 호러나 미스터리를 좋아하는 마니아층에게도 평판이 좋다는 사실을 자랑스럽게 생각했다. 일본에서도 감독 겸 각본가로서 이름이 널리 퍼지면서 두터운 팬층도 생겨났고, 흥행 성적도 괜찮았기 때문에 두 번째 작품부터는 홍보에 신경을 많이 쓰게 되었다. 첫날 무대인사에서 열광적인 반응을 보여준 팬들을 보고 그는 무척 기분이 좋았다. 일본 팬들은 수준도 높고, 한눈팔지 않고 세세한 부분까지 보기 때문에 장르영화를 만드는 사람으로서는 실로 고마운 팬들이었다.

스태프들도 우수했다. 독심술을 사용하는 게 아닐까 싶을 정도로 사소한 것까지 신경을 써줘서 언제나 감탄할 뿐이었다. 특히 이번에 그의 통역 겸 잡무 담당을 맡은 구미코는 야무지면서도 한편으로는 신비한 분위기를 지닌 여성이라 무척 마음에 들었다.

그녀는 호러영화에 정통했고, 겉으로 드러내지는 않았지만 영적 능력까지 있다는 이야기를 들었다. 대학에서는 일본 고전을 전공했고, 본가는 커다란 신사라고 한다.

조금 전 그가 외출할 무렵, 그녀가 와서 갑자기 입을 다물고 방을 둘러보았을 땐 얼마나 놀랐는지…….

"방에 감독님 말고 누가 있네요."

설마 하고 웃어 넘겼지만 그는 마음이 편치 않았다. 분명 한 사람 더(아니, 사람이란 표현은 적절치 않지만) 방에 있었기 때문이다.

"구미코, 설마 미스터리 작가의 유령이 있다는 소릴 하려는 건 아니겠죠?"

"그런 느낌은 아니에요. 그렇지만 뭔가 느껴지긴 해요."

지저분한 방을 꼼꼼히 살펴보던 구미코는 결례라는 걸 깨닫고 화들짝 놀란 표정을 지었지만, 이윽고 평소처럼 부드러운 미소를 지으며 "저녁 식사 때 다시 올게요" 하고 밖으로 나갔다. 구미코가 어디 가고 싶은 곳이 없느냐고 물었지만, 필립은 날씨도 안 좋고 하니 저녁 식사 때까지 방에서 비디오나 보겠다고 대답했다. 일본의 여름 날씨는 그야말로 아열대기후였다. 이렇게 몸에 쩍쩍 달라붙는

찜통더위는 난생처음이다. 마루노우치의 회사원들이 어떻게 양복을 입고 돌아다닐 수 있는지 미스터리였다. 차라리 구속복을 입고 돌아다니는 편이 바람도 통하고 좋겠다. 이 날씨에 돌아다닐 바에야 철야로 영화를 찍는 게 낫지.

필립은 비디오에 몰입했다.

하지만 불현듯 뭔가 이상하다는 생각이 들었다.

너무 조용하다.

불안해진 필립은 침대 구석에 있는 커다란 종이봉투를 들여다보았다. 그 안에는 가늘고 긴 바구니가 들어 있었다.

"다리오?"

필립은 가만히 다리오를 불렀다. 자고 있나? 에어컨 바람 때문에 체온이 내려간 모양이다.

"다리오?"

다시 다리오를 부르며 바구니에 손을 댄 순간, 그는 기겁했다. 어느샌가 바구니 뚜껑이 열려 있었고, 안은 텅 비어 있었다.

30

비는 내렸다 그쳤다를 반복했다.

그친 줄 알고 역 바깥으로 나가려 하면 또다시 빗줄기가 쏟아졌다. 바람까지 세차게 불어서 더더욱 움직이기 힘들었다.

용감하게 밖으로 나간 몇몇 승객도 얼마 지나지 않아 흠뻑 젖은 모습으로 다시 돌아왔다. 역시 차를 잡기가 쉽지 않은 모양이다. 요시히토와 함께 멍하니 역 입구에서 기다리던 승객들도 단념하고 운행 재개를 기다리러 전철로 돌아간 터라, 지금 우두커니 서 있는 것은 요시히토 혼자였다.

요시히토는 원망스러운 얼굴로 하늘을 올려다보며 호조 가즈미의 말을 떠올렸다. 굼뜬 동작으로 시계를 보자 벌써 2시 반이었다. 그는 반쯤 단념한 표정을 지었다.

피자 가게 오토바이라. 50cc정도 되겠지? 아니, 그보다 뒤에 사람이 탈 수 있을까? 길 가다 본 피자 가게 오토바이는 분명히 일인승이었고, 속도도 그리 빠를 것 같지 않았다. 그걸 탄다 해도 꽤나 시간이 걸리겠군.

이대로 가다간 다 젖겠어. 역 앞 아스팔트 도로가 새하얗게 보일 정도로 세차게 내리는 빗줄기를 보며 멍하니 그런 생각을 했다. 계약서는 봉투에 넣어두긴 했지만 가방에도 빗물이 스며들 것 같다. 파일이라도 준비할걸. 아, 왜 이렇게 재수가 없는 걸까. 왜 하필이면 이날, 이 시간에 이런 큰비가 내리는 거냐고.

요시히토는 땅이 꺼져라 한숨을 내쉬었다. 피로가 어깨를 짓누르고 온몸이 땀으로 젖어서 불쾌했다.

그 순간, 빗소리에 섞여 멀리서 뭔가 이질적인 소리가 들렸다.

또 천둥이 치려나?

요시히토는 무심코 뒷걸음질 쳤다. 그는 어린 시절부터 천둥 번개를 무서워했다. 어린 시절에 조부모와 부모에게 누누이 '배 내놓고 자면 번개 맞는다' 하는 소리를 들어왔기 때문이다. 어릴 적 기가 약했던 그는 천둥 번개가 무서워 화장실에도 못 가고 오줌을 지려 형들에게 놀림을 받곤 했다.

그렇지만 천둥이라고 하기에는 소리가 너무 규칙적이다. 이게 무슨 소리지? 소리는 점점 거세졌다. 우르릉, 우르릉, 빗소리조차 지워버린 그 소리가 땅을 울리며 다가왔다.

요시히토는 불안에 휩싸였다. 어쩐지 불길한 예감이 든다.

갑자기 밝은 불빛이 팍 하고 눈을 찔렀다. 무심코 손으로 눈을 가렸지만, 그 불빛이 자신을 향해 다가오고 있음을 알 수 있었다. 요시히토는 눈앞에 나타난 존재를 보고 얼빠진 표정을 지었다.

처음에는 전철이 나타난 줄 알았다. 눈앞에 멈춰 선 오토바이는 그만큼 거대했다. 커다랗고 육중한 머신 앞에는 언뜻 봤을 때 헤드라이트로 착각할 법한 거대한 전등이 달려 있었다.

설마 아니겠지? 피자 배달부가 이런 걸 타고 다닐 리 없잖아.

그렇게 생각한 찰나, 그 뒤에 하얀 오토바이 두 대가 따라왔다. 요시히토의 시선이 그쪽으로 향했다.

저건가?

둔탁한 소리가 사라지고, 세찬 빗줄기 속에서 검은 헬멧에 라이

더 재킷을 입은 거구의 남자가 내렸다. 요시히토는 성큼성큼 자기 쪽으로 다가오는 남자를 입을 떡 벌린 채 바라보았다.

"이거 오래 기다리게 해서 죄송합니다. 에리코 누님의 상사분이신 누카가 씨 맞죠?" 험상궂게 생긴 남자가 위협적인 목소리로 말했다.

요시히토는 아연실색했다. "네. 제, 제가 누카가인데요."

긴장해서 등을 꼿꼿이 편 채 목멘 소리로 대답한 요시히토는 머릿속으로 에리코 누님이 누구인지 생각했다. 우리 회사에 이런 험상궂은 친구를 둔 직원이 있던가?

남자는 뒤에서 달려온 젊은이들을 향해 고개를 까닥였다. 헬멧과 우비를 손에 든 그들은 동요하고 있는 요시히토에게 재빨리 헬멧을 씌우고 우비를 입혔다. 흡사 테러리스트에게 납치당하는 인질이 된 기분이었다.

"자, 뒤에 타시죠. 가방은 우비 안쪽에 넣으시고. 꽉 잡으십쇼. 무슨 일이 있어도 절대 손을 놓으면 안 됩니다."

남자는 머신을 힘차게 발로 찬 뒤, 다시 한번 "무슨 일이 있어도" 라고 강조했다. 요시히토는 그 한마디로 이미 겁에 질려 있었다.

"걱정 마십쇼. 한 시간 안에 도착할 겁니다. 그런데 체격이 아주 좋으십니다? 역시 이 녀석을 타고 오길 잘했지."

"피, 피자 배달을 하신다고 들었습니다만."

"맞습니다. 간토 지역 제일가는 신속 배달입죠. 1분이라도 늦으면 우리 애들이 저한테 엄청 깨지거든요. 그래서 다들 성심성의껏 배달해드리죠. 앞으로 '나라시노피자'를 잘 부탁드립니다."

"그, 그래요. 앞으로 야근할 때는 피자를 먹어야겠네요. 저기, 오토바이가 굉장하네요. 이, 이런 건 몇 cc나 됩니까?"

"칭찬 감사합니다. 오늘은 제 개인 오토바이를 가지고 왔습니다. 8000cc 정도 됩니다."

"8…… 8000이요?"

그런 오토바이가 있다는 소리는 듣지도 못했다.

"차체 중량만 해도 500킬로그램은 나가니까 속도를 냈을 때도 안정적이죠. 뭐, 속도를 너무 올리면 코너링할 때 제어하기 힘들지만요. 그렇지만 맡겨두십쇼. 전 에리코 누님의 수제자거든요. 비 오는 날이지만 200킬로미터는 충분히 나올 겁니다."

에리코가…… 누구지? 지사 직원? 아니면 어디 영업 직원인가?

"누님이 은퇴하실 땐 간토 연합 산하에 있는 500명이 모두 엉엉 울었습죠. 그렇지만 물러날 때를 아는 게 또 누님다워요. 지금은 성실하게 보험 계약서를 관리하고 계신다지요. 아무나 그렇게 할 수 있는 게 아니죠."

남자의 목소리에서는 그리움이 묻어났다.

계약서? 설마 가토 에리코?

지사에서 일하는 침착하고 말수 적은 가토 에리코의 모습이 떠올랐다.

말도 안 돼. 저번에 친구 부탁으로 선 자리를 소개해줬는데.

요시히토는 큰 혼란에 빠졌다. 평소 조용한 그녀의 모습과, 지금 눈앞에 있는 남자가 말하는 그녀의 모습이 전혀 일치되지 않았기 때문이다. 설마, 말도 안 돼. 다른 사람 얘기겠지. 분명히 착각하고 있는 거야.

그는 필사적으로 그렇게 되뇌었다.

엉덩이 밑에서 전해지는 우레 같은 엔진 소리와 진동이 혼란스러운 머리를 찌른다. 빗줄기가 쏟아지는 가운데 으스스한 소리를 내며 오토바이가 천천히 움직이기 시작했다.

조용히 따라오는 하얀 오토바이를 뒤돌아보며 요시히토는 큰 소리로 물었다. "저, 저기. 저 두 사람은⋯⋯."

"호위하는 겁니다. 걱정 마십쇼. 우리가 독자적으로 개조한 오토바이라 뒤처지진 않을 겁니다. 가는 도중에 손님이 나타날 것을 대비해 데리고 온 거죠."

손님? 요시히토는 그렇게 물으려 했지만 그 말은 무의식중에 절규로 바뀌었다. 갑자기 오토바이가 무섭게 속도를 올렸고, 그에 따른 격렬한 중력이 온몸을 짓눌렀다.

아, 내가 여기서 죽으면 정기보험이 5000만, 노령연금 두 개가 도합 2000만, 합계 7000만 엔이다. 사고니까 재해보험도 전액 지급되겠군. 심사 기간은 오래 걸리지 않을 것이다. 산재 처리도 되려나?

머릿속에서 재빨리 계산을 마친 자신의 모습이 슬프기도 했지만, 그런 생각은 이윽고 세찬 바람과 함께 빗속으로 사라졌다. 요시히토의 머릿속은 새하얘졌다.

31

마리카는 비틀거리는 몸을 가까스로 지탱하며 문을 열고 안으로 들어갔다. 실내에는 긴장과 피로가 뒤섞인 공기가 흐르고 있었다.

세 남자가 긴 책상 앞에 앉아 있다. 중앙에는 연출을 담당하는 초로의 남자. 새하얀 단발머리가 인상적이다. 오른쪽에는 무대감독. 다부진 체구에 수염을 기른 50대 남자였다. 왼쪽에는 부드럽지만 어딘지 강인한 인상의 50대 남자 프로듀서가 앉아 있었는데, 혼자만 양복 차림이었다. 책상에는 프로필이 산더미처럼 가득했다. 입장하는 순간 모두 마리카의 페이지를 보고 있다는 사실을 알아챌 수 있었다. 평상시였다면 이 순간 불쾌한 기분을 느꼈겠지만, 지금 마리카에게는 그걸 신경 쓸 여력이 없었다.

책상 위 알루미늄 재떨이에는 벌써 꽁초가 쌓여 있었다. 희미한 인공조명에 담배 연기가 흔들거린다. 냄새가 전에 없이 괴롭다.

"아유카와 마리카지? 거기 앉으렴." 가운데에 앉은 연출가가 프로필을 내려다보며 말했다.

마리카는 한가운데로 나아가 세 사람의 정면에 우두커니 놓인 접이식 의자에 앉았다. 또박또박 걷고 싶었지만 몸이 계속 앞쪽으로 쏠렸다.

—잘 들어. 방에 들어가는 순간부터 오디션은 이미 시작된 거야.

극단 선생님의 말이 뇌리에 떠올랐고 프로듀서가 자신을 빤히 바라보는 것도 알았지만, 허리를 꼿꼿이 펴면 또다시 배가 아플 것 같아서 어쩔 수 없었다. 사실은 배를 감싸 안고 싶을 정도였다. 마리카는 배를 감싸듯 무릎 위에서 두 손을 깍지 꼈다.

"마리카는 샐리의 성격이 어떻다고 생각하지?" 연출가는 고개를 들더니 살짝 놀란 표정을 지었다. "안색이 안 좋은데, 어디 아프니?"

그 말을 들은 마리카는 뜨끔했다. 역시 그렇게 보이는 건가.

무리도 아니다. 마리카는 가벼운 탈수증상을 보였다. 바로 조금 전까지 장과 위장이 뒤집혀 항문으로 나오는 게 아닐까 싶을 정도로 불규칙적이고 심한 설사에 시달렸다. 더는 나올 게 없는데도, 조금만 움직이면 위장이 연동운동을 반복하려 하는 바람에 최대한 조심하며 이곳까지 왔다.

마리카는 필사적으로 웃으며 고개를 좌우로 저었다. "아뇨. 긴장해서요. 기다리는 동안에 여러 생각이 들었거든요."

"무슨 생각을 했는데?" 연출가는 흥미가 생긴 듯 물었다.

"무슨 질문을 하실까, 제대로 대답할 수 있을까, 바깥 날씨는 어떨까, 그런 생각요."

"바깥 날씨?"

생각지도 못한 대답을 한 것을 깨닫고 마리카는 입술을 깨물었다. 바싹 마른 입술에서 씁쓸한 침 맛이 났다. '저기, 그러니까······' 하고 말을 꺼내려다가 꾹 삼켰다.

또다시 선생님의 목소리가 들렸다.

—쓸데없는 단어는 절대 쓰지 마. 저기, 그게, 어쩐지, 역시, 그런 거 말이야. 듣기 안 좋단다. 대답할 때는 당당하게, 제대로 된 문장으로 말해.

"오디션을 볼 때는 전혀 다른 분위기가 돼요. 밖은 비가 내리고 바람이 부는데도, 여긴 다른 세상의 다른 시간이 흐르고 있죠. 그런 생각을 하면 기분이 무척 묘해져요. 나는 왜 여기서 본 적도 없는 사람의 대사를 읊고 있는 건가 하는 생각이 들죠."

훨씬 그럴듯한 대답을 하려 했는데, 막상 답하고 나니 혼잣말이나 다름없었다. 아, 이 대답은 뭐야. 의미 없는 답이잖아. 이게 뭐야. 무슨 소리를 한 거야. 마리카는 의자가 바닥으로 꺼지는 것 같은 절망감을 느꼈다.

연출가는 물끄러미 마리카를 바라보았다.

옆자리에 앉은 프로듀서가 심술궂게 웃었다. "사람들 앞에 나설 때면 늘 그러니? 긴장돼? 그런데 왜 연극이 하고 싶니?"

"그건······." 마리카는 눈을 내리깔고 눈치채지 못하도록 침을 삼켰다. "긴장되니까요."

"뭐라고?"

세 사람은 입을 모아 되물었다.

마리카는 작게 고개를 저었다. "낯가리는 걸 고치기 위해서라는 뜻은 아니에요. 친구 중엔 그런 애도 있지만요. 긴장한다는 건 그것이 저한테 중요한 일이라는 거잖아요. 연기하는 시간은 무척 두근거려요. 평소 학교나 집에서 보내는 시간과는 전혀 달라요. 시간이 세 배 정도 더 길게 느껴지죠. 긴장한다는 건 앞으로 제가 하려는 일이 저한테 무척 중요하기 때문이에요. 중요한 일은 중요하게 생각해야죠."

또다시 이상한 소리를 한 것 같다는 생각에 마리카는 일단 말을 끊었다.

프로듀서는 미심쩍은 표정을 지었지만, 연출가와 무대감독은 조용한 눈으로 진지하게 마리카를 바라보았다.

"샐리는 에미를 어떻게 생각하는 것 같니?" 연출가가 물었다.

마리카는 거의 반쯤 포기한 채 입을 열었다. "남을 지켜주고 싶지만, 사실은 나를 지켜줬으면 좋겠어라고요."

연출가의 얼굴에 물음표가 떠오른 걸 보고 마리카는 설명을 덧붙였다.

"샐리는 다른 누구보다도 누군가에게 보호받고 싶어 해요. 모두를 지키고 싶다는 건 사실 누군가가 자신을 지켜줬으면 하는 마음이죠. 누구보다 에미를 지켜주고 싶은 건, 에미가 자신을 누구보다 지켜줬으면 하기 때문이에요."

방 안이 조용해졌다.

이제 모르겠다. 마리카는 그런 심정이었다.

곧 끝난다. 몇 개월 동안 망설이며 보낸 시간도 이제 곧 끝을 맞이한다. 참가해줘서 고맙다는 말과 함께 누군가의 번호를 발표하겠지. 더 볼일 없는 나는 이 방에서 쫓겨날 테고. 밖에 나가면 평소와 다름없는 햇볕과 바람을 맞으며 꿈에서 깬 듯한 기분이 들 것이다. 거리를 지나는 사람들 사이에 섞여 역으로 향하는 순간, 모든 것은 추억이 된다. 두 번 다시 난 이 이야기 속으로 돌아오지 못할 것이다. 울렁대고 두근거리고 동경하고 낙담하는 이 신비한 시간을 경험하는 일이 없을 것이다. 엄마가 뭐라고 해도 상관없다. 다시 마음이 바뀔 수도 있고, 극단에 소속되어 있으면 기회가 또 올 거라고 나를 달랠지도 모른다. 엄마는 그 신비한 시간에 미련을 버리지 못할 것이다. 그렇지만 머지않아 난 극단을 그만두게 될 것이다.

"샐리의 대사를 외울 수 있니?"

너무나도 긴 침묵이었다. 이미 자기 차례가 끝났다고 생각한 마리카는 화들짝 놀라 고개를 들었다.

"에미가 보육원으로 돌아왔을 때 대사 말인가요?"

"그래. 제일 긴 대사 말이야. '미안해, 에미'로 시작하는 대사. 저기 서서 그 대사 한번 해보겠니?"

마리카는 천천히 자리에서 일어났다. 배가 욱신거리는 통에 얼굴을 찡그렸다. 그 순간, 레이나와 그 엄마의 얼굴이 뇌리에 떠올랐다.

분해. 미워. 그렇지만 그 감정에는 반쯤 경탄이 섞여 있다는 것을 마음 한편으로 느끼고 있었다.

그렇게까지 해서 얻어내고 싶은 거구나. 레이나의 엄마는 무슨 수를 써서라도 그 신비한 시간을 손에 넣고 싶은 것이다. 어쩌면 뽐힐지도 모른다고 생각하면서 그걸 내색하는 걸 부끄러워하는 엄마와, 어차피 평생 할 것도 아니라는 말로 언제나 자신을 위로하는 내가 그들 모녀를 이길 수 있을 리 없어. 우리 모녀는 그렇게까지는 못한다.

또다시 고통이 느껴졌다. 마리카는 저도 모르게 주저앉았다.

"……미안해, 에미."

입 밖으로 튀어나온 쥐어짜는 듯한 목소리는, 자신의 목소리가 아닌 것 같았다. 마리카는 누군가가 자신의 몸을 빌려 이야기하는 듯한 착각에 빠졌다.

"미안해, 에미. 나, 가끔씩 하느님께 기도했어."

자신도 모르게 쓴웃음을 짓는다. 쓸쓸한 듯 시니컬한 웃음이다. 자신을 지키기 위해 습관처럼 짓는 웃음. 아무것도 신경 쓰지 않는다는 듯. 상처받지 않았다는 듯.

"에미를 여기 있게 해주세요."

마리카는 고개를 들고 천장을 올려다봤다. 그곳에 누군가가 있는 것 같았다.

"내가 모르는 먼 곳으로 보내지 말아주세요. 계속 저랑 함께 있게 해주세요."

마리카는 두 손을 모았다. 그렇지만 갑자기 온몸에서 힘이 빠진다. 힘없이 두 팔을 늘어뜨렸다.

"거짓말, 거짓말이야."

나지막한 목소리로 말하자 또다시 배가 욱신거렸다. 마리카는 얼굴을 찌푸렸다.

"난, 난 말이지……. 사실은 매일 밤 기도했어."

새하얗게 질린 얼굴로 눈을 부릅뜬다. 연출가가 화들짝 놀라 숨을 삼키는 것이 보였다.

"아무도 여기서 나가지 못하게 해달라고."

마리카는 손바닥을 펴고 두 손을 물끄러미 바라보았다.

"그래, 여기서 누군가 나갈 수 있다면 정말 잘된 일이야. 무척 멋진 일이지. 엄마, 아빠도 생기고 푹신한 침대에서 잘 수도 있으니까. 처음부터 행복한 가정의 아이인 것처럼. 그렇지만, 그렇지만 모두 한 가족이었잖아. 신부님과 수녀님을 부모님이라고 생각했잖아. 그건 다 뭐였는데?"

마리카는 두 손을 꼭 쥐고 비틀거리듯 한 걸음 앞으로 나가 눈앞의 세 사람을 매섭게 노려보았다. 세 사람이 압도된 표정으로 자신을 바라보는 것이 느껴졌지만 아무래도 좋았다. 지금까지 저 자리에 앉아 있던 이들, 언제나 책상 앞에서 누군가를 간택하려 하는 이들을 향해 말하고 있는 것뿐이다. 말할 거야. 여기서 말할 거야.

"남겨진 아이들이 얼마나 슬프고 비참한지. 잘 지내, 웃으며 손을 흔들고 문 너머로 떠나는 아이의 모습이 사라지면 이를 악물고 이불을 뒤집어쓴단다."

그것은 샐리가 아니라 마리카의 대사였다.

"아무도 원하지 않는 아이는 어떻게 해야 하지?"

침묵이 내려앉았다.

마리카는 크게 한숨을 내쉬었다. 말이 끝나기가 무섭게 고통이 찾아왔다. 몸속에서 위장이 움찔움찔 경련하기 시작했다.

아파!

너무나 극심한 고통에 순간 숨을 쉴 수 없었다. 눈물이 찔끔 나왔다. 마리카는 저도 모르게 배를 눌렀다.

세 남자는 흥분한 얼굴로 서로를 마주 보더니 다시 프로필을 확인하며 귓속말로 수군거렸다.

"아유카와 마리카 양. 지금까지 무대에 선 경험이 없는 거 맞지?" 연출가는 프로필과 마리카의 얼굴을 교대로 바라보며 빠르게 물었다.

"네." 마리카는 필사적으로 고통을 참으며 고개를 끄덕였다.

부탁이야, 빨리 끝내주세요. 배가 또…….

"지금 그 동작 말인데, 몸짓하고 손짓은 혼자서 생각해낸 거니?"

"그게, 대사를 읊다 보니까 왠지 그러고 싶어서요."

마리카는 힘없이 답했다. 실제로 자신도 모르는 사이에 손발이 움직이고 있었다.

세 사람은 다시 얼굴을 마주 보며 마리카를 방치한 채 상의를 시작했다. 아니, 잠깐만. 아까 그 아인 어쩌고? 그래도 이런 건 역시 첫인상으로. 중간중간 이야기 소리가 들렸지만 전혀 머릿속에 들어오지 않았다. 빨리 끝내달라니까.

"저기⋯⋯." 마리카는 울상을 지으며 소리쳤다.

세 사람은 깜짝 놀란 표정을 짓더니 그제야 생각났다는 듯 마리카 쪽을 보았다.

"화장실에 가도 될까요?"

32

"어떻게 된 거야?"

분노에 잠긴 목소리로 중얼거리며 가요코가 천천히 자리에서 일어났다. 그녀의 시선은 마사히로 옆에 있는 아름다운 여자에게 고정되어 있었다.

아름답다. 나와는 비교도 안 될 정도로 아름답다. 스타일도 좋고, 화려하고, 어디서나 자신이 중심이 된다는 걸 알고 있는 여자. 나하고는 전혀 다른 여자다.

머리가 빙글빙글 도는 것 같았다. 격한 분노와 굴욕, 그리고 충격. 이 여잔 뭐야. 여기 이런 여자를 데려오다니, 대체 이 남자는 무슨 생각으로 이러는 거지?

가요코는 입을 뻐금거렸지만 아무 말도 나오지 않았다.

"오늘은 솔직하게 고백하려고." 마사히로는 힘없는 표정으로 중얼거리더니 고뇌에 찬 눈빛으로 말을 이었다. "역시 난 나를 잘 몰랐나 봐. 어릴 때부터 머리 좋고 착실한 여자를 좋아했어. 품위 없고 경박한 내 생활을 언제나 혐오했지. 날 흙탕물 속에서 구해줄 사람을 항상 기다렸어. 그 사람이 너라고 생각했어. 넌 이상적인 여자였어. 내 꿈을 그대로 현실로 옮겨놓은 것 같은 여자였지. 난 행복했어. 네 덕분에. 넌 날 일깨웠어. 내 눈을 뜨게 해준 거야."

가요코는 선글라스 너머로 마사히로를 바라보았다. 마치 처음 보는 동물처럼.

미에는 마사히로의 목소리를 들으며 형언할 수 없는 짜증이 밀려왔다.

또 이 소리. 지겹도록 들은 변명이다. 완벽한 기만. 유려하고 공허하며 성의 없는 말들. 어떻게 이런 짓을 할 수 있는 걸까. 어째서 자신의 말이 얼마나 잔인한지 깨닫지 못하는 걸까.

미에는 무표정을 가장하며 충격에 빠진 가요코를 바라보았다.

겉보기에도 그녀가 얼마나 괴로운지 알 수 있었다. 막다른 궁지에 몰린 듯한 분위기가 그녀 주변을 갑옷처럼 감싸고 있었다. 왜 자기 몸에 맞지도 않는 옷을 입고 있는지는 모르겠지만, 화려한 옷과 선글라스에서 비참한 모습을 필사적으로 감추려는 허세가 느껴져서 가슴이 아팠다.

마사히로는 부드러운 목소리로 말을 이었다. "그렇지만 결국 그건 동경에 지나지 않아. 나는 어느샌가 내가 무리하고 있다는 사실을 깨달았어. 억지로 우아한 척, 너와 어울리는 사람인 척하려 했어. 그건 내게 엄청난 스트레스였어. 너도 알고 있지? 우리 사이가 멀어지기 시작했다는 걸. 내가 너에게 어울리지 않는 사람이라는 걸. 난 안 돼. 널 행복하게 해줄 수 없어. 미에하고는 한 달 전에 만났어. 만나자마자 서로에게 끌렸지. 역시 나한테는 이런 여자가 어울려. 어쩔 수 없는 사실이야."

말은 잘해요. 미에는 속으로 혀를 내둘렀다.

마사히로는 고뇌와 초조함이 완벽하게 깃든 목소리로 연기를 하고 있었다. 어쩌면 지금 이 순간만큼은 진심으로 자신의 말을 믿고 있는지도 모른다. 이런 점이 천부적인 장사꾼 재능인 걸까. 상대에 따라 자유자재로 자신의 감정을 조절하는 점 말이다.

멍하니 그런 생각을 하던 미에는 마사히로가 자신을 보고 있다는 사실을 깨달았다.

'이제 네 차례야.' 눈이 그렇게 말하고 있었다. 더없이 경박한 여자, 외모밖에 내세울 게 없는 천박한 여자를 연기해달라고 채근하는 것이다.

미에의 머릿속이 순간 새하얗게 변했다.

지금까지 몇 번이고 내뱉은 말이다. 잔인한 말, 장난스러운 말.

눈앞에서 희미하게 떨고 있는 가요코가 금방이라도 쓰러질 것처럼 연약하고 자그맣게 보였다. 가까스로 지켜낸 자존심 하나가 그녀를 지탱하고 있었다.

마사히로는 초조한 눈빛으로 몇 번이고 미에의 얼굴을 보았다. 그 눈빛을 무시하고 미에는 아무 말도 하지 않았다.

잠시 후, 미에는 가만히 한숨을 내쉬었다. "우선 앉아서 이야기해. 나, 커피 마시고 싶어."

마사히로는 안도한 표정을 지었다. 미에가 가요코를 설득해줄 거라 생각한 것이리라. 미에는 힐끗 마사히로를 본 다음, 가요코 옆에 앉으라고 눈치를 줬다. 마사히로는 잠시 놀란 표정을 지었지만 마지못해 자리에 앉았다.

가요코도 방심한 듯 털썩 자리에 앉았다.

멀리서 지켜보던 종업원을 불러 커피 두 잔을 주문한 뒤, 미에는 가요코를 향해 오른손을 내밀었다.

"가요코 씨죠? 반가워요. 오치아이라고 해요. 마사히로의 사촌입니다."

가요코는 화들짝 놀란 듯 고개를 들었다. 마사히로는 당황한 표정으로 입을 떡 벌렸다.

33

"뭔가 사태가 굉장해졌는데?"

"분위기 장난 아닌데? 삼각관계인가?"

"저 세 사람의 관계를 추리하는 편이 더 재미있겠어."

"저 사람들 어쩌려는 거지? 가바야 선배는 완전히 무시당하고 있는데?"

"이번에도 무승부 처리인가? 이대로는 시합을 계속할 수 없잖아."

다다시와 하루나는 한층 더 목소리를 낮추고 속삭였다.

카운터 옆의 가바야는 멍한 얼굴로 가짜 설문지를 든 채 우두커니 서 있었다.

세 사람은 가바야의 존재는 신경도 쓰지 않았다. 어둡고 심각한 분위기가 그들을 감싸고 있었다. 영화 포스터에서 튀어나온 듯한 외모의 두 사람이 수상한 차림의 여자를 둘러싸고 있으니, 마치 드라마를 촬영하는 듯한 허구적인 분위기가 감돌았다. 아름다운 여자가 선글라스를 낀 여자에게 오른손을 내밀며 뭐라고 말한다.

그제야 제정신으로 돌아온 가바야는 맥없이 자리로 돌아왔다.

"안 되겠어. 미안. 면목 없다." 가바야는 부끄러운 듯 머리를 긁적였다.

"아냐, 괜찮아. 이젠 어떻게 하지?"

"일단 밖에 나가자."

"잠깐만. 저 사람들을 조금만 더 관찰하면 안 될까?"

하루나는 서둘러 자리를 뜨려 하는 가바야를 붙잡고 심각한 세 사람을 바라보았다. 그렇지만 시선은 순간 허공을 맴돌았다.

"응? 왜 그래?"

"아니, 기분 탓인가 봐."

하루나는 손을 흔들어 아무것도 아니라는 시늉을 했지만 마음속으로는 고개를 갸웃했다.

지금 그게 뭐지? 비문증인가? 뭔가 검은 그림자가 시야 한구석을 가로지른 듯한 느낌이었는데.

34

가와조에 겐타로는 침을 꿀꺽 삼켰다.

얼굴은 새하얗게 질렸고, 이마에는 식은땀이 송골송골 맺혔다.

하는 수 없다. 역시 훔치는 수밖에 없다. 시간을 끌면 끌수록 회수하기 어려워질 테고, 주변 사람들이 내 모습을 목격할 확률도 높아진다. 일행이 도착하기 전에 되찾아야 한다.

그렇게 자신을 타이르며 결심을 굳혔다.

노인은 여전히 부산스레 걸어 다니고 있었다. 그러다 또 금방 시계를 본다. 주변에 널린 건 모두 누군가를 기다리는 사람들이다.

겐타로는 천천히 걸음을 옮겼다. 어디 앉아서 짐을 내려놓는다면 바꿔치기를 하기도 쉬울 텐데. 이렇게 사람이 많은 곳에서는 순식간에 도망치기도 어렵다.

겐타로는 노인을 못 본 척하며 사람들 사이에 섞였다. 누군가를 기다리는 척, 두리번거리며 주변을 살핀다.

노인의 바로 뒤에 선다.

노인이 들고 있는 도라야의 봉투를 가만히 내려다본다.

역시 내 물건이다. 이봐, 당신 물건 돌려줄 테니까 그걸 어서 이리 넘겨.

그는 속으로 욕설을 내뱉었다.

잠깐만, 이 영감은 아직 자기 짐이 바뀌었다는 사실을 모를 테니 역시 사실대로 말하고 맞바꾸는 게 나을까? 아니, 바뀌었다고 하면 이 영감은 분명 확인하기 위해 봉투 안을 들여다볼 것이다. 그건 위험하다. 남이 보아선 안 된다. 언젠가 자신이 목격한 것을 사건과 연결 지을 수도 있고, 동시에 봉투를 교환한 남자의 인상까지 함께 떠올릴지도 모른다.

그는 초조한 마음으로 봉투를 바라보았다.

그 순간, 갑자기 노인이 허둥지둥 걷기 시작했다. 겐타로는 황급히 뒤를 쫓았다. 노인은 이 광장에서 떠나려는 것 같았다. 기다리던 사람과 만나기를 포기한 건가? 아니면…….

노인은 지상으로 이어진 계단을 오르기 시작했다.

역시 어딘가로 이동하는 건가? 겐타로는 적당한 거리를 유지하며 바짝 뒤를 쫓았다.

자신이 미행당하고 있다는 사실은 전혀 눈치채지 못한 채, 슌사쿠의 머릿속은 안내 방송을 부탁해야겠다는 생각으로 가득 차 있었다. 백화점에서는 미아가 된 아이의 부모를 찾는 방송을 자주 내보낸다. 조금 전부터 이곳에서도 몇 번이나 사람을 찾는 방송을 하고 있다. 나도 그러면 되겠군. 그 생각을 떠올리고 슌사쿠는 눈앞이 환해지는 것을 느꼈다. 그는 일단 직원이 있는 창구로 가보자고 마음먹었다. 그곳에 가면 어디서 방송을 내보내주는지 알 수 있을 것이다.

슌사쿠는 힐끗 시계를 보았다.

벌써 이렇게 시간이 지났다. 친구들이 아직 기다리고 있을까. 그의 마음은 미안함으로 가득 차 있었다.

미도리 창구의 위치는 대충 기억하고 있었다. 1층 한가운데다.

계단에는 그다지 사람이 없었다. 불현듯 어깨 너머로 누군가가 자신을 따라오는 것 같다는 느낌이 들었다. 그 기척은 눈 깜짝할 사이에 바로 뒤까지 쫓아왔다. 누군가가 손에서 봉투를 낚아챘다.

"앗!" 순식간에 벌어진 일에 슌사쿠는 당황했다. "자, 잠깐!"

젊은 남자는 그대로 단숨에 계단을 뛰어 올라갔다. 뒷모습을 어디선가 본 것 같다는 생각이 불현듯 들었다. 슌사쿠는 황급히 남자를 뒤쫓았다.

남자와 거리가 벌어질 무렵, 옆에서 튀어나온 누군가와 부딪친 남자가 비틀거리는 것이 눈에 들어왔다. 그와 부딪친 회사원이 눈을 휘둥그레 뜨고 남자를 바라보았다. 그 틈을 놓치지 않고 필사적으로 뒤쫓아간 슌사쿠는 남자의 등에 매달렸다. 봉투에는 양복 재킷과 하이쿠 친구들에게 줄 선물이 들어 있다. 집에서 키운 강낭콩이다. 자식처럼 정성을 다해 키웠다. 그리고 그 봉투가 없으면 아내가 뭘 사달라고 했는지 잊어버릴 것이다.

"내 봉투 돌려주게!"

"시끄러워!"

남자는 슌사쿠를 밀쳐냈다. 그는 손 한번 써보지 못하고 비틀거리며 자리에 주저앉았다.

"도, 돌려주게."

슌사쿠는 필사적으로 팔을 뻗어 남자의 뒷모습을 향해 힘없이 말을 걸었다. 놀란 얼굴로 두 사람을 지켜보던 주변 사람들을 제치고 남자는 곧바로 도망쳤다.

눈앞이 캄캄했다.

아, 이를 어쩌지. 하이쿠 친구들에게 줄 선물도 도둑맞았고, 아내에게 줄 선물도 사지 못하게 되었다. 애초에 하이쿠 친구들하고는 아직 만나지도 못했다. 대체 뭘 하러 여기까지 왔단 말인가. 역시나 같은 사람이 도쿄까지 올라온 것이 잘못이다. 도쿄는 눈 감으면 코 베어가는 곳이다. 지금까지 그런 이야기를 몇 번이나 들었으면서도 왜 멍청하게 들떠 있었을까.

순사쿠는 힘없이 고개를 숙인 채 비참한 기분을 곱씹었다.

지갑을 도둑맞지 않은 것을 위안으로 삼자. 그렇게 생각하며 일어서려던 순간이었다.

"거기 서!"

젊은 여자 목소리가 쩌렁쩌렁하게 도쿄역 통로에 울려 퍼졌다. 순사쿠는 화들짝 놀라 고개를 들었다. 다른 사람들도 목소리가 나는 쪽으로 고개를 돌렸다.

도망치는 남자 앞에 한 여자가 팔짱을 끼고 당당하게 서 있었다. 남자는 깜짝 놀란 듯 여자 앞에서 멈춰 섰다.

보아하니 나이도 얼마 안 먹은 아가씨 같다. 회사 유니폼 차림이다. 심부름을 다녀오는 길인 듯, 쿠키 상자가 들어 있는 비닐 봉투와 서류를 들고 있었다. 얼굴은 붉게 달아올라 있었는데, 아무래도 화가 단단히 난 것 같았다.

설마, 저렇게 젊은 아가씨가 저 남자를 잡으려는 건가?

그런 생각이 든 순간 순사쿠는 온몸이 오싹해졌다.

위험하다. 상대는 미친개나 다름없는 젊은 남자다. 저렇게 어린 아가씨가, 손녀 같은 아가씨가 맞설 수 있는 상대가 아니다.

순사쿠는 물건을 도둑맞았다는 사실도 잊은 채, 다급히 비틀거리며 일어났다.

35

다가미 유코가 두 사람의 존재를 알아챈 것은, 급하게 해외여행 팸플릿을 모아 미도리 창구에서 나왔을 때였다.

천장이 높은 커다란 통로였다. 이 시간대에는 그렇게까지 붐비지 않는다. 하지만 통로로 나온 순간, 유코는 이질적인 분위기를 눈치챘다.

모두 걸음을 멈추고 뭔가를 보고 있었다. 통로 저편에서 두 사람이 옥신각신하는 모습이 보였다.

장발의 젊은 남자와 자그마한 체구의 노인이다. 아무래도 젊은 남자가 노인에게서 뭔가를 빼앗으려 하는 것 같았다. 노인은 필사적으로 남자를 붙들었지만, 곧 바닥에 내동댕이쳐졌다.

남자가 검은 봉투를 안고 이쪽을 향해 달려왔다.

걸음을 멈추고 구경하던 회사원이 황급히 피하는 모습을 보고 유코는 화가 머리끝까지 났다.

힘없는 노인에게 어쩜 저럴 수가 있담! 부끄러운 줄 알아야지! 수수방관한 것도 모자라 피하기까지 한 저 남자도 용서 못 해!

그녀가 이렇게 빠른 속도로 분노의 정점에 다다른 것은, 야윈 노인의 얼굴에서 자신의 할아버지를 떠올렸기 때문일지도 모른다.

유코는 할아버지를 잘 따르는 아이였다. 그녀는 초등학교를 졸업할 때까지 나가노에 살았는데, 근처에 살던 할아버지는 자주 손녀

와 놀아줬다. 유코란 이름을 지어준 사람도 할아버지였고, 처음 유
도를 가르쳐준 사람도 할아버지였다. 할아버지는 마음 넓고 온화한
사람이었다. 유코는 어릴 적부터 혈기 왕성한 말썽꾸러기였다. 절
지붕에 올라갔다가 옆집 지붕에 떨어져 천장을 부숴버렸을 때에도,
탐험한다는 명목으로 동생들을 끌고 뒷산에 올라갔다가 어린 동생
들이 강에 빠지거나 미아가 되었을 때에도, 할아버지는 언제나 유
코와 함께 고개 숙여 잘못을 빌러 다녔다. 기운 넘치던 유코는 그냥
마음 내키는 대로 돌아다녔을 뿐이지만, 어느샌가 정신을 차려보면
주변에 폐를 끼치고 있었다.

　어린아이가 한 일이니 제 얼굴을 봐서 한 번만 용서해주십시오.
유코도 결코 나쁜 마음으로 한 짓은 아닙니다. 제가 알아듣게 잘 타
이르겠습니다. 할아버지는 유코의 어깨에 손을 올린 채 몇 번이고
고개를 숙였다. 유코는 내심 할아버지가 왜 고개를 숙이는지 알지
못했지만, 그런 할아버지께 죄송해서(게다가 아무래도 자기 때문인
것 같았기에) 언제나 함께 고개를 숙였다.

　할아버지는 소방관이었다. 마을에 사고가 일어났을 때에는 항상
앞장서서 일을 해결했다고 한다. 마을 사람들도 모두 할아버지를
존경했다. 평소에는 온화했지만 유사시의 용감한 모습은 퇴직한 후
에도 사람들 사이에서 오래도록 이야기되었다. 그런 할아버지가 몇
번이고 죄송하다고 고개를 숙이면 심하게 화를 내던 사람들도 모두
난처한 표정으로 용서해주곤 했다.

그렇게 잘못을 빌고 돌아올 때마다 할아버지는 항상 말했다.

유코, 이 할아비가 왜 너한테 유코優子란 이름을 지어줬는지 아니?

상냥한 사람이 되라고 그런 거잖아요.

유코는 고개를 숙인 채 마지못해 대답했다.

유코는 상냥한 사람이 어떤 사람인지 아니?

난폭하지 않은 사람요.

언제나 유코는 그 부분에서 말을 흐렸다. 이웃들이 자신을 난폭하다고 이야기하는 걸 알고 있었기 때문이다. 그렇지만 유코는 그것을 이해할 수 없었다.

이렇게 친절한 나한테 왜 난폭하다고 하는 거지? 저번에도 미노루의 부모님이 집을 비우신 동안 내가 놀아줬고, 움직이지 못하는 마쓰다 할머니를 집까지 모셔다드렸는데.

유코는 고개를 갸웃했다. 그렇지만 그 친절이란, 팔심이 센 유코가 허약한 미노루에게 야구를 하자며 공을 천 번이나 던지게 한 일이나, 허리가 아파 움직이지 못하는 노파를 억지로 질질 끌고 가는 바람에 증상을 악화시킨 일이었다.

난폭하게 굴지 않는 것도 중요하지만, 상냥한 사람이 되려면 강해져야 한단다.

할아버지가 몇 번이고 타이르자 유코는 씩씩하게 대답했다.

더 강해질래요. 언젠가 검은 띠를 딸 거예요.

그게 아니라…….

할아버지는 웃음을 지으며 고개를 저었다.

강하다는 건 언제나 주변을 똑바로 살피며 자신이 무엇을 해야 하는지 아는 걸 뜻하는 거란다. 유코는 조금 더 주변을 살펴야 해. 자기보다 약한 사람을 도와주려무나.

네. 유코는 알았다는 얼굴로 고개를 끄덕였다.

할아버지는 항상 조용하게 유코를 타일렀다. 그것은 할아버지의 미덕 중 하나였지만, 너무 완곡하고 조심스러운 설교였기 때문에 단순한 유코가 할아버지의 가르침을 이해하지 못한 것도 무리는 아니었다. 할아버지는 유코가 고등학생일 때 돌아가셨다.

그 후, 유코는 할아버지의 가르침에 따라 강하고 상냥한 사람이 되기 위해 노력했다. 덕분에 검은 띠도 땄다. 전철에서 치한을 만났을 때는 그 즉시 관절을 꺾어 역무원에게 넘겼다. 그 가운데 반성하는 기색이 없던 두 사람은 뼈가 부러져 병원 신세를 지기까지 했다. 우리 상해보험에 가입해 있었으면 좋았을걸. 본인은 강한 면과 상냥한 면을 모두 가지고 있다고 생각했지만, 주변 사람의 눈에는 강한 면 쪽으로 편향되어 있는 것처럼 보였다.

어쨌든, 분노한 유코는 "거기 서!" 하고 소리치며, 달려오는 젊은 남자 앞을 가로막았다. 남자는 깜짝 놀란 듯 하얗게 질린 얼굴로 유코를 보았다.

그때였다.

"거기!"

바로 뒤에서 위협적인 목소리가 들렸다. 이번에는 유코가 깜짝 놀랐다.

뒤를 돌아보자, 거구에 험상궂은 인상의 아저씨가 이쪽을 향해 달려오는 모습이 보였다. 그 모습을 본 주변 사람들은 황급히 길을 비켰다.

저 아저씨는 누구지? 야쿠자인가? 아니면 이 녀석이랑 아는 사이인가?

혼란에 빠진 유코는 뒤에서 달려오는 남자와 눈앞의 남자를 번갈아 보았다.

젊은 남자의 얼굴이 점점 더 창백해졌다. 순간 주저하더니 이번에는 홱 몸을 돌려 반대 방향으로 달아난다.

"거기 서! 서지 않으면 쏜다!"

남자는 재빨리 주머니에 손을 넣었다.

정면에서 걸어오던 외국인 바이어들과 그들을 안내하던 일본인 직원이 그 모습을 보고 놀라 바닥에 엎드렸다.

"아, 이제 없지?"

쳇 하는 소리가 들리더니 남자는 유코 옆에 멈춰 섰다.

이 아저씨는 뭐지? 어라, 자세히 보니 연세도 꽤 있는 할아버지 같은데?

남자의 옆모습에 정신이 팔린 유코가 앞쪽으로 시선을 돌리자, 멀어지는 젊은 남자의 뒷모습이 보였다.

"앗, 도망치잖아! 할아버지, 이것 좀 잠시만 들어주세요."

"어? 이게 뭐죠, 아가씨?"

얼떨결에 달콤한 쿠키와 괌 여행 팸플릿을 받아 들고 당황하는 할아버지의 목소리를 들으며 유코는 돌진했다. 바닥에 엎드렸다 조심스레 고개를 든 남자의 손을 밟은 것 같지만 기분 탓이리라.

유코는 눈 깜짝할 사이에 남자와의 거리를 좁혔다. 그녀는 팔심뿐만 아니라 뜀박질도 빨랐다. 도망치는 도둑을 쫓을 수 있는 강하고 상냥한 사람이 되기 위해서는 달리기도 잘해야 하기 때문이다.

"거기 서!"

유코는 남자의 팔을 붙잡았다. 남자는 반동 때문에 앞으로 넘어지려 했지만, 유코는 한쪽 손으로 남자의 목덜미를 붙잡았다.

좋았어, 잡았다!

재빨리 남자의 품 안으로 파고든다.

중심 이동도 완벽하다!

남자의 몸이 허공에 날아오른다.

다음 순간, 퍽 하고 둔탁한 소리가 울려 퍼졌다.

지켜보던 사람들은 환호성을 질렀고, 바닥에서 일어난 외국인 바이어들도 "나이스!"를 외치며 흥분한 얼굴로 박수를 보냈다. 옆에 선 일본인 직원은 손을 꼭 잡고 팔짝팔짝 뛰고 있다.

"괜찮나요?"

양손에 유코의 짐을 든 할아버지가 달려왔다.

봉투를 빼앗긴 노인도 빠른 걸음으로 이쪽으로 다가와 유코를 향해 걱정스레 물었다.

"아가씨, 어디 다친 덴 없어요?"

점잖고 온화한 목소리. 역시 할아버지 목소리와 똑같다.

"네! 어떤 게 할아버지 물건이죠?"

"내 건…… 어라?"

대자로 뻗어 신음하는 젊은 남자 옆에 도라야 봉투가 두 개 떨어져 있었다. 노인은 잠시 얼빠진 표정이었지만, 안에서 회색 양복 재킷이 튀어나온 봉투를 보고는 안도한 표정을 지었다.

"아, 이거예요, 이거."

유코는 나머지 봉투에 눈길이 갔다. 그녀는 도라야의 밤 양갱 역시 무척 좋아했기 때문이다. 누가 잃어버렸나? 혹시 밤 양갱이면 그냥 가져가버릴까. 그런 불순한 생각이 순간 뇌리를 스쳐 지나간 것을 부정하진 않겠다.

그렇지만 봉투를 주워서 안을 들여다보니, 도저히 먹을 것으로 보이지 않는 신문지와 붉은 끈으로 포장된 더러운 꾸러미가 들어 있을 뿐이었다. 유코는 실망을 금치 못했다.

"어라?"

이번에는 유코를 쫓아온 험상궂은 할아버지가 입을 열었다.

봉투에서 삐져나온 재킷에 수놓인 이름을 빤히 들여다본다.

"아즈마 순사쿠 씨?"

"네?"

기쁜 듯 오오 하고 소리치는 할아버지를 보고 유코는 당황했다. 덩치 크고 인상 험악한 할아버지는 활짝 웃으며 갑자기 어린아이 같은 표정으로 자그마한 노인을 향해 달려갔다.

"다행입니다, 다행이에요. 찾고 있었습니다. 제가 시즈쿠이시입니다. 시즈쿠이시 간조요."

"네?"

노인은 깜짝 놀란 듯 소리쳤지만 얼굴은 금세 기쁨으로 물들었다. 그리고 미안한 표정으로 고개를 숙였다.

"미안합니다. 길을 잃어서 그만."

"아닙니다. 저희 잘못이죠. 도쿄는 처음이신데 찾기 힘든 장소에서 만나자고 했으니. 자, 갑시다, 가요. 다들 기다리고 있습니다."

화기애애하게 이야기를 나누는 두 노인의 모습을 놀란 표정으로 바라보던 유코는 어느샌가 뒤에 있던 젊은 남자가 보이지 않는다는 사실을 눈치챘다.

"아, 그 녀석 도망쳤어요?"

유코가 그렇게 외치자, 덩치 큰 할아버지는 험상궂은 얼굴로 "뭐?" 하고 소리치며 쫓아가려 했다.

조그만 할아버지는 덩치 큰 할아버지에게 애원하듯 말했다.

"이제 됐어요. 이렇게 짐도 되찾았고, 시즈쿠이시 씨도 만났지 않습니까. 그 남자도 이런 가냘픈 아가씨에게 혼쭐이 났으니 이제 정

신 차렸겠죠. 아가씨, 정말 고마워요. 하지만 아무리 젊고 강한 아가
씨라도 그런 위험한 일은 하지 말아요. 요새 젊은 녀석들은 작은 일
에도 앙심을 품으니까요."

노인은 온화한 얼굴로 싱긋 웃었다. 죄를 미워하되 사람은 미워
하지 말라. 그 보살 같은 미소에 유코는 가슴이 찡해졌다.

할아버지도 살아 계셨다면 그렇게 말씀하셨을 거야. 잠깐, 여기
서 간토생명 직원이라는 걸 어필해야 하나? 그렇지만 두 분 다 노
인이라 보험료가 많이 나올 테니 생명보험도 가입 안 될 텐데. 그
래, 바람처럼 나타났다 바람처럼 사라지는 게 멋지겠지?

"그럼 전 이만 실례할게요. 제가 간토생명에 근무하고 있거든요.
간토생명 야에스 지사로 돌아가봐야겠네요."

유코는 자연스레 간토생명 직원임을 강조하며 영업용 미소를 지
었다. 세 사람은 아름답게 인사를 나누고 헤어졌다.

36

다리오는 혼란에 빠져 있었다.

몸을 움직여 넓은 곳으로 나가고 싶었지만 이렇게까지 아무것도
없는 황량한 장소는 다리오의 취향이 아니었다. 게다가 여긴 너무
밝다. 주변에 아무것도 없어서 몸을 숨길 만한 장소도 없었다. 그렇

지만 어느 방에서 나왔는지도 기억나지 않았고, 설령 기억난다고 해도 문이 전부 닫혀 있어서 들어갈 방도가 없었다. 주인까지 행방불명인데, 대체 어떻게 해야 하지? 삐뚤어져버리겠어.

하지만 다리오는 그래도 필사적으로 어둠을 찾아 걸었다.

낮 시간의 호텔은 인적이 드물었기 때문에 다리오의 존재를 눈치챈 사람은 아무도 없었다.

다리오는 눈앞에 나타난 검은 카운터 바로 다가갔다.

스르륵, 바 아래쪽 벽을 타고 올라간 다리오는 한숨을 돌렸다.

카운터 바 위에서는 뭔가 심각한 이야기가 진행되는 것 같았지만 다리오에게는 아무래도 상관없는 일이었다.

긴장한 상태로 넓은 곳을 걸어온 터라 다리오는 어딘가로 기어들어가고 싶었다. 원래 다리오의 둥지는 몸을 숨기기 좋은 바위틈이나 습기 찬 숲속이다. 다리오는 장시간의 이동과 혼란으로 인해 스트레스를 받고 있었다.

다리오의 눈에 문득 검은색과 금색이 뒤섞인 봉투가 들어왔다.

젊은 여자가 다리를 부들부들 떨고 있었는데, 그 발밑에 입구가 좁은 봉투가 놓여 있던 것이다.

봉투는 형언할 수 없을 정도로 편안한 휴식처럼 보였다.

이거 봐, 검고 좁은 데다 편안해 보이기까지 하지? 잠깐 들어와서 쉬라고. 봉투가 그렇게 다리오를 유혹했다.

다리오는 그 유혹을 이기지 못했다.

37

지하통로를 걷던 시즈쿠이시 간조는 석연치 않은 기분이 들었다.

이 울렁거림은 뭐지. 목구멍에 뭔가가 걸린 듯한 불쾌한 느낌은. 그것은 오랫동안 잊고 있던 그리운 감각이기도 했다.

뭔가 중요한 사실을 떠올릴 때 느끼는 감각. 오랜 경찰 생활로 날카로워진 그의 범죄 감지 능력이 뭔가를 호소하고 있었다.

"오, 간조."

"자네가 찾았구먼."

통로 너머에서 친구들이 걸어왔다.

슌사쿠는 면목 없다는 듯 고개를 숙이며 인사를 나눴다.

이거 이거, 반갑습니다. 아니, 아닙니다. 화기애애한 분위기다.

"이봐, 간조. 그 짐은 다 뭔가? 아즈마 영감 짐인가?"

간조는 그제야 자신이 커다란 쿠키 박스와 수영복 차림의 여자가 싱긋 웃고 있는 괌 여행 팸플릿을 들고 있다는 사실을 깨달았다.

"이런."

그 아가씨에게 건네받고서는 계속 가지고 있었군.

당황한 가운데 머리 한구석에서 뭔가가 번뜩였다.

"아, 혹시 아까 그 아가씨 물건입니까?"

슌사쿠는 간조가 든 짐을 보고 당황한 표정을 지었다.

간조는 갑자기 날카로운 눈빛으로 슌사쿠를 노려봤다.

"아즈마 씨, 아까 그 젊은 남자가 빼앗아간 게 그 도라야 봉투입니까?"

"네? 맞아요, 이겁니다."

"하지만 젊은 남자가 뻗어 있을 때 분명히 똑같은 봉투를 두 개 보았습니다. 어떻게 된 일입니까?"

순사쿠는 고개를 갸웃거렸다.

"글쎄요, 나도 잘 모르겠습니다. 하지만 내 물건은 모두 여기 있습니다. 그 남자가 원래부터 가지고 있던 봉투 아닐까요?"

간조의 마음속에서 의혹이 커진다. 간조의 얼굴을 보고 화들짝 놀란 젊은 남자. 얼어붙은 얼굴. 그 얼굴, 어디서 본 것 같은데. 조직폭력배 쪽은 아닌 것 같고.

"그 봉투는 어디로 갔죠?"

"글쎄요. 그 아가씨가 주워 들던데요? 안을 들여다보더군요."

"안을요? 뭐가 들었는지 봤습니까?"

"슬쩍 봤습니다. 신문지 꾸러미를 빨간 끈으로 묶은 것 같던데."

순사쿠는 의외로 또렷하게 기억하고 있었다.

관찰력에 감탄하며 간조는 생각에 잠겼다. 남자가 원래 가지고 있던 도라야 봉투. 그리고 남자는 순사쿠의 봉투를 빼앗으려 했다.

바꿔치기하려던 건가?

그 순간, 남자의 얼굴과 수배 전단의 사진이 하나로 겹쳐졌다. 신문지 꾸러미와 풀어진 빨간 끈이 뇌리를 스쳐 지나간다.

간조는 눈을 크게 뜨고 벌건 얼굴로 외쳤다.

"기억났어! 테러 조직 '얼룩끈'이야! 공안에서 지명수배한 놈들! 그 녀석은 폭탄 제조범 가와조에 겐타로였어!"

38

아아, 나는 지금 바람이 된다. 바람과 일심동체가 되어 한 마리 짐승처럼 세상을 질주하리라.

겐지는 황홀경에 빠져 있었다.

비구름이 지나갔는지 이제 빗줄기도 거의 그친 것 같았다.

그는 서서히 속도를 올렸다.

좌우 풍경이 점점 유선형으로 변한다. 옅은 색으로 선을 그어놓은 듯한 추상화로 변해가는 것이다.

오랜만에 느끼는 머신과의 일체감. 아슬아슬한 시간과의 경쟁. 온몸으로 소름 끼치는 공포를 마주하며 삶과 죽음의 경계선을 지나는 스릴. 속도를 올리자 공기의 압력은 벽이 되어 그를 가로막았다. 이 벽과 싸우기 위해서는 온몸의 근육을 풀가동해야만 한다.

그보다 더 빨라지면 공기는 점성을 더하며 전신에 착 달라붙는다. 흡사 자유의지를 가진 생물처럼 서서히 머신에 달라붙는 공기를 느낄 수 있다.

좋아, 오늘은 가능할 것 같다. 기록이다. 잠시 잊고 있던 이 감촉. 역시 난 빠른 게 좋다. 누구보다 빨리 달리는 게 좋다. 오늘은 한없이 달려 바람이 되는 거다.

39

아아, 나는 지금 바람이 된다. 뇌세포도 몸도 바람에 날려 순식간에 흙으로 돌아가리라.

겐지 뒤에 앉은 요시히토의 머릿속은 정지되어 있었다.

비와 땀과 눈물과 침이 한데 섞여 얼굴을 적셨다. 초점 없는 눈, 멍하게 벌린 입. 그는 이미 자신이 살아 있는지 죽었는지조차 모르는 무아지경에 이르러 있었다.

40

보슬비가 내리고 있다. 국도와 인접한 경찰서 앞에서 마스코 요지는 늘어지게 하품을 했다.

그는 멍하니 현관에 붙은 피포 군 경시청의 마스코트의 스티커를 바라보았다. 누군가가 수염을 그려 넣었나 보다.

아직 교대 시간까지는 한 시간이나 남았다.

'절대로 안 돼요.' 현관에 붙은 포스터 안에서 각성제 퇴치를 외치는 여자 연예인이 그를 바라보고 있었다. 그 입술 사이로 침이 줄줄 흘렀다. 누가 심심풀이로 그려 넣은 것일까. 요지는 그 아이돌의 코에 코털을 그려 넣을까 생각했지만 너무 유치해서 관뒀다.

쳇. 이 무더위에, 게다가 이런 날씨에 당직을 서다니 운도 없지.

요지는 목덜미의 땀을 닦으며 가지고 있던 경찰봉을 휘둘렀다.

오늘 밤에는 야구 연습장에나 가야겠다. 내일은 파라파라 댄스를 연습해야 해서 시간이 없다. 메구미 녀석, 내 춤을 보고 시골 할아버지가 추는 춤 같다고 했겠다. 젠장, 연습해서 깜짝 놀라게 해줘야겠군.

"요지, 딴짓하지 마라."

"경찰봉을 야구 방망이처럼 휘두르는 거 다 봤다."

순찰 나가는 동료들이 우르르 나타났다. 요지는 황급히 자세를 바로잡았다.

"빗줄기가 많이 약해졌는데?"

"나리타 선은 아직도 멈춰 있는 모양이야."

"퇴근 시간 전까지 운행을 재개할 수 있을까?"

"소방서에서 하천을 둘러보고 있대."

동료들은 비가 얼마나 오는지 보기 위해 밖으로 나갔다. 파란 셔츠가 젖지 않도록 어깨를 움츠리며 모자를 눌러쓴다.

그 순간, 이질적인 굉음이 다가오는 것을 느낀 경찰들은 일제히 걸음을 멈췄다. 마치 전투기와 전차가 손에 손을 잡고 달려오는 듯한 무시무시한 굉음이었다.

"뭐지?"

경찰들은 정체 모를 굉음에 몸을 움츠렸다.

다음 순간, 무서울 정도로 육중한 검은 물체가 경찰서 앞 도로를 통과했다.

그야말로 눈 깜빡할 사이에 벌어진 일이었다. 촤악 하는 소리와 함께 물체가 일으키고 지나간 물보라가 스크린처럼 문 앞을 가로막았다.

경찰들은 눈앞에서 벌어진 일에 넋이 나간 듯했지만, 이윽고 정신을 차리고 소리쳤다.

"젠장, 어느 놈이야! 대체 얼마를 밟고 있는 거야?"

"경찰을 우습게 봤겠다. 우리 서 앞을 지나가다니."

경찰들이 일제히 술렁이기 시작했다.

이어서 하얀 오토바이 두 대가 앞서 간 검은 물체에 뒤지지 않을 속도로 그들 앞을 지나쳤다. 딱 봐도 개조 차량이었고, 법정 최고속도를 훨씬 웃도는 속도였다.

"젠장, 또 나라시노피자 놈들이잖아! 저것들이 정말!"

제일 연장자인 히가시야마 가쓰히코 경사는 분개하며 발을 동동 굴렀다. 나라시노피자 점장인 이치하시 겐지와는 간토 연합 시절부터 오랜 악연이었다.

순찰차의 무선 스위치를 난폭하게 올린 가쓰히코는 마이크에 대고 외쳤다.

"모든 순찰차에게 알린다. 모든 순찰차에게 알린다. 지금 나라시 노피자 점장 및 종업원 두 명이 우리 서 앞을 지나 우라야스 방면으로 향했다. 오늘이야말로 우리의 숙적이자 시민들 숙면의 적, 연료 낭비의 주범인 이치하시 겐지를 속도위반으로 현행 체포하자!"

빗속에서 힘차게 차 문을 열어젖힌 경찰들이 살기등등하게 순찰차에 올라탔다.

요지는 사이렌을 울리며 차례차례 출동하는 순찰차를 얼빠진 얼굴로 배웅했다.

41

"그럼 최종 후보 두 명을 발표하겠습니다."

대기실은 범상치 않은 긴장감으로 가득했다.

사무적인 표정의 젊은 여성이 작은 종이를 들고 있었다.

모두 창백한 얼굴로 숨죽이며 그 종이를 바라보았다.

언제나 이 순간이면 실내 온도가 1, 2도는 떨어지지 싶다.

마리카는 수척한 얼굴로 의자에 앉아 있었다. 복통은 겨우 진정됐지만, 즙을 짜낸 오렌지처럼 온몸의 수분이 빠져나간 느낌이었다.

옆자리의 아키코는 진지한 표정이었다. 내가 혼자 괴로워할 때는 쿨쿨 잠만 자더니. 마리카는 비난 섞인 표정으로 힐끗 엄마를 노려보았다.

모두의 시선이 자신에게 집중된 것이 부담스러운지 젊은 여성은 헛기침을 하며 종이를 펼쳤다. 조용히 숨을 고른 다음, 그녀는 최종 후보를 호명했다.

"14번 다카하시 미나코 양."

실내가 조용히 술렁거렸다. 발갛게 얼굴이 달아오른 모녀가 손을 잡고 기뻐하는 모습이 눈에 들어왔다. 좋겠다, 부럽다. 그런 감정이 마리카의 가슴을 콕콕 찌른다. 항상 느껴온 감정이다.

젊은 여성은 사람들이 잠잠해질 때까지 기다렸다가 나머지 한 사람의 이름을 불렀다.

"27번 아유카와 마리카 양."

네? 기쁨보다 놀라움이 먼저였다.

아유카와 마리카. 그것이 자신의 이름이라는 사실을 깨닫기까지 잠시 시간이 필요했다.

아키코도 마찬가지였다. 두 사람은 놀란 얼굴로 눈을 휘둥그레 떴다.

그렇지만 사람들이 모두 자신들 쪽을 바라보자, 그제야 분명히 마리카의 이름이 호명되었다는 것을 깨달았다.

모녀는 동시에 얼굴을 마주 보았다. 여태껏 한 번도 본 적 없는 기쁨에 찬 얼굴이 보인다.

"엄마."

"해냈어, 마리카."

두 사람은 서로를 껴안았다. 그렇지만 움직인 순간 배가 욱신거려 마리카는 얼굴을 찡그렸다.

"수고 많으셨습니다. 지금 호명한 두 사람은 남아주세요."

오디션에 떨어진 아이들과 보호자들은 의자를 덜컹거리며 돌아갈 채비를 했다. 평소에는 저 웅성거림 속에 있었지만 이제는 여기 남아 있을 수 있다. 묵직한 피로감과 함께 듣던 저 소리가 오늘은 편안한 음악처럼 들리니, 세상일이란 참 신기하다.

마리카와 아키코는 아직도 실감이 나지 않는 표정으로 멍하니 서 있었다.

"아유카와 마리카 양, 이쪽으로 오세요. 보호자분도 오시죠."

마리카는 나중 번호인 자신을 먼저 부른 것이 이상했지만, 허둥지둥 어쩔 줄 몰라 하는 아키코와 함께 대기실에서 나왔다.

조금 전 심사 위원 셋이 앉아 있던 방으로 들어간다.

심사를 끝내고 한숨 돌리고 있었는지 세 남자는 웃음 띤 얼굴로 앉아 있었다.

백발의 남자가 마리카의 얼굴을 보며 살며시 웃었다.

"거기 앉으렴. 아, 어머님도 앉으시죠."

마리카는 조심스레 자리에 앉았다. 아키코도 그 뒤에 앉는다.

"샐리 역은 마리카가 맡게 되었단다. 나머지 한 명은 스탠바이고. 내일부터 곧바로 연습을 시작할 건데, 대본은 이미 외운 것 같으니 문제없겠지?"

백발의 남자는 부드러우면서도 매서운 눈으로 마리카를 보았다. 마리카는 저도 모르게 허리를 꼿꼿이 폈다.

일이야. 이제부터 난 오디션이 아니라 진짜 연기를 하는 거야.

"네."

마리카는 남자의 눈을 보며 야무지게 대답했다. 남자는 싱긋 웃어 보였다.

마음이 맑아지며 갑자기 눈앞이 확 트였다.

아, 안쪽에 들어온 것이다. 드디어 선택받은 것이다.

연출가 뒤로 간토극장의 넓은 객석이 보이는 것 같았다.

꿈이 아니야. 그 무대에 서는 거야.

서서히 기쁨이 밀려든다. 지금까지의 울분은 완벽히 과거의 일이 되었다. 그 기억은 저기 뒤쪽에, 아무래도 좋은 곳에 묻어버렸다.

시야가 넓어진 느낌이다. 마리카는 새로운 긴장을 느꼈다.

사람들 앞에 선다. 관객들 앞에 서서 연기해야 한다.

그것은 지금까지와는 또 다른 종류의 긴장감이었다. 새로운 긴장. 새로운 두려움. 그렇지만 결코 불쾌하게 다가오지 않았다. 스스로 깨닫지 못한 투지가 불끈불끈 용솟음치는, 기분 좋은 긴장감이었다.

"원칙적으로 소속 극단과 계약하게 되어 있으니, 내일쯤 극단으로 서류를 보내겠습니다. 그럼 스케줄을 알려드리죠. 먼저 내일은 의상을 맞출 겁니다. 그 후에 스태프들을 소개하죠. 그리고……."

마음속에서 솟아오르는 기쁨을 가만히 곱씹으며 마리카는 낭랑한 어조로 말하는 젊은 여성의 이야기에 귀를 기울였다.

42

황홀한 기분으로 대기실에 돌아온 마리카는 상기된 표정의 아키코가 "오늘 파티하자, 아빠랑 같이"라며 전화를 거는 것을 보고 다시 한번 화장실에 다녀오기로 했다. 더 나올 것도 없었지만, 이제는 아랫배의 감각이 사라져서 화장실에 가고 싶은지 아닌지조차 알 수 없었다.

화장실에 다가가자 누군가의 울음소리와 달래는 여자 목소리가 들려왔다.

"레이나, 괜찮아. 오늘은 운이 나빴을 뿐이야."

레이나 엄마다. 목소리를 들은 마리카는 저도 모르게 걸음을 멈췄다. 그 목소리에서 평상시 같은 자신감은 느껴지지 않았다. 당황스러운 기운이 역력한 힘없는 목소리였다.

"아냐, 그게 아니라고. 엄마는 내가 왜 우는지 모르겠어?"

울먹이는 레이나의 목소리가 들렸다. 평소의 얌전한 모습을 봐서는 상상조차 할 수 없는 날카로운 목소리였다.

"내가 모를 줄 알았어? 늘 엄마한테 맡겨두라고만 하고 항상 다른 애들한테 이상한 걸 먹였잖아. 배 아픈 약 말이야."

"레이나, 무슨 소리니? 엄마가 왜 그런 짓을 해?"

"그럼 그 칼피스 나 줘. 피곤하고 목말라. 칼피스 마시고 싶어! 마시고 싶다고!"

"다 마시고 없어."

"거짓말, 엄마 가방에 있는 거 아까 봤어. 많이 남아 있던데."

"레이나, 엄마는 다 널 위해서 그런 거야."

"왜? 엄마, 왜 그랬어? 난 엄마가 그런 짓까지 하지 않으면 배역 하나 못 따는 형편없는 애야?"

"레이나, 너한텐 재능이 있어. 모두 널 칭찬하잖아. 엄마는 레이나를 돕고 싶었어."

점점 더 흥분하는 레이나를 달래기 위해 레이나 엄마는 필사적이었다.

"그게 도와준 거야? 오늘 엄마가 마리카한테 칼피스를 먹였잖아. 몇 번이나 화장실을 오가는데 얼마나 괴로워 보였는지 알아? 어떻게 그럴 수 있어? 난 마리카랑 친구가 되고 싶었단 말이야."

레이나는 울음을 터뜨렸다. 흐느끼며 띄엄띄엄 소리친다.

"그렇지만 샐리 역은 마리카야. 엄마가 도와줬는데도 이 모양이라고. 요즘 오디션을 보러 갈 때마다 모두 날 멀리해. 다들 쌀쌀맞게 군다고. 레이나는 엄마 덕에 배역을 땄네, 쟤네 엄마가 못된 짓을 하니까 붙는 거네, 그런 소리까지 들었어. 엄마, 우리 자리 옆에는 아무도 안 앉는 거 몰라? 엄마가 물병을 꺼내면 모두 힐끔거려. 정말 창피해서 죽고 싶어. 엄마, 이제 그만해."

레이나는 쥐어짜는 듯한 목소리로 흐느꼈다.

밖에서 듣고 있던 마리카는 코끝이 찡해졌다.

레이나도 나름대로 괴로워하고 있던 것이다. 언제나 선택받는 아이인 레이나, 다른 아이들하고는 비교도 되지 않을 정도로 예쁜 레이나가.

그때까지 느낀 기쁨이 단번에 사그라진다. 그래, 여기는 이런 세계였다. 나는 그 안에 발을 들여놓으려는 것이다.

마리카는 가만히 발걸음을 돌려 대기실로 돌아왔다.

한창 들떠 있던 아키코는 마리카가 돌아온 것도 모른 채 큰 소리로 통화를 계속하고 있었다. 아빠와 연락이 됐는지는 모르겠지만, 친구에게 마리카가 오디션에 합격했다는 사실을 자랑하고 있는 것 같았다.

엄마랑 난 이 세계에서 살아가기에는 좀 어수룩한 것 같아. 마리카는 천진난만한 아키코를 보며 그런 생각을 했다.

43

"마사히로는 상습범이에요. 그쪽처럼 좋은 집안에서 잘 자란 아
가씨를 좋아하죠. 당신 같은 여자들 발에 채일 정도로 봤어요. 나?
난 뒤처리 담당이에요. 사귀던 여자한테 질리면 마사히로는 날 불
러내서 아까 그 대사를 읊어대죠. 나랑 어울리는 여자를 찾았다, 넌
나에겐 과분한 사람이다, 하고."

미에는 커피를 마시며 담담하게 이야기했다. 마사히로는 어쩔 줄
몰라 했다.

"마사히로, 가만히 있어. 이제 다 끝났어. 성심성의껏 사과해."

미에가 매몰차게 말하자, 마사히로는 원망스러운 눈빛으로 그녀
를 보았다.

"그동안 괴로웠죠? 이런 남자 때문에 괴로워하다니, 이제 그만둬
요. 당신이라면 분명히 괜찮은 남자를 찾을 수 있을 거예요."

어쩐지 무릎 언저리가 스멀거리는 것 같았지만 미에는 말을 이
었다. 가요코는 카운터 위를 물끄러미 바라본 채 입을 꼭 다물었다.

그렇지만 미에도, 마사히로도, 그녀가 가냘픈 몸을 후들후들 떨
고 있다는 걸 눈치챘다.

"……알았어요."

가요코의 입에서 나지막한 목소리가 흘러나왔다.

"알아들은 것 같아서 다행이에요."

미에가 안도한 듯 한숨을 쉬자, 가요코는 매서운 얼굴로 마사히로를 노려보았다.

"마사히로, 대체 어쩔 생각이야? 이런 연극까지 벌이고. 사촌 좋아하시네. 그런 거짓말까지 하다니, 얼마나 더 날 바보로 만들어야 속이 시원하겠어?"

마사히로와 미에는 놀란 표정으로 가요코를 보았다.

가요코는 분노로 창백하게 변한 얼굴로 미에를 돌아보았다.

"당신도 참 어지간하네요. 내가 그런 거짓말에 속을 줄 알았어요? 마사히로에 대해 그렇게 얘기하면 내가 질려서 떨어져나갈 줄 알았나 보죠? 안타깝지만 그런 수법엔 안 넘어가요. 옷차림하고는. 마사히로는 그런 차림 안 좋아해요. 일부러 그렇게 입고 온 거죠? 일부러!"

미에는 남의 말을 들으려 하지 않는 가요코의 모습에 혀를 내둘렀지만, 자신이 평소에 이런 차림이 아니라는 사실을 꿰뚫어 본 관찰력에도 감탄했다. 확실히 이 여자는 멍청하진 않은 것 같다.

마사히로는 천장을 올려다보았다. 그의 작전은 실패한 것일까, 성공한 것일까?

"그리고 기분 나쁘게 자꾸 왜 이래요? 아까부터 내 무릎을 만지질 않나. 대체 왜 이러는 거예요?"

가요코는 경멸의 눈빛으로 미에를 바라보았다. 미에는 흠칫했다.

"당신 무릎을 만졌다고요? 내가?"

"그래요, 변태도 아니고 아까부터 계속 만지고 있잖아요! 마사히로, 속으면 안 돼. 이 사람 좀 이상해."

막무가내로 말하는 가요코를 보고 미에는 피가 거꾸로 솟았다.

"뭐라고? 당신이야말로 피해망상에 젖은 거 아냐? 왜 내가 당신 무릎을 만지겠어!"

"남의 무릎을 만져놓고선 모르는 척하는 것 좀 봐."

"그렇게 삐쩍 마른 몸을 누가 만지겠어. 마사히로가 상대해주지 않는다고 지금 나한테 화풀이하는 거야?"

그렇게 말하고 미에는 아차 싶었다.

가요코의 얼굴이 점점 벌게졌다. "정말 웃기지도 않아! 마사히로, 이런 말까지 들었는데 그냥 내버려둘 거야?"

마사히로는 악에 받친 가요코를 달래며 혼란스러운 얼굴로 미에를 보았다.

미에도 미안한 표정으로 쓴웃음을 지었다.

가요코는 마사히로와 미에가 눈빛을 교환하는 걸 눈치채자, 두 사람의 얼굴을 번갈아 바라보며 다시 부들부들 떨었다. 벌겋게 달아올랐던 얼굴이 다시 창백해진다.

붉으락푸르락 이랬다저랬다 아주 바쁘시네. 하지만 방금 그 말은 좀 너무했어.

미에는 조금 전 발언을 반성하며 그녀를 어떻게 설득할지 열심히 생각했지만, 이제 와서 오해를 풀기란 도저히 무리일 것 같았다.

"뭐야, 뭐냐고! 사람을 바보 만들고!"

가요코는 테이블을 쾅 내리쳤다.

"항상 이래. 넌 너무 착실해. 넌 너무 고리타분해. 조금 더 세련 됐으면 좋겠는데. 남자들 모두 다 그런 소릴 지껄이지. 처음에는 착실한 점이 좋다고 한 주제에 얼마 지나지 않아 재미없다며 사람을 바보 취급해. 어쩔 수 없잖아. 이게 내 성격인데. 착실하게 살아가는 게 제일 마음 편한데. 화려한 복장도 떠들썩한 곳도 다 싫어. 그게 뭐가 잘못됐는데? 알레르기가 있어서 외식도 못 하고, 노래방 같은 데도 정말 싫어. 왜 요즘 가수들은 무슨 말인지 알아먹지도 못하는 이상한 외국어로 이름을 짓는 건데? 첨가물이 잔뜩 든 편의점 주먹밥도 용서 못 해. 음식에 어떻게 그럴 수 있느냔 말이지. 캐릭터 상품도 싫어. 왜 여자라고 은행에서는 항상 캐릭터 통장을 권하는 거야? 왜 나이도 먹을 만큼 먹은 여자가 그런 유치한 통장을 가지고 다녀야 하는 거냐고! 우리 과장님은 쉰셋이나 먹었으면서 휴대전화에 피카츄를 달고 다닌다고! 웃기지도 않아! 왜 착실하다는 이유만으로 이렇게 사람을 바보 만드냐고!"

가요코의 말은 점점 지리멸렬해졌지만 그 심정은 이해가 갔다. 사람들이 겉모습만으로 미에를 화려하고 경박한 여자로 판단하는 것과 마찬가지로, 가요코는 그녀 나름대로 자신의 캐릭터에 불편함을 느껴온 것이다. 미에는 자신과 가요코 사이에 공통점이 존재할지도 모른다고 생각했다.

"……릴 거야."

갑자기 입을 다문 가요코가 뭐라고 나지막하게 중얼거렸다. 미에는 저도 모르게 되물었다.

"뭐라고요?"

"죽어버릴 거야. 저주할 거야."

가요코가 다시 한번 되뇌었다. 이번에는 확실히 마사히로의 귀에도 들릴 정도의 크기였다.

44

"아즈마 씨, 아까 그 아가씨가 간토생명 직원이라고 했죠?"

"맞아요, 분명히 간토생명 야에스 지사 직원이라고 했소. 너무 강조하기에 왜 그러나 했죠. 그럼 그 아가씨가 지금 폭탄을 가지고 있는 겁니까?" 슌사쿠가 새하얗게 질린 얼굴로 물었다.

"아마 그럴 겁니다. 도요히코, 간토생명 야에스 지사에 연락해서 팔심이 센 젊은 직원이 있나 알아봐줘. 성인 남자를 엎어치기로 내동댕이칠 수 있는 여자는 흔치 않으니 금방 찾을 수 있을 거야. 시라토리는 철도 경찰에 연락해줘. 가와조에는 아직 이 근처에 있을 거야. 끈질기게 자기 작품을 되찾으려 한 걸 보면."

"다가미 씨요." 슌사쿠가 분명한 목소리로 말했다.

네 사람은 동작을 멈추고 슌사쿠를 보았다.

"다가미란 이름이었소. 명찰을 달고 있어서 똑똑히 기억나요."

간조는 씩 웃었다. 겉보기와는 다르게 믿음직한 구석이 있군.

"간토생명 야에스 지사의 다가미란 직원. 그분을 찾아줘. 그리고 빨리 폭발물 처리반에 연락하게."

다급히 움직이기 시작한 네 노인의 모습을 본 슌사쿠는 어안이 벙벙했다.

하이쿠 모임은 어떻게 되는 거지? 이 사람들은 도저히 하이쿠 읊을 사람처럼 보이지 않는데, 단순한 편견인가? 꼭······.

슌사쿠는 날카로운 눈빛으로 전화를 걸고 있는 눈앞의 남자들을 바라보았다.

꼭 형사 같잖아.

45

네 명의 전직 형사와 슌사쿠가 자신을 찾는 줄은 꿈에도 모른 채, 다가미 유코는 긴급사태에 직면해 있었다.

야에스 쪽으로 나왔을 때, 그 할아버지에게 쿠키와 팸플릿을 맡겨두고 받아오지 않은 사실을 깨달았기 때문이다.

회사에서 나온 지도 벌써 한 시간이나 지났다.

어쩌지. 이를 어쩌지.

유코의 머릿속이 새하얘졌다. 아까 그 자리로 돌아가봤지만 두 노인의 모습은 어디에도 보이지 않았다. 전철을 탔을 수도 있다. 보아하니 벌써 어딘가로 간 모양이다.

어쩌지. 이걸 어쩌지. 오래 자리를 비운 주제에 쿠키까지 잃어버리다니.

그런 생각이 든 순간, 가슴속에서 울화가 치밀어 올랐다.

분해! 모처럼 산 쿠키인데!

빈손으로 돌아갈 순 없다. 호조 선배에게 받은 돈이 아직 남아 있다. 하는 수 없지. 자비로 해결하는 수밖에.

이달 월급도 아직 타지 않은 20대 직원에게 3000엔이란 피를 토하는 지출이었지만, 자신의 잘못이니 어쩔 수 없었다. 유코는 눈물을 삼키며 다이마루백화점 지하로 되돌아갔다.

그렇지만 가게 앞까지 온 유코는 흠칫했다.

벌써 사람들이 늘어서 있었다. 조금 전과는 비교도 안 될 정도로 긴 줄이. 저녁 시간이 가까워지며 모두 줄을 서기 시작한 것이다. 이 끝에 섰다가는 시간이 얼마나 걸릴지 가늠할 수 없다. 늘어선 사람 수를 보니 쿠키를 구입할 수 있을지조차 불투명했다.

오 마이 갓!

유코는 자신의 불행을 저주했다.

불현듯 자신이 들고 있는 도라야 봉투를 내려다보았다.

젠장, 이런 걸 들고 있으니 역에서 나올 때까지 짐이 없어진 걸 모르지. 이게 진짜 밤 양갱이라면 얼마나 좋을까! 이 더러운 잡동사니는 버려버릴 거야!

유코는 분노를 이기지 못하고 봉투를 버리려 했지만, 깨끗하게 청소된 백화점 지하에서 그런 걸 버릴 만한 곳은 찾아볼 수 없었다. 역에다 버려야겠다.

유코는 한숨을 쉬며 한 손에 봉투를 든 채, 되도록 저렴하고 고급스러워 보이는 쿠키를 찾아 터덜터덜 걸음을 옮겼다. 하지만 걸으면 걸을수록 아까 샀던 쿠키에 대한 미련이 남았다.

정말, 모처럼 산 쿠키인데! 엄청 맛있어 보였는데!

녹아버릴 정도로 달콤한 크림이 올라간 쿠키를 느긋하게 베어 무는 장면을 상상하자 절로 침이 나왔다. 전력 질주해 멍청한 녀석을 던져버린 탓인지 몸도 피곤하다. 이럴 때 그 쿠키를 먹으면 더할 나위 없이 행복할 텐데!

손에 넣은 것을 다시 내놓아서인지 더더욱 아쉬움이 밀려왔다.

아즈마 슌사쿠.

문득 점잖은 할아버지의 얼굴이 떠올랐다. 유코는 고객 이름을 기억하는 데엔 일가견이 있던 터라 덩치 큰 할아버지가 외친 이름을 기억하고 있었다.

잠깐만, 아까 그 사람들이 뭐라고 했더라?

길을 잃었다. 다들 기다리고 있다. 도쿄는 처음이신데 찾기 힘든 장소에서 만나자고 해서 미안하다.

유코는 냉정하게 생각에 잠겼다.

그 사람들은 분명 도쿄역 어딘가에서 만나기로 했던 거다. 다른 일행들은 그곳에 있을 것이다.

시계를 보니 노인들과 헤어진 지 아직 10분밖에 지나지 않았다. 어쩌면 아직 역 안에 있을지도 모른다. 유코의 마음에 희망이 솟아난다. 눈앞에 퐁 하고 쿠키가 나타났다.

안내 방송을 하면 되겠구나!

아이디어가 번득였다. 유코는 다시 기운차게 역을 향해 달렸다.

아즈마 슌사쿠! 흔한 이름은 아니다! 맞아, 분명 그 할아버지들도 지금쯤 내 짐을 그냥 들고 왔다는 사실을 눈치챘을 거야. 난 은인이기도 하니까, 돌려주기 위해 찾아다니고 있지 않을까?

그렇게 생각하자 눈앞이 갑자기 환해졌다. 도라야 봉투를 들고 있다는 사실도 잊은 채 속도를 올렸다.

46

아무래도 다리오가 방에서 나간 게 확실하다.

필립 크레이븐은 산더미처럼 쌓인 비디오테이프를 헤집으며 온 방 안을 뒤집은 끝에 그런 결론에 도달했다.

이걸 어쩌지. 호텔 측에서 알게 되면. 구미코에게 들키면.

필립은 정신없이 방을 돌아다녔다.

무엇보다 다리오가 걱정이다. 보기와 달리 다리오는 상당히 섬세한 성정의 소유자다.

원래 다리오는 3형제로, 형제들 이름은 알프레드와 존이었다. 물론 모두 그가 존경하는 영화감독한테서 따온 이름이다. 그들이 어렸을 적에는 셋을 데리고 함께 촬영이나 행사장에 가곤 했다. 언젠가 영국으로 촬영을 떠났을 때, 가방에 있던 알프레드가 자동차 경적 소리에 놀라 밖으로 뛰어나갔다. 그리고 길 한복판에서 꼼짝도 하지 못한 채 택시에 치여 죽었다. 〈알프레드의 소동〉!알프레드 히치콕의 영화 〈해리의 소동〉을 차용한 말장난 그렇게 중얼거려봤지만 다소 썰렁한 농담이었다. 필립은 알프레드의 죽음을 지금도 무척 슬퍼하고 있었다. 그 이후로 여행을 떠날 때면 더 조심스러웠다. 존은 멀리 나가는 걸 그리 좋아하지 않았기 때문에 이번에는 다리오 혼자만 데리고 왔다.

필립은 다리오를 찾아 나서기로 했다.

호텔 복도는 조용했다. 근처에 있으면 좋으련만.

필립은 복도를 걸으며 주의 깊게 다리오를 찾았다. 객실 복도는 한눈에 훤히 보이기 때문에 다리오가 있는지 없는지 금방 알아챌 수 있었다. 계단을 내려가면 로비다. 호텔 직원도 있고 사람들이 많이 드나드는 곳이라 다리오의 존재가 발각되었다면 지금쯤 큰 소동이 일어났을 것이다. 다리오는 계단을 내려가지 않았다.

필립은 반대편 마루노우치 개찰구 쪽으로 걸음을 옮겼다. 그곳에는 카운터 바와 작은 레스토랑이 있다. 카운터에는 손님이 몇 있었다. 뭐라고 수군대며 이야기를 나눈다.

"필립!"

뒤에서 자신을 부르는 소리에 그는 움찔했다. 돌아보니 복도 끝에 구미코가 서 있었다. 그녀가 손에 든 종이를 흔들었다.

"미안해요. 내일 대담 자료를 건넨다는 걸 깜빡했어요."

"아, 그렇군요."

필립은 구미코를 향해 다가갔다. 내일 점심에 유명 잡지사 주최로 일본 신인 영화감독과 대담을 하기로 되어 있었다. 그는 다리오 일을 상의할지 고민했다. 하지만 갑자기 뒤에서 '앗' 하는 비명이 터져 나오는 바람에 그와 구미코의 관심은 그쪽으로 쏠렸다.

47

눈 깜짝할 사이에 벌어진 일이었다.

재빨리 주머니에 손을 넣은 가요코가 캡슐 같은 것을 꺼내 입에 넣었다. 가요코는 눈을 감고 인상을 쓴 채 억지로 캡슐을 삼켰다.

"앗!"

"무슨 짓이야!"

마사히로와 미에가 황급히 자리에서 일어났다. 그 전에 내뱉은 말로 유추해볼 때, 그녀가 삼킨 캡슐이 뭔가 위험한 것이라는 건 확실했다.

"토해. 어서 토해내!"

마사히로가 세차게 가요코의 등을 두드렸다. 가요코의 얼굴에서 선글라스가 벗겨졌다. 그녀가 눈을 희번덕거렸다.

"어서 뱉어요!"

미에 역시 가요코의 입에 손가락을 집어넣으려 했지만 가요코는 그 손가락을 힘껏 깨물었다.

"아야!"

비명을 지르는 미에. 가요코를 껴안고 계속해서 등을 두드리는 마사히로. 말을 듣지 않고 목을 누르고 있는 가요코. 옆에서 보면 우스꽝스러운 광경이었지만 본인들은 필사적이었다.

"거기, 좀 도와줘요. 약을 삼켰어."

마사히로는 주변을 둘러보며 낭랑한 목소리로 도움을 요청했다. 멀찍하게 떨어져 구경하던 종업원과 멍한 얼굴로 보고 있던 학생들이 황급히 달려왔다. 모두 힘을 합쳐 가요코의 가녀린 몸을 들고 거꾸로 세워봤지만 가요코는 여전히 입을 꼭 다물고 있었다.

"바보! 이 바보야! 이런 남자 때문에 죽는다고 누가 알아나 줄 것 같아?" 미에는 가요코가 깨문 손가락을 붙잡고 잔뜩 화난 목소리로 외쳤다.

"이런 남자라니?" 마사히로는 발끈한 얼굴로 고개를 들었다.

미에는 정면으로 그를 쏘아보았다. "다 너 때문이야. 내가 왜 이런 일에 말려들어야 하는데?"

"뭐야, 너도 여태껏 즐겼으면서 왜 딴소리야."

"전부터 이런 타입은 건드리지 말라고 했잖아."

"취향이 이런 걸 어쩌라고."

험한 말이 오가는 가운데 모두 가요코의 입에 손을 넣으려 했으나, 가요코는 눈을 희번덕거리며 거부했다.

"입 벌려!"

"간지럼 태우는 건 어떨까?"

"에잇, 이건 어때냐."

모자를 쓴 여학생이 손을 뻗어 가요코의 코를 붙잡았다. 헉 하는 표정을 짓더니 가요코의 얼굴이 점점 새빨개진다. 숨이 막혀 괴로운지 참지 못하고 입을 벌렸다.

"지금이야!"

"악!"

손을 집어넣자마자 물린 학생이 비명을 질렀다.

"가요코, 그만해!"

마사히로는 황급히 가요코를 학생에게서 떼어내려 했다. 하지만 가요코가 손을 물고 놓지 않았기 때문에 학생까지 울음을 터뜨리며 끌려왔다. 이번에는 가요코 입에서 학생의 손을 빼내려 줄다리기를 벌이는 형국이 되었다. 조용하던 오후의 호텔이 갑작스레 아비규환에 빠졌다.

48

다리오는 도라야 봉투 안에 든 수건 아래 몸을 둥글게 만 채, 자신의 세계로부터 시끄러운 바깥 소음을 차단하려 노력하고 있었다.

다리오 역시 어린 시절 비명횡사한 알프레드를 잊지 않았다. 너무 지루해서 잠깐 밖에 나왔지만 지금은 그 행동을 후회했다. 낯선 곳에 오면 숨죽이고 가만히 있는 게 상책이다. 괜히 뛰어나갔다가 알프레드처럼 죽을 순 없다.

다리오는 이곳에서 움직이지 않기로 했다. 원래도 몇 시간 가만히 있는 건 끄떡없었다. 설마 봉투 안에 내가 있으리라고 아무도 상상하지 못하겠지.

49

"재패니즈 카니발리즘?"

필립은 눈앞의 소동을 이해하지 못하고 구미코에게 물었다.

구미코는 쓴웃음을 지으며 고개를 저었다.

"아마 부부 싸움일 거예요."

"부부 싸움?"

"부부 간에 실랑이를 벌이는 것 말이에요."

"하긴 모두 실랑이를 벌이고 있긴 하군요."

"그보다 어디 외출하세요?"

필립은 말끝을 흐렸다. 역시 반려동물을 찾으러 나왔다고는 말할 수 없었다. 하지만 눈앞에서 옥신각신하는 사람들 가운데 자신을 주시하고 있는 여자가 있다는 사실을 깨달았다.

필립은 당황했다. 누구지? 아는 사람은 아닌 것 같은데.

"피, 피……."

지적인 느낌의 안경을 쓴 여자가 입을 뻐금거렸다. 옆에 있던 남자도 그를 보고 입을 떡 벌렸다.

"필립 크레이븐?"

두 사람은 입을 모아 외쳤다. 그리고 그때까지 입을 벌리려고 애쓰던 여자에게서 떨어져 이쪽을 향해 달려왔다. 필립은 자신도 모르게 도망치려 했다.

하루나는 처음에는 단순히 외국인이네, 하는 생각에 힐끔 본 것뿐이었다. 문득 시선을 돌리려던 하루나는 그 얼굴을 어디서 본 것 같다고 생각했다. 게다가 바로 조금 전에 본 얼굴이다. 다다시도 하루나와 거의 동시에 그 사실을 깨달았다.

하루나와 다다시는 얼굴을 붉히며 앞다퉈 가방에서 〈나이트메어 4〉 팸플릿을 꺼내 감독에게 내밀었다.

"플리즈 사인 미?"

"위 인조이드 유어 무비 투데이."

"댓츠 그레이트 무비 벗 아이 싱크 그건 언페어."

필립은 어쩔 줄 몰랐다.

눈앞에서 두 남녀가 뭐라고 외치고 있다. 아무래도 그의 팬인 모양이다. 팸플릿을 들고 있는 걸 보니, 〈나이트메어 4〉를 보고 온 길인 것 같다. 이런 곳에서 팬을 만나다니. 관객층이 넓어졌다고 기뻐해야 하는 걸까. 필립은 기분이 좋았다. 두 사람은 쉴 새 없이 질문을 던졌지만, 뒤쪽이 여전히 아수라장이었기 때문에 시끄럽기만 할 뿐 제대로 들리지 않았다.

"이거 봐, 이 거짓말쟁이!"

그 목소리에 모두 입을 다물었다.

"다 거짓말쟁이야. 평생 뒤에서 남이나 비웃으며 살아! 날 그냥 내버려두라고!"

대체 가녀린 몸 어디에 저런 힘이 남아 있었는지(붙잡고 있던 사람이 두 명이나 사라졌기 때문인지도 모르지만), 가요코는 주위 사람을 드디어 뿌리치고 바닥에 떨어진 선글라스를 주워 들었다. 그러고는 눈물을 뚝뚝 흘리며 밖으로 뛰어나갔다. 가바야도 잇자국이

난 손을 붙잡고 눈물을 글썽이고 있었다.

실내는 정적에 휩싸였다. 모두 지쳤는지 아무도 가요코를 쫓으려하지 않았다. 마사히로와 미에는 겸연쩍은 표정으로 서로를 훔쳐보았다.

"거짓말쟁이라. 사실이긴 하지만 막상 면전에서 들으니 기분이 별로네." 마사히로는 자조적인 웃음을 지으며 중얼거렸다. 그리고 양복 매무새를 고치며 가요코가 두고 간 도라야 봉투를 집었다. 그는 봉투를 내려다보며 풀 죽은 얼굴로 중얼거렸다. "두고 갔네."

"설득하려다 도리어 역효과만 났어." 미에는 침울한 기분을 필사적으로 억누르며 마사히로의 얼굴을 똑바로 바라보았다. "그렇지만 그냥 내버려둘 순 없어. 저 사람, 여차하면 무슨 짓을 할지 몰라. 뭘 삼켰는지는 모르겠지만 그것도 토하게 해야지."

"독약이라고 단정할 순 없잖아. 연기였을지도 모르는데."

"저기, 죄송합니다. 저 여자분이 삼킨 건 캡슐이었어요. 종류에 따라 다르겠지만 두세 시간 후에 체내에서 녹을 것 같은데요."

대화에 끼어든 사람은 하루나였다. 그녀의 집은 약국을 경영하고 있었다. 그녀의 차분한 목소리에 모두가 주목했다.

"몇 가지만 물어볼게요."

하루나가 마사히로의 얼굴을 보았다. 마사히로는 의아한 표정으로 고개를 끄덕였다.

"그분은 원래 혼자서 누군가를 기다리고 있었어요. 혹시 셋이서 만날 예정이었나요?"

마사히로는 미에의 얼굴을 보았다. 미에는 질문의 취지를 이해하지 못하겠다는 듯 하루나의 얼굴을 바라보았다.

"원래 당신과 단둘이서 만나기로 했던 거죠? 그 사람은 두 분이 같이 나타난 걸 보고 무척 놀랐고, 화가 난 것처럼 보였거든요."

하루나는 마사히로와 미에의 얼굴을 차례로 보았다. 두 사람은 머쓱한 표정으로 고개를 끄덕였다.

"그 사람, 옷차림이 이상했잖아요. 말랐으면서도 큰 사이즈 옷을 입고 있고. 조금 전에 팔을 붙잡았을 때 보니 옷이 남더라고요. 얼굴도 선글라스로 가리고 있었고요. 더 마음에 걸리는 건……." 하루나는 고개를 돌려 사람들의 얼굴을 바라보며 말을 이었다. "그 사람 손을 잡았을 때 이상하다고 생각했어요. 손끝에 테이프를 붙이고 있었거든요. 처음에는 아토피 환자인 줄 알았어요. 하지만 자세히 보니 손은 무척 깨끗했어요. 선글라스를 벗은 얼굴도 멀쩡했고요. 요컨대……."

"요컨대?"

모두가 하루나를 주목했다. 일본어를 잘 알아듣지 못하는 필립까지도.

"변장하고 있던 거예요. 남들이 자신의 얼굴을 기억하지 못하도록. 손끝에 테이프를 붙인 이유는 하나밖에 없어요. 지문을 남기지 않기 위해서죠. 그 사람, 커피는 그냥 다 남겼고 컵에 손도 대지 않왔어요. 그렇다는 건……."

하루나는 꾸밈없는 표정으로 마사히로를 보았다. 마사히로는 흠 칫했다.

"원래는 당신에게 약을 먹이려 했던 거예요. 그 약을 먹고 당신에 게 무슨 일이 생겼을 경우, 이곳이 범행 현장이라는 사실이 밝혀져 도 자신의 흔적을 남기지 않으려 한 거죠. 지문도 없고, 종업원들도 선글라스에 핑크색 옷을 입은 여자로밖에 기억하지 못할 테니까요. 안 그래요? 처음부터 자기가 먹을 생각이었다면, 왜 일부러 변장에 지문까지 감췄겠어요?"

"뭐라고요?" 마사히로의 얼굴이 새하얗게 질렸다.

"그러니까 그 캡슐은 독약이었을 거예요." 하루나는 단호하게 말했다.

"말도 안 돼."

마사히로는 입을 뻐끔거렸다. 그와는 다르게 미에는 투지를 불태 우며 마사히로의 등을 팡 소리 나게 때렸다.

"가요코 씨를 찾아보자. 그리 멀리 가진 못했을 거야. 마사히로, 이제 와서 벌벌 떨지 마. 그 사람은 너한테 그만큼 진심이던 거라 고. 분명 아직 이 근처에 있을 거야."

"저도 도울게요." 하루나는 재빨리 말했다.

다다시와 가바야도 덩달아 고개를 끄덕였고, 필립과 구미코까지 그들을 따라 고개를 끄덕였다.

미에는 씩 웃더니 금세 긴장된 표정으로 입을 열었다. "도쿄역 안내 방송을 이용하자. 네가 직접 방송해도 좋고. 네가 찾고 있다는 사실을 알면 가요코 씨도 다시 생각할지 몰라. 다른 분들은 역을 한 바퀴 돌아봐주세요. 내 휴대전화 번호 알려줄게요. 그 사람을 발견하면 연락해요. 아무쪼록 자극하거나 흥분시키지 않도록 조심하고요. 조금 전처럼 날뛰기라도 하면 배 속에서 캡슐이 터질지도 몰라요. 마사히로, 가자."

미에는 시원시원하게 지시를 내린 다음, 모두에게 휴대전화 번호를 가르쳐줬다. 그리고 아직 충격에서 벗어나지 못한 마사히로를 끌고 밖으로 뛰쳐나갔다. 다른 사람들도 그 뒤를 따랐다.

"아까 내 추리, 괜찮지 않았어? 역시 회장엔 내가 적임자지?" 하루나는 뛰면서 가바야를 향해 말했다.

다다시가 황급히 끼어든다. "그쯤은 나도 알고 있었어. 어쩌다 보니 네가 먼저 이야기를 꺼냈을 뿐이라고."

가바야는 손을 부여잡고 고통스러운 얼굴로 훌쩍였다. "매정한 것들. 좋아, 이번이 마지막 라운드야. 먼저 그 여자를 발견해 약을 토해내게 하는 사람을 회장으로 임명하겠어."

"좋아!"

안색을 바꾸고 요란하게 호텔 복도를 뛰어가는 일곱 사람을 도쿄스테이션호텔 직원들이 눈을 휘둥그레 뜨고 지켜보았다.

50

"네, 간토생명 야에스 지사입니다."

"안녕하십니까, 경시청 수사과 시즈쿠이시라고 합니다. 다가미 씨 계십니까?"

"죄송하지만, 지금 외근 중입니다."

"아직 안 돌아오셨나요?"

"네."

"그럼 돌아오시면 바로 이 번호로 전화해달라고 전해주십시오."

"네, XXX번요."

"그리고 다가미 씨가 돌아오시면, 가지고 있는 봉투에 무척 위험한 물건이 들어 있으니 꼭 아무도 손대지 못하도록 빈방에 놓아달라고 전해주십시오. 가능하면 빌딩 맨 꼭대기 층의 모퉁이 방이 좋겠군요."

"네, 알겠습니다. 그렇게 전하겠습니다."

"부탁합니다. 꼭 그대로 전해주십시오."

"네."

경리과의 이노우에 메구미는 수화기를 내려놓은 순간 요란하게 기침을 했다. 책상에 놓인 휴지를 거칠게 두 장 뽑아 고개를 숙이고 코를 푼다. 쓰레기통에 쌓인 휴지 더미를 보니 코끝이 찌릿찌릿했다.

아, 괴롭다. 이런 무더위에 감기에 걸리다니. 또 중이염이 도졌다. 눈물은 멈추지 않지, 고개를 숙이고 서류를 작성하면 끊임없이 콧물이 흘러내리지, 정말 최악의 컨디션이다. 내일은 이비인후과에 가야겠다. 그건 그렇고, 전화를 받아도 뭐라고 하는지 잘 안 들려서 미치겠네. 지금 전화도 거의 들리지 않았다. 대충 대답하긴 했지만. 하지만 전화번호도 똑바로 받아 적었고, 재다이얼로 걸면 되니까 별문제 없겠지.

메모에는 이렇게 적혀 있었다.

공시청의 스즈키 씨가 전화하셨습니다. 돌아오면 아래 번호로 연락해주세요.

참고로 그녀가 메모를 놓아둔 곳은 저녁 7시에 돌아올 예정인 법인기획과 다카기 과장의 책상이었다.

51

반딧불이가 날고 있다. 수없이 많은 반딧불이가 너울너울 춤춘다. 어쩐지 보통 반딧불이보다 붉은색이다.

반딧불이는 조금 더 푸르스름한 색깔 아니었나?

하지만 분명히 붉은빛이 수없이 날아다니고 있다.

이 소리는 뭘까. 어딘가에서 들어본 듯한 소리다. 반딧불이 우는 소리는 아니겠지. 왠지 무척 그리운 소리다. 졸음을 부르는 듯하면서도 심란하게 만드는 소리다.

내가 지금 뭘 하고 있었지?

누카가 요시히토는 갑자기 현실로 돌아왔다.

내가, 내가 뭘 하고 있는 거지? 맞아, 비 때문에 전철이 멈췄어. 그리고 누군가가 오토바이로 데리러 왔고.

스위치를 누른 듯 머리가 번쩍 뜨인다.

그와 동시에 윙윙대는 바람과 유선형으로 이루어진 풍경 속에서 자신이 무서운 속도로 이동하고 있다는 사실을 깨달았다.

소리의 홍수.

조금 전까지 흠뻑 젖어 있었는데 어느샌가 온몸이 보송보송했다. 바람에 수분이 날아갔나 보다.

아니, 뭔가 이상하다. 이 위화감은 뭐지? 이 소리는 뭐지? 조금 전 꿈에서 본 반딧불이는?

요시히토는 뻣뻣하게 굳은 목을 살짝 움직였다.

그러자 반딧불이가 보였다. 수많은 붉은 반딧불이. 허허. 아직도 꿈을 꾸고 있는 건가. 아니, 잠깐만. 저건 반딧불이가 아니다. 빛이다. 조명이라 하기엔 모양이 이상하지만.

다음 순간, 요시히토는 또다시 온몸이 얼어붙는 것을 느꼈다. 아니, 얼어붙는다는 표현은 어울리지 않는다. 아예 화석이 되어버린 심정이었다. 곧이어 온몸에서 식은땀이 났다.

그의 눈에 백미러에 비친 수많은 경찰차가 들어왔다. 조금 전부터 무의식중에 위화감을 느낀 소리는 무서운 기세로 뒤쫓아오는 경찰차 사이렌 소리였던 것이다. 아무리 생각해도 이 오토바이를 뒤쫓고 있는 것 같았다. 풍경조차 보이지 않는, 눈도 제대로 뜰 수 없는 무시무시한 속도로 달리고 있으니 당연한 건가. 게다가 아까부터 한 번도 정차한 기억이 없다. 그렇다는 건……

그 순간 머릿속이 새하얘졌다. 그의 의식이 더는 생각하기를 거부했다.

"너무 시끄럽죠? 저것들은 곧 사라질 테니 걱정 마십쇼."

요시히토의 마음을 알아챘는지 검은 바위 같은 어깨 너머에서 걸쭉한 목소리가 들렸다. 앞에서 흘러온 목소리는 눈 깜짝할 사이에 등 뒤로 멀어졌다.

뭐? 이제 곧 사라질 거라고?

백미러에 비친 하얀 오토바이 두 대가 요시히토 눈에 들어왔다. 피자 배달 오토바이라고 하기엔 비정상적인 스피드였다. 일정한 거리를 두고 뒤에 바싹 붙어 따라오고 있었기 때문에 그들의 모습은 백미러에 고정된 것처럼 보였다.

그 순간, 뒤따라오던 오토바이 두 대가 속도를 떨어뜨리며 좌우로 움직이기 시작했다. 보는 사람이 다 울렁거린다. 쓰러질 듯 쓰러지지 않는 팽이 같은, 자칫 잘못하다간 대형 사고를 일으킬 것 같은

행위였다. 요컨대 차체를 흔들어 뒤따라오는 경찰차의 진로를 방해하려는 것이다.

두 사람이 이쪽을 향해 V 사인을 보내는 모습을 본 순간, 요시히토의 의식은 또다시 현실로부터 도피했다.

52

아빠 도모히코는 뛰어오를 듯 기뻐했다. 오늘은 정시에 퇴근할 테니, 1년에 몇 번 특별한 날(할머니 생신, 보너스를 받은 날 등)에만 찾는 근처 터미널 역의 비싼 초밥집에서 저녁을 먹자고 했다.

몸이 이런데 초밥을 먹어도 괜찮을까. 마리카는 약간 불안했지만, 오늘은 아파서 쓰러져도 좋으니까 마음껏 먹자고 결심했다. 아까 배 속에 든 것을 다 쏟아내는 와중에 독소까지 빠져나갔는지 건다 보니 점점 상태가 좋아지는 것 같았다. 이제 출출하기까지 하다.

아키코는 마리카보다 더 신나 있었다. 이런 상태로 집에 돌아간 적이 있던가. 자신감이 생긴 마리카는 지나가는 사람들 얼굴을 빤히 바라보았다.

내가 뽑혔어요. 간토극장의 무대에 오른다고요. 마리카는 사람들을 향해 마음속으로 외쳤다.

역시 선택받는다는 건 기분 좋은 일이다.

마리카는 찬찬히 기쁨을 곱씹었다. 엄마도 이렇게 좋아하고 아빠도 일찍 퇴근한다고 한다. 그리고 무엇보다 내일이 있다. 오늘로 끝이 아니라 내일도 그곳에 갈 수 있는 것이다. 그 신비로운 시간 속으로 들어갈 수 있는 것이다.

"아야!"

둔탁한 소리와 함께 뭔가에 발이 걸린 아키코가 비틀거렸다.

마리카는 황급히 엄마의 팔을 붙잡았다.

"엄마, 괜찮아요?"

"어머, 이를 어째. 아끼는 구두인데."

자리에 멈춰 선 아키코는 조심스레 한쪽 발을 들고 구두 밑창을 확인하더니 혀를 찼다. 굽이 깨끗하게 부러져 있었다.

"창피해서 어째. 너무 신나서 나이에 안 어울리게 폴짝폴짝 뛰다가 이게 뭐니." 아키코는 혀를 날름 내밀며 쓴웃음을 지었다.

"엄마, 걸을 수 있겠어요?" 마리카는 아키코의 구두를 보며 물었다.

"응, 괜찮아. 도쿄역 안에 구둣방이 있으니까 거기서 수선하면 돼. 마리카, 미안. 잠깐 기다리고 있어."

"네."

평소에는 쇼핑이나 구두 수선 때문에 아키코를 기다려야 하면 항상 불만스러운 티를 냈지만, 오늘은 마리카도 관대한 태도를 보였다. 오디션에 합격했는데 이쯤이야.

아키코는 도쿄역 근처의 여행사에 근무한 경험이 있는 터라 이 근처에는 빠삭했다.

"예전엔 도린광장 근처에 있었는데. 지금도 있으려나?"

아키코는 굽이 부러진 구두를 신고 뒤뚱대는 걸음으로 도쿄역을 향해 걷기 시작했다.

53

다시 마루노우치 방면에 위치한 도린광장. 구석에 놓인 화분 그늘에서 남들 눈을 피해 대화를 나누는 세 남자가 있다.

그들이 있는 곳만 왠지 모르게 분위기가 어두침침하다. 평범하고 눈에 띄지 않는, 그야말로 어디에서나 볼 수 있는 남자들. 그중 한 사람, 얼굴에 난 멍 자국을 숨기기 위해 고개를 숙이고 있는 젊은 남자는 가와조에 겐타로였다. 같이 있는 사람은 2 대 8 가르마를 탄 1970년대 지식인풍의 남자와 탁한 눈동자의 통통한 남자로, 모두 나이는 마흔 정도로 보인다. 지식인풍의 남자는 매정해 보이는 표정으로 가만히 생각에 잠겨 있었다. 통통한 남자는 일견 나태해 보였지만 때때로 살벌하게 눈을 번득였다. 겐타로는 조심스레 두 사람의 표정을 살폈다. 이마에 땀이 송골송골 맺혔다.

"큰일이군."

지식인풍의 남자가 얼굴과 어울리지 않는 새된 목소리로 중얼거렸다. 겐타로는 움찔했다.

"오늘 밤에는 준비를 완료해야 해. 내일 아침 한꺼번에 시제품을 작동시키기로 했잖아. 모두 이 일을 성공시키기 위해 이곳저곳을 뛰어다니며 준비하고 있다고. 이대로는 일을 망치겠어." 지식인풍의 남자가 노래하듯 경쾌한 목소리로 말했다.

"그래, 잘 알고 있어." 겐타로는 기어드는 목소리로 한층 더 고개를 숙였다. "되찾아야지."

지식인풍의 남자는 천진난만한 목소리로 말을 이었다. "아니면 여기서 일을 벌일까."

겐타로는 화들짝 놀라 고개를 들었다. 지식인풍의 남자는 겐타로의 표정 따윈 아랑곳하지 않고 흙빛 얼굴과 어울리지 않는 붉은 혓바닥을 날름거리며 입술을 핥았다.

"시제품은 어떤 구조지? 여는 순간 터지는 건가?" 통통한 남자가 살짝 손을 펼치는 시늉을 했다.

겐타로는 신경질적으로 고개를 끄덕였다. "열든지, 아님 있는 힘껏 던지든지 둘 중 하나야."

"흠, 파티 시작 전에 선물을 열면 다른 애들이 실망하잖아." 지식인풍의 남자가 여전히 새된 목소리로 혼잣말처럼 중얼거렸다.

겐타로의 몸이 더욱더 움츠러든다.

"그렇지? 그러면 불공평하잖아. 모두 두근거리며 기다리는데 혼자만 먼저 선물을 열어보다니, 흥이 확 깨잖아."

지식인풍의 남자는 그제야 비로소 겐타로의 얼굴을 보았다. 겐타로는 흠칫하며 뒤로 살짝 물러섰다.

"되찾을 수 있나?" 통통한 남자는 물건을 품평하듯 겐타로를 훑어보았다. "그 녀석들은 아직 내용물을 모르는 거지?"

"그럴 거야. 겉보기에는 허접하니까 어디다 버렸을지도 모르고."

"오! 그거 좋군. 버렸을지도 모른단 말이지?" 통통한 남자는 어깨를 으쓱하며 일그러진 웃음을 지었다. "그대로 내버려두면 시제품은 어떻게 되지?"

"열다섯 시간 후에 폭발하도록 되어 있어." 겐타로는 손바닥을 폈다.

"흐음, 열다섯 시간 후라."

지식인풍의 남자는 살짝 몸을 움직이더니 겐타로의 얼굴을 정면으로 쏘아보았다. 위협이라도 당한 것처럼 겐타로는 희미하게 몸을 떨었다.

"애초에 시제품은 모두 내일 아침 함께 작동시킬 예정이었기 때문에, 타이머는 다 열다섯 시간 후에 맞춰져 있어."

"맞아, 그랬지. 시제품을 만드는 데 얼마나 걸렸지?"

"4개월."

"맞아, 그랬어."

겐타로의 얼굴을 보고 두 남자는 동시에 고개를 끄덕였다. 으스스한 광경이었다.

"먼저 해야 할 일은 시제품을 되찾는 일이야. 힘내자고. 모두 함께 즐거운 파티를 열려면 그만큼 노력도 해야지."

"아, 알았어. 찾아오면 되잖아. 이번에야말로 꼭 찾아올게." 겐타로는 고개를 돌리고 애원했다.

"찾아오지 못했을 경우에는?" 그의 목소리를 가로막듯 냉랭한 목소리가 울려 퍼졌다.

"찾아오지 못했을 경우에는?" 겐타로는 힐끔 눈앞의 두 사람을 보며 똑같이 되물었다.

두 사람은 말없이 겐타로의 얼굴을 뚫어지게 바라보았다. 겐타로는 그 침묵을 이기지 못하고 부들부들 몸을 떨었다.

그걸 기다렸다는 듯, 지식인풍의 남자가 메마른 목소리로 천천히 말했다. "그때는 파티 시간을 앞당길 수밖에 없겠지. 세상일이란 모름지기 공평해야 하는 법이니까."

54

"아, 아직 있구나."

아키코는 안도한 표정으로 컨테이너 형태의 구둣방을 가리켰다.

"마리카, 거기서 기다리고 있어."

아키코는 그렇게 말하고는 구둣방을 향해 걸어갔다. 아무래도 먼저 온 손님이 있는지 마리카를 향해 기다리라고 입을 벙긋거린다.

마리카는 혼자 주위를 돌아다녔다.

커다란 검은 바퀴가 있는 도린광장을 이용하는 사람은 대부분 아저씨들이었다. 여자는 한 명도 보이지 않는다. 흡연 구역에서 혼자 담배를 피우는 아줌마를 제외하고는, 전부 아저씨다.

담배 연기는 목에 안 좋다. 마리카는 본능적으로 자리를 떴다.

구석의 화분 그늘에서 수군수군 이야기를 나누는 남자들이 눈에 들어왔다. 왜 저런 구석에서 이야기하고 있는 걸까. 넓은 자리들을 놔두고.

마리카는 역내를 어슬렁거렸다. 넥타이나 가죽 제품을 파는 가게가 있지만 마리카의 관심을 끄는 것은 없었다. 조금 떨어진 곳에 여자들이 좋아할 만한 물품을 파는 간이 점포가 보인다. 저기라면 팬시 상품도 취급할 테니 그냥저냥 시간을 때울 수 있을 것 같다.

가게를 들여다본 마리카는 안에서 자기 또래 여자아이를 발견하고 놀란 표정을 지었다.

어머?

레이나다.

왜 레이나가 여기 있지? 벌써 돌아간 줄 알았는데.

지루한 표정. 아무래도 레이나도 여기서 시간을 때우고 있는 모양이다. 그 순간, 갑자기 레이나가 마리카 쪽으로 고개를 돌렸다.

"레이나."

망설이며 말을 걸자, 레이나가 마리카를 향해 걸어왔다.

"마리카, 여긴 어쩐 일이야?"

"엄마 기다리는 중이야. 구두 굽이 부러져서 고치고 있거든."

마리카는 아키코가 있는 방향을 향해 고개를 까닥했다.

"레이나, 넌?"

"나도. 엄마가 통화 중이라서."

레이나는 갑자기 어두운 표정을 짓더니 힐끗 시선을 돌렸다. 시선은 광장 금연 구역 옆에 설치된 공중전화 박스를 향했다. 그 안에서 무시무시한 얼굴로 불평을 터뜨리는 레이나 엄마의 모습이 보였다. 벌겋게 달아오른 얼굴로 험한 소리를 퍼붓는 중이었다.

으아, 무섭다. 상대는 대체 누구일까? 왜 저렇게 화내는 거지?

겁에 질린 마리카는 그런 생각을 하며 레이나의 얼굴을 보았다. 레이나는 눈을 내리깔았다.

"아는 프로듀서야. 연줄이 있으니 당연히 내가 뽑힐 줄 알았나 봐."

레이나는 냉담한 목소리로 담담하게 말했다. 상당히 오랫동안 통화 중인 모양이다.

뭐라고 얘기해야 할지 모르겠다. 마리카는 조금 전 화장실 입구에서 들은 이야기를 떠올렸다. 레이나는 이제 진정된 것 같았다. 평소처럼 얌전하고 차분한 소녀의 모습으로 돌아와 있었다.

마리카가 우물거리는 걸 본 레이나는 마리카의 어깨를 툭 쳤다.

"마리카, 축하해. 열심히 해."

레이나는 싱긋 웃으며 마리카의 얼굴을 보았다. 마리카에게 그 모습은 어쩐지 충격으로 다가왔다. 역시 레이나는 강해. 내가 레이나였다면 절대 이렇게는 못 했을 거야.

"응. 고마워."

마리카는 어쩐지 쑥스러웠다. 가슴 한구석이 후끈 달아올랐다.

"레이나, 다음에 우리 집에 놀러 와."

자연스레 그런 말이 나왔다.

"어?"

레이나는 놀란 표정을 지었지만 금세 환하게 웃었다.

"정말? 그래도 돼? 너희 집에 놀러 가도 돼?"

"응, 엄청 좁긴 하지만. 종이 같은 거 있니?"

"응, 있어."

레이나는 허둥지둥 작은 스케줄 수첩을 꺼냈다. 수첩을 건네받은 마리카는 거기에 달린 볼펜으로 주소와 전화번호를 적었다.

"일 얘긴 하지 말고 재밌게 놀자."

마리카는 진지한 표정으로 레이나의 얼굴을 보았다.

레이나는 그 말의 참뜻을 이해한 듯 곧바로 마리카를 바라보며 고개를 끄덕였다.

"그래. 일 얘긴 하지 말자."

"약속한 거다?"

마리카는 새끼손가락을 내밀었다. 레이나도 새끼손가락을 내밀었다. 두 사람은 새끼손가락을 걸며 약속했다.

"새끼손가락 고이 걸고 꼭꼭 약속해."

한목소리로 외친 뒤, 손가락을 푼다. 두 사람은 누가 먼저라고 할 것도 없이 얼굴을 마주 보며 동시에 웃었다.

"휴, 아직도 멀었나 봐."

레이나는 체념한 표정으로, 변함없이 무시무시한 기세로 상대방을 비난하는 엄마를 바라보았다. 아키코 역시 아직 차례가 되지 않은 것 같았다.

"심심하다."

"응."

"놓고 가버릴까?"

"그럴까?"

두 사람은 나란히 광장을 돌아다니기 시작했다.

55

도쿄역 마루노우치 방면과 야에스 방면에는 각각 경시청 철도 경찰 관할하에 있는 파출소가 있다.

유코는 쿠키에 미련을 버리지 못하고 아즈마 순사쿠를 찾기 위해 마루노우치 방면 파출소로 향했다. 일부러 멀리 떨어진 그곳을 찾은 건, 가는 도중에 노인들과 만날지도 모른다는 한줄기 희망을 품었기 때문이다. 회사를 나선 후로 이미 상당한 시간이 흘렀다는 건 알고 있지만, 책임을 지기 위해서는 그 쿠키를 가지고 돌아가는 수밖에 없다. 유코는 그렇게 굳게 믿고 있었다.

하지만 이곳은 하루에도 수십만 명이 이용하는 도쿄역이다. 주말의 도쿄역은 통행인들의 걷는 속도도 빨라지기 때문에 평소보다 더 북적거린다. 미궁 같은 통로에서 자그만 노인 한 명을 찾아내는 것은 사막에서 바늘 찾기였다.

한편, 경시청 OB인 네 노인도 여전히 수색을 계속하고 있었다.

하지만 그들의 목표는 가와조에 겐타로였기 때문에, 마루노우치 쪽을 향해 걷는 평범한 직원의 모습은 그들 눈에 들어오지 않았다.

간조는 간토생명 야에스 지사에 연락했지만 유코가 아직 돌아오지 않았다는 소리를 듣고 일단 말을 전해달라고 부탁했다. 그렇다면 이 모든 일의 원흉이자 뭔가를 꾸미고 있는 듯한 겐타로를 찾아내는 것이 먼저였다. 더구나 녀석은 혼자가 아니었다. 녀석이 '작품'을 들고 이런 공공장소를 어슬렁거린다는 건 근처에 일당이 있다는 뜻이다. 겐타로는 자신의 작품에 집착하는 타입으로, 장인 스타일의 폭탄 제조범이었다. 지금쯤 작품을 되찾기 위해 이리저리 뛰어다니고 있을 테니 아직 근처에 있을 것이다.

노인들은 슌사쿠가 합류한 뒤에 이미 도린광장에서 벗어났기 때문에, 혈안이 되어 찾는 상대가 바로 전까지 자신들이 머물던 곳에 모여서 머리를 맞대고 있다는 건 꿈에도 몰랐다.

장소가 장소이니만큼 수사는 신중하게 진행해야 한다. 전직 형사인 그들의 입장은 미묘했다. 옛 근무처에 연락했지만, 곧바로 폭발물 처리반을 파견할 수는 없다고 했다. 조금 더 상황을 파악한 다음 움직이라고 잔소리를 들었지만 일단 경시청으로부터 비밀리에 지원 병력이 도착하긴 할 것이다.

물론 그들이 직접 조사할 필요는 없지만, 가와조에 겐타로는 유명한 폭탄 제조범이자 오랫동안 교묘하게 수사망을 빠져나간 숙적이었다. 은퇴한 지금도 그가 일으킨 수많은 사건에 대해서 줄줄 읊어댈 수 있을 정도라, 녀석을 붙잡을 천재일우의 기회라 생각하니 몸이 절로 움직였다.

친구들을 따라 움직이면서도 아즈마 슌사쿠는 유코의 존재가 마음에 걸렸다. 자신을 도와준 아가씨가 자기 때문에 폭탄을 가지고 있다고 생각하니 애가 타서 견딜 수 없었다. 그 아가씨에게 훈계를 한 자신이 원망스러웠다. 세상에는 정말로 개인이 이해할 수 있는 범위를 넘어선 사람이 수없이 많다. 웬만한 일로는 남을 미워하지 않는 슌사쿠도 그 젊은 남자에게는 격렬한 분노를 느꼈다.

하이쿠 동호회의 오프라인 모임으로 즐거웠어야 할 하루는 이미 다른 방향을 향해 나아가고 있었다. 그것만은 확실했다.

슌사쿠가 애간장을 녹이던 그 무렵, 유코는 가슴을 펴고 용감하게 마루노우치를 향해 걸어가고 있었다. 두리번거리며 슌사쿠의 모습을 찾는 한편, 동시에 쓰레기통도 살펴보았다.

하지만 도시 쓰레기가 심각한 문제가 된 작금의 현실에서 쓰레기통은 쉽게 찾아볼 수 없었다. 유코는 무엇인지 알 수 없는 더러운 꾸러미가 든 도라야 봉투를 얼른 처리하고 싶었지만, 눈길이 닿는 범위 내에 쓰레기통은 없었다. 따라서 마루노우치 방면 파출소에 도착했을 때에도 그녀의 손에는 아직 도라야 종이봉투가 들려 있었다.

하지만 도쿄역 파출소는 항상 별의별 사람들로 북적거린다.

예상을 뛰어넘는 성황에 유코는 아연실색했다. 여기가 어딘지 분간이 가지 않을 정도로 다양한 국적과 나이대의 사람들이 밀려들었고, 경찰은 익숙한 몸놀림으로 척척 대응했다. 여기 경찰들은 시장 바닥에서도 침착하게 장사할 수 있을 것 같다. 유코는 그런 생각을 했다. 요즘 찾아볼 수 없을 정도로 심하게 사투리를 쓰는, 커다란 보퉁이를 짊어진 귀가 어두운 할머니에게 필사적으로 말을 거는 젊은 경찰을 보고 있으려니 상이라도 내리고 싶은 심정이었다. 여기 담당자는 특별수당이라도 받지 않으면 당장 때려치울지도 모르겠군. 파출소에 근무하는 경찰들은 길 찾는 데는 도사니까 당장이라도 택시 운전사로 전직할 수 있지 않을까. 호텔 컨시어지 같은 것도 괜찮을 것 같고. 하지만 자기 담당 지역에만 빠삭하니까 역시 무리인가?

게다가 역에서 누군가를 찾는 사람은 유코 혼자만이 아니었다.

상대방과 만나지 못한 사람들이 유코 앞에 일렬로 줄을 지어 서 있었다. 유코는 조바심이 났다. 자기 차례가 오려면 한참 있어야 할 것 같았다.

유코의 바로 옆에 그녀와 마찬가지로 순서가 돌아오기를 기다리는 커플이 있었다. 그들 역시 사람을 찾았다.

독이 든 것으로 추정되는 캡슐을 삼킨 아사다 가요코를 찾기 위해 달려온 마사히로와 미에였다. 두 사람의 얼굴은 걱정스러운 마음에 새하얗게 질려 있었다. 하지만 그 걱정의 대상은 서로 달랐다.

미에는 직감으로 가요코가 아직 이 근처에 있을 거라 믿었다. 하지만 가요코가 전철에 올라탔을 경우에는 여기 있어봤자 아무 소용없다. 그런 생각이 머리에서 떠나지 않았다.

아까 그 학생은 캡슐이 녹을 때까지 두세 시간은 걸린다고 했지만, 캡슐도 종류가 여러 가지다. 더 빨리 녹는 타입이면 어쩌지? 가요코가 경련을 일으키며 길바닥에 쓰러진 모습이 눈에 선했다. 미에는 저도 모르게 자기가 독약을 마신 듯 배를 부여잡았다.

마사히로는 마사히로대로 가요코가 자신을 죽이려 했다는 충격에서 아직 벗어나지 못하고 있었다. 여자가 한을 품으면 오뉴월에도 서리가 내린다더니. 그래, 이제 그런 타입은 만나지 말자. 그런데 지금 그녀는 대체 어디 있는 걸까? 집으로도 전화를 걸어봤지만 아직 안 들어왔다고 하고. 만일 그녀가 죽는다면 우리가 죽인 꼴이 되는 게 아닌가. 그러면 밤에도 발 뻗고 자지 못할 것이다. 나쁜 소문

이라도 나면 어쩌지. 아, 인기가 떨어질지도 모른다. 사업에도 악영
향을 미칠 것이다.

마사히로는 한심하게도 그런 생각에 빠져 있었다.

같은 무렵, 하루나 일행도 가요코를 찾아 도쿄역을 뛰어다녔다.
중요한 회장 자리가 걸려 있기 때문이다. 하루나도, 다다시도, 그들
을 따라가는 가바야도 모두 필사적인 표정을 짓고 있었다.

어떻게 해서든 먼저 그녀를 찾아내야 한다. 그러지 않으면 지금
껏 한 고생이 모두 물거품이 된다. 아무래도 하루나가 우세한 것 같
은 느낌이 든다. 여기서 만회해야 한다.

서로를 견제하며 하루나와 다다시는 그런 생각을 하고 있었다.

필립 크레이븐과 구미코도 가요코를 찾았다. 구미코는 완전히 가
요코의 편에 서서 그녀를 동정하고 있었다. 영감이 강해서인지 한
번 동정심을 느끼면 상대방에게 동조해버리는 모양이다. 필립 크레
이븐은 가요코를 찾는 김에 사랑하는 반려동물인 다리오를 찾고 있
었다.

아아, 다리오는 대체 어디에 있는 것일까? 역에서 길을 잃고 사
람들에게 무참히 짓밟혔으면 어쩌지? 필립의 마음은 불안감으로
시커멓게 타들어갔다.

모두 누군가를 찾고 있었다.

슌사쿠는? 유코는? 겐타로는? 가요코는? 다리오는?

멈춘 채 줄어들지 않는 대기 줄에서 마사히로와 미에는 생각하

면 할수록 혼란에 빠져들었다.

이렇게 하여, 짜증으로 폭발할 것 같은 마사히로와 급한 마음에 안달이 난 유코는 각자 내용물을 알지 못하는 같은 모양의 봉투를 들고 어느샌가 옆에 나란히 선 것이다.

56

이치하시 겐지의 운전 기술이 평범한 사람들과는 수준이 다르다는 건 분명한 사실이었다. 그것은 무모하다는 형용사로 표현할 수 있다.

그 증거로, 지금까지 한 번도 정지하지 않았는데 어느샌가 도쿄의 빌딩 숲이 눈앞에 다가와 있었다. 그리운 그 풍경을 보고 요시히토는 살아서 이 모습을 다시 볼 수 있다는 사실에 감격해 눈물로 뺨을 적셨다.

겐지의 부하 두 사람이 상당수의 경찰차를 방해하고 있긴 했지만, 적들은 그 정도로 쉽게 물러설 것 같지 않았다. 아무래도 상대는 겐지의 행동 패턴을 숙지하고 있는 듯, 일단 물러선 것 같다가도 잠시 후에 다시 어디서부턴가 재등장했다. 지바 현 경시청이 이렇게 많은 경찰차를 어디에 숨겨놓고 있었지? 그런 의문이 들 정도로 차례차례 새로운 추적자가 나타났다. 요시히토의 공포는 어느샌가 경탄으로 바뀌어 있었다.

"쳇, 역시 히가시야마 영감이군. 내 경로를 꿰뚫고 있어." 겐지는
반쯤 기쁜 듯 중얼거리곤 힐끔 시계를 본 다음 소리쳤다. "앗, 이제
곧 약속한 시간이군. 부장님, 회사가 어디라고요?"

"교바시 3번가요."

"도쿄역 어느 방면이죠?"

"야에스 방면입니다."

"좋았어."

한층 더 속도를 올리려는 기척을 느끼고 요시히토가 황급히 소
리쳤다.

"저, 저기, 근처에서 내려주셔도 됩니다!"

"그건 안 될 말이죠! 피자는 손님에게 건네줘야지 비로소 배달
완료라고요! 돈을 받아야죠!"

"아, 알겠습니다!"

하지만 도쿄에 진입하자 서서히 교통량이 늘어나 지금까지처럼
무턱대고 달릴 수는 없었다. 오토바이가 일반 오토바이보다 훨씬
컸기 때문에, 아무리 겐지의 운전 기술이 뛰어나다 해도 자동차 사
이를 빠져나가는 것은 쉽지 않은 일이었다.

"거북이처럼 느릿하긴! 다 프라이드치킨으로 만들어버리겠어!"

"진정하세요. 마음 가라앉히시고요."

필사적으로 겐지의 등에 매달리던 요시히토는 뭔가가 폭주에 제

동을 걸고 있다는 사실을 깨달았다.

사이렌 소리가 들린다. 그것도 전방에서.

"젠장. 저 영감탱이, 진심인가 보군. 곧 스미다 강을 건너는데."

"헉, 저렇게 많이!"

요시히토는 저 멀리 교차로를 돌아 이쪽으로 다가오는 경찰차를 보고 뛸 듯이 놀랐다. 한두 대가 아니었다. 열 대 이상의 경찰차가 차례차례 코너를 돌아 무리 지어 달려오고 있었다. 액션영화의 한 장면 같다. 주변 차들이 일제히 속도를 낮췄다. 아무리 봐도 경찰차들이 직접 도로를 봉쇄할 작정인 것 같았다.

"조금 돌아가야 할 것 같네요!"

갑자기 겐지가 핸들을 무섭게 꺾는 바람에 요시히토는 오토바이에서 떨어질 뻔했다.

"히익!"

오토바이가 차선을 가로질러 차와 차 사이를 빠져나간다. 뒤에서 쿵쿵하는 소리가 연이어 들렸다. 속도를 낮춘 차들이 급브레이크를 밟으며 차례차례 추돌하는 소리인 듯하다. 오토바이는 도로를 가로질러 좁은 골목으로 돌진했다.

빌딩 사이는 어두웠다. 전방에 보이던 긴자 거리가 갑자기 시야에서 사라지자, 요시히토의 마음은 희망의 빛이 멀어진 것처럼 어두워졌다.

그때 갸악 하는 소리가 들리더니 고양이들이 사방으로 도망쳤다.

"고양이 안 치게 조심해요!" 요시히토가 비명을 질렀다.

할머니 손에 커서인지 그는 미신을 맹신했다. 고양이가 눈앞을 가로지르기만 해도 가던 길을 돌아설 정도였다.

"꼬리 살짝 스친 것뿐인데요."

"저주받을 거라고요!"

"그쪽이 더 무섭거든요!"

어디로 어떻게 빠져나온 것인지 전방에 JR 고가도로가 보였다.

"신바시다. 어쩔 수 없지. 일단 저쪽으로 빠져나가야겠군."

고가도로 밑을 빠져나가자, 우뚝 늘어선 히비야의 고층 빌딩이 보였다. 이제야 도심에 들어왔다는 실감이 났다. 하늘을 가득 채운 먹구름이 금방이라도 빌딩 위로 떨어질 것만 같았다. 애당초 요시히토는 자연현상을 관찰할 정신이 아니었지만.

그 순간, 겐지의 휴대전화가 울렸다. 그는 속도를 줄이고 전화를 꺼냈다.

"겐지, 지금 어디야?" 가토 에리코의 목소리였다.

겐지는 살짝 고개를 숙이며 말했다. "누님, 기다리게 해서 죄송합니다. 지금 도쿄역 근처입니다."

"역시 겐지야. 짭새들은?"

"떼로 몰려왔어요. 죄송합니다. 아직 떼어내지 못했어요."

"부장님은 무사하신 거지?"

"일단은요."

"그럼 야에스 남쪽 출구 부근에서 내려드려. 돈은 내가 들고 갈 테니까. 영수증 써주는 거 잊지 말고."

"5분 안에 야에스에 도착할 겁니다."

통화를 마친 겐지는 기합을 넣고 다시금 핸들을 잡은 손에 힘을 줬다.

57

수화기를 내려놓은 에리코는 자리에서 일어났다. "10분 뒤에 부장님이 도착하신대요. 호조 선배, 부장님 회수 부탁드려요. 전 대금을 지불할게요."

경리가 준비해둔 돈 봉투를 건네며 가즈미가 고개를 갸웃했다. "부장님 회수?"

"아마도 해변에 밀려 올라온 바다사자 같은 상태일 거예요."

어안이 벙벙한 직원들을 남겨둔 채, 에리코는 서둘러 복도로 나가 아래로 내려갔다. 거리로 뛰어나가 두리번거리며 근처를 살핀다.

아마 있을 것이다. 주말인 데다 이 시간대라면, 분명히 근처에서 서성이고 있을 것이다.

있다!

그녀의 시선이 향하는 곳에 빌딩에서 나와 오토바이에 타려는 젊은 남자의 모습이 보였다.

중소 규모의 광고회사가 자리한 빌딩이 근처에 있기 때문에, 월말의 이 시간대에는 언제나 광고회사의 호출을 받은 퀵서비스 직원이 대기하고 있다.

"저기요! 거기 퀵서비스 기사님!"

에리코는 남자를 향해 달렸다. 젊은 남자는 달려오는 에리코를 보고 놀란 표정을 지었다. 에리코는 다가가며 재빨리 오토바이를 살펴보았다. 음, 잘 손질된 오토바이다. 장사 밑천이니 당연하겠지만. 엔진도 시동이 걸려 있다.

에리코는 싱긋 웃으며 남자에게 다가갔다. "급한 일인데 실례를 해도 될까요?"

"저, 저기, 제가 지금 출발해야 하거든요. 게다가 먼저 예약을 하셔야 하는데."

남자는 울렁거리는 가슴으로 에리코의 얼굴을 보았다.

"그러니까 잠깐만 쓰고 돌려드릴게요."

"네?"

"20분만 기다려요!"

에리코는 헬멧을 빼앗아 남자를 밀친 뒤에 오토바이에 올라탔다.

"으악! 도둑이다!"

눈 깜짝할 사이에 남자의 비명이 뒤로 멀어졌다.

58

"정말, 아직도 통화하고 있어. 언제까지 저러고 있을 거람. 가방 무거운데."

레이나는 멀리서 통화하고 있는 엄마와, 엄마가 맡긴 여러 가지 물건이 든 가방을 원망스러운 눈빛으로 번갈아 바라보았다.

마리카도 아키코의 모습을 확인했지만, 먼저 온 손님이 오래 걸리는지 아직 시작도 못 한 것 같았다. 아키코는 미안한 얼굴로 마리카 쪽을 보며 두 손을 모으는 시늉을 했다. 마리카는 어깨를 으쓱해 보였다. 옆에 레이나가 있는 걸 모르는 것 같았다.

슬슬 지치기 시작한 두 소녀는 도린광장 벽에 기대선 채 지나가는 사람들을 구경했다. 구석 화분 그늘에서 아까부터 심각한 얼굴로 수군덕대는 세 사람의 모습이 다시 눈에 들어왔다. 남의 눈에 띄지 않으려 조심하고 있긴 했지만, 주변 사람들은 대부분 열심히 담배를 피워대고 있었기 때문에 그들의 존재는 이질적으로 보였다.

칙칙한 사람들이다. 안색도 안 좋고, 게다가 눈매까지 사납다. 무슨 일을 하는 사람들이지?

마리카는 물끄러미 세 사람을 관찰했다.

연기를 하려면 관찰력이 중요해. 극단 선생님의 말이 떠올랐다.

사람은 성격에 따라 몸짓이나 손짓이 모두 다르단다. 제멋대로인 사람의 걸음걸이와 소심한 사람의 걸음걸이는 전혀 달라. 연극의 등장인물에게는 모두 각자의 생활이 있고, 과거가 있어. 그 등장인물들이 평소에 어떤 생활을 하는지 생각해보렴. 어떤 음식을 좋아하고 어떤 음악을 듣는지 말이야. 그 사람에게 어떤 추억이 있는지 생각해보렴. 레스토랑이나 역 대합실에 있는 사람들을 자세히 관찰해보렴. 그 사람들은 어떤 성격의 사람일까? 그 사람은 어떤 삶을 살아온 사람일까? 그 사람은 지금 무슨 생각을 하고 있을까? 관찰해서 상상해보렴. 우리 연기자들은 자신이 아닌 다른 사람이 되어야 해. 연기자에게는 모든 경험이 다 소중해. 슬픈 마음, 기쁜 마음, 평소 생활 속에서 여러 감정을 익혀보렴.

그다지 행복해 보이진 않아. 하지만 뭔가에 정신이 팔려서 그것만 생각하고 있는 것 같아.

마리카는 세 사람에게서 그런 느낌을 받았다. 아무래도 셋 중에 제일 나이가 젊어 보이는 남자를 다른 두 사람이 혼내고 있는 것 같다. 젊은 남자는 창백한 얼굴로 필사적으로 변명하고 있었다.

왠지 무섭다. 괴롭히는 건가? 세 사람은 조심스레 그 자리를 떠나 천천히 걸음을 옮겼다. 어디로 가는 걸까?

어쩐지 호기심이 생겼다. 제일 젊은 남자가 황급히 바지 주머니에 손을 넣어 구겨진 손수건을 꺼냈다. 그 순간, 라이터가 떨어졌다. 바닥에 떨어진 라이터가 데굴데굴 굴러갔지만 남자는 눈치채지 못한 채 빠른 걸음으로 자리를 떠났다.

"아."

"떨어뜨렸다."

마리카와 레이나는 동시에 외쳤다.

"저 사람, 라이터를 떨어뜨린 줄 모르나 봐."

"어쩌지?"

두 소녀는 얼굴을 마주 보았지만, 이미 그 라이터를 향해 걸어가고 있었다. 레이나도 그들에게 호기심을 느끼고 있던 모양이다.

마리카가 라이터를 주웠다. 자그마한 라이터였지만 꽤 묵직하고 섬세한 문양까지 새겨져 있었다. 싸구려 라이터와는 달리 아빠 라이터처럼 비싼 물건일지도 모른다. 아빠가 소중하게 다루는 지포 라이터는 '하나밖에 없는 물건'이라 무척 비싸다고 한다.

어지간히 당황했나 보다. 이렇게 무거운 물건을 떨어뜨렸는데도 알아채지 못하다니.

"돌려줘야 하나?" 레이나가 말했다.

지루한 마음에 어디로 이동하고 싶었나 보다.

"그래야겠지?" 마리카는 고개를 끄덕였다.

둘은 함께 남자들의 뒤를 쫓았다.

59

겐지는 내심 초조했다.

야에스 방면으로 방향을 돌리려던 순간, 모든 교차로에서 자신을 향해 달려오는 경찰차를 보았기 때문이다. 이제는 코너를 돌지 않고 곧바로 직진할 수밖에 없다.

젠장! 히가시야마 영감탱이! 포위망을 쳤군.

하지만 이대로는 도쿄역을 지나쳐버린다.

겐지는 머릿속에서 필사적으로 지도를 그렸다. 이 근처는 관할 밖이기 때문에 자세히는 몰랐다. 야에스, 야에스로 나가려면 어디로 가야 하지?

이제는 정면에서도 경찰차가 달려오고 있었다. 이대로 가다간 독 안에 든 쥐 꼴이 되겠다.

나무아미타불. 여기까지인가. 일순 단념했지만, 예전부터 앙숙이던 지바 현 경시청의 히가시야마 가쓰히코가 쾌재를 부를 것을 생각하니 굴욕감으로 가슴이 불타올랐다. 그 순간, 머릿속에서 어떤 생각이 번득였다.

"잠깐 흔들릴 테니 부장님, 꼭 잡으십쇼!"

"어어?"

망설이며 달리던 오토바이는 다시 속도를 올렸다. 오른편으로 도쿄중앙우체국이 보이나 했더니, 금세 수많은 회사원이 쏟아져 나오는 붉은 벽돌로 된 도쿄역이 보이기 시작했다. 오토바이는 그 앞에서 살짝 방향을 전환했다.

"서, 설마!"

오토바이가 향하는 곳을 깨달은 요시히토는 저도 모르게 절망에
찬 비명을 질렀다.

두 사람을 태운 오토바이는 마루노우치 북쪽 출구로 돌진해 야
에스 방면 연결통로를 질주하기 시작했다.

60

"저기, 방송으로 사람을 찾고 싶은데요."

도저히 줄어들 기미를 보이지 않는 긴 줄에 참다못한 미에가 앞
을 향해 소리쳤다. 할머니에게 붙잡힌 젊은 경찰이 기특하게도 웃
음을 잃지 않고 대답해줬다.

"여기서는 방송 못 해요. 역무원에게 물어볼래요? 그러면 안내
방송을 해줄 거예요."

"헉, 그런 거였어요?"

미에와 마사히로는 비명을 질렀다. 옆에서 듣고 있던 유코 역시
깜짝 놀라 주위를 두리번거렸다.

역무원. 역무원. 개찰구에 있는 사람한테 말하면 되나?

역무원을 찾아 걸음을 옮기려 한 순간, 느닷없이 역내에 귀를 찌
르는 굉음이 울려 퍼졌다.

"꺅!"

"으악!"

검은 번개 같은 뭔가가 순간 눈앞을 스치고 지나갔다. 무슨 일이 일어났는지 파악하지 못한 유코가 눈을 껌뻑거렸다. 파출소 앞에 몰려든 사람들이 흩어지며 비명을 지른다. 몸을 지탱하기 위해 반사적으로 손바닥을 편 유코는 손에 들고 있던 봉투를 놓아버렸다.

"뭐 저런 놈이 다 있어!"

"말도 안 돼. 오토바이를 타고 통로를 지나갔어."

화들짝 놀란 얼굴로 뛰쳐나온 경찰들이 통로 저편을 내다본다. 지나가던 사람들도 하나둘 모여들어 통로 저편을 바라보았다. 귀를 찌르는 굉음이 점점 멀어져갔다.

오토바이를 몰고 이런 곳을 지나갔다고? 대체 무슨 짓이야! 오늘은 방약무인한 인간들만 보는 날인가. 불쾌해.

유코는 자세를 바로잡고 팔짱을 낀 채 오토바이가 지나간 통로를 노려보았다. 하지만 그 순간 그녀는 묘한 기시감을 느꼈다. 오토바이 뒷좌석에 탄 남자를 어딘가에서 본 것 같았기 때문이다. 그녀의 동체시력은 야구선수 이치로급이었다.

잘못 봤겠지. 친구 중에 폭주족은 없다고.

걸음을 옮긴 순간, 누군가가 유코의 어깨를 툭 쳤다.

"저, 이거 떨어뜨렸어요."

뒤돌아보니 한 회사원이 싱긋 웃으며 바닥에 떨어진 도라야의 봉투를 가리켰다. 유코는 맥이 빠졌다. 아, 이게 있었지.

"감사합니다."

반쯤 쓴웃음을 지으며 유코는 봉투를 주워 들었다.

61

"으그그아아!"

요시히토는 이미 인간의 것이 아닌 비명을 삼키고 있었다. 겐지의 오토바이가 둔탁한 소리를 내며 연결통로의 계단을 올라갔다.

지나가던 사람들이 비명을 지르며 좌우 벽에 달라붙었다. 역시 일본의 회사원들은 도망칠 때만큼은 동작이 빠르다. 아직 한 사람의 피해자도 내지 않았다는 건 기적에 가까운 일이었다. 오토바이는 통로를 지나 야에스 방면으로 나왔다.

"야에스 남쪽 출구는 저기군."

겐지가 오른쪽으로 방향을 틀었다. 전방에서 지나가던 사람들이 허겁지겁 도망친다.

"부장님, 내리십쇼."

"으악!"

오토바이는 총알처럼 남쪽 출구를 지나 바깥으로 튀어 나갔다. 이윽고 브레이크를 밟은 기관차처럼 요란한 소리와 함께 분실물 센터 앞에서 멈췄다. 반동으로 인해 뒷좌석이 공중으로 들렸다.

"히익."

쿵 하는 소리와 함께 아스팔트 도로에 뒷바퀴가 착지하자, 요시히토는 용수철처럼 튀어 올라 철퍼덕 바닥에 내동댕이쳐졌다.

"수고 많으셨습니다. 비옷은 서비스이니, 앞으로도 나라시노피자를 애용해주십쇼. 그럼!"

빙글빙글 눈알을 굴리며 어깨를 들썩이는 요시히토를 두고, 전차와 같은 검은 머신이 다시 움직였다. 그리고 눈 깜짝할 사이에 시야에서 사라졌다.

지나가던 사람들이 황당한 표정으로 오토바이를 보더니, 이어서 남겨진 요시히토를 빤히 바라보았다.

요시히토는 정신없이 움직이던 세상이 정지했다는 사실을 믿을 수 없었다. 이렇게 가만히 있어도 몸이 여전히 초고속으로 움직이는 것 같았다.

온몸의 근육이 비명을 질렀다. 100미터를 전속력으로 달린다 해도 이 정도로 피곤하지는 않을 것이다. 요시히토는 자신이 살아 있다는 것조차 반신반의했다.

비틀거리며 가까스로 일어난 요시히토는 자신이 가방을 껴안고 있다는 사실을 깨닫고 겨우 사명을 기억해냈다.

메로스는 격노했다.

어째서인지 《달려라 메로스》의 한 문장이 뇌리에 번득였다. 그는 숨을 헐떡이며 회사를 향해 달리기 시작했다.

62

가와조에 겐타로는 궁지에 몰려 있었다. 그렇게 말하긴 했지만 이 넓은 곳 어디에서 노인을 찾아야 할지 전혀 짐작조차 할 수 없었다. 벌써 이동하고도 남았을 시제품을 되찾을 가능성은 제로에 가까웠다. 젠장, 어쩌면 좋지. 동지들을 볼 낯이 없다. 동지들과 함께 준비해온 4개월이란 시간이 물거품으로 돌아갈 것이다. 앞으로 얼마나 싸늘한 눈총을 받으며 살아가야 할까. 이 녀석들이 얼마나 음침한지 겐타로는 잘 알고 있었다.

하지만 그는 아직 시제품에 집착하고 있다. 그는 자신의 작품에 반드시 제조 번호를 넣는 타입이었다. 그의 작품은 예술품이다. 무시무시할 정도로 위험한 파괴력을 지닌 예술품. 진짜 예술이란 자본이나 대중과 영합하는 것이 아니라, 기존의 개념을 파괴할 힘을 가지는 법이다. 시대에 뒤떨어졌다, 단순한 취미다, 그들의 활동에 대해 그렇게 평가하는 녀석들도 있지만, 그들은 피폐하고 균일화된 사회에 길들여진 녀석들이다.

작품을 이렇게 낭비할 수는 없다. 예술에는 그에 상응하는 전시장이 필요하다. 예술품에는 격식 있는 회장을 마련해줘야 한다.

겐타로는 살기등등한 눈으로 앞서가는 두 사람을 보았다.

이 녀석들은 아무것도 모른다. 내 작품을 전혀 이해하지 못한다. 녀석들에게 내 작품은 단순히 더러운 도구이자, 자기만족을 위한 수단에 지나지 않는다.

일단 지상으로 나가 동지들과의 연락 장소인 카페에 자리를 잡기로 했다. 겐타로가 한 시간 정도 노인을 찾다 그곳으로 돌아가면 그때부터 계획을 어떻게 실행할지 논의한다. 일단 그렇게 하기로 했다.

지상으로 통하는 계단을 올라 아에스 남쪽 출구로 향하던 세 사람이 문득 귀를 기울였다. 그들이 제일 혐오하는 음악이 흘러나오고 있었다.

"뭐지? 경찰차 소리잖아? 무슨 일이 생긴 건가?"

앞서가던 두 사람의 표정이 굳어지는 것을 보고 겐타로는 불현듯 조금 전 만난 덩치 큰 노인을 떠올렸다. 시제품에 정신이 팔려 있었지만, 주머니에 손을 찔러 넣은 폼이 영락없는 형사였다. 왜 그런 곳에 형사가 있었지?

겐타로는 등골이 오싹해지는 것을 느꼈다.

설마 계획이 밖으로 새어 나간 건가? 누가 실수라도 저지른 건가? 혹시 우리에게 감시가 붙은 건가?

불길한 상상이 하나둘 꼬리를 물고 머릿속을 채웠다. 어쩌면 그 영감도 경찰일지 모른다. 처음부터 날 감시하다 일부러 내 시제품을 바꿔치기한 것이다.

"이봐, 심상치가 않아." 겐타로가 큰 소리로 외쳤다.

앞서가던 두 사람은 흠칫 놀라며 뒤를 돌아봤다.

"감시당하고 있는 것 같아."

"뭐라고?"

"계획이 새어 나간 것 같다고."

두 사람의 표정이 굳어진다.

"말도 안 돼. 요 넉 달 동안 아무 일도 없었는데. 게다가 비밀 유지에는 만전을 기했다고."

"나도 모르겠어. 생각해보니 내가 도쿄에 도착한 시점부터 그 영감이 뒤에 바싹 붙어 따라오고 있었어. 그때부터 이미 눈치챈 것 같아. 난 계속 쓰쿠바에 틀어박혀 작업만 했으니, 도쿄에 있던 동지 가운데 누군가가 감시당하고 있던 거 아냐?"

겐타로는 다소 강하게 나갔다. 오랫동안 공안과 숨바꼭질을 계속해온 몸이다. 정보가 새어 나갔다는 것은 녀석들에게 대단한 굴욕이었다.

"도쿄에 있던 녀석들? 그럴 리 없어. 서로 연락도 취하지 않았고, 오늘까지 실제로 접촉한 적도 없다고."

계단을 오르다 걸음을 멈춘 세 사람은 험악한 분위기 속에서 대화를 나눴다.

"잠깐만. 경찰차가 무엇 때문에 왔는지 아직 모르잖아. 섣부른 판단은 금물이야."

"하지만 우리를 노리고 온 거라면 끝장이라고."

"쉿. 잠깐 살펴보고 오자고."

세 사람은 발소리를 죽이고 조용히 계단을 올랐다. 조금 떨어진 곳에서 두 소녀가 쫓아오고 있다는 사실은 상상도 못 한 채.

63

전직 형사들도 수많은 경찰차가 몰려왔다는 사실을 알아챘다.

"뭐지? 수가 더 많아졌잖아."

"눈에 안 띄게 보낸다더니 요란하게 납셨군."

"가보자고. 뭔가 새로운 전개가 펼쳐졌는지도 모르잖아."

더는 현역이 아닌 탓에 필요한 정보가 들어오지 않아서 난처하던 참이다.

"그래도 이건 곤란한데. 괜히 녀석들을 자극했다 도망치기라도 하면 큰일이잖아."

"다른 사건 때문인지도 몰라."

"무슨 일인지 보고 와야겠어. 아는 얼굴이 있을지도 모르고."

"음."

"그 아가씨는 무사할까요?" 노인들 뒤를 따르던 슌사쿠가 조심스레 물었다.

"괜찮을 겁니다." 시즈쿠이시 간조는 단호하게 고개를 끄덕였다. "얄미운 놈이지만 기술만큼은 확실하니, 그렇게 쉽게 폭발하진 않을 겁니다. 게다가 녀석은 주의에 주의를 기울이는 타입이라, 폭발 시간을 맞추고 나서 여섯 시간 안에는 폭발하지 않도록 만듭니다. 적어도 일고여덟 시간은 있어야 터지죠. 녀석이 조금 전까지 모습을 보였으니, 폭발하는 건 빨라도 오늘 밤이겠죠."

"그, 그렇군요." 순사쿠는 그제야 조금 전부터 가슴에 품고 있던 의문을 입 밖으로 낼 수 있었다. "저기, 여러분은 혹시 같은 직장에서 일하셨던 겁니까?"

순사쿠의 말을 듣고 네 사람은 움찔했다. 예전 직업을 숨기자고 한 사실을 잊고 있었다.

"저기…… 그러니까…… 맞습니다. 같은 직장에 다녔죠. 이런, 들켜버렸군." 시즈쿠이시는 얼굴이 붉으락푸르락하며 횡설수설했다.

"아이고, 일부러 숨기실 것까지야. 그것도 모르고, 경찰이신 줄만 알았습니다."

"네?"

네 사람은 서로를 마주 보며 되물었다.

"선생님들이시죠? 아까 남자는 제자이고요. 그래서 이렇게 고생고생해가며 찾고 계시는 거죠. 참스승이십니다. 그렇죠, 나쁜 길로 빠진 제자를 그냥 내버려둘 수는 없죠. 제 친구도 그러더군요."

"아, 그게……."

제멋대로 이해해버린 순사쿠를 바라보며 네 사람은 다시 얼굴을 마주 보았다.

조금 전까지는 꽤 날카로운 구석이 있는 줄 알았는데, 역시 조금 별난 사람인 것 같군. 간조는 마음속으로 그렇게 중얼거렸다.

"그, 그래요. 뭐, 그렇습니다."

어쩐지 꺼림칙한 표정을 지었지만, 슌사쿠는 그런 네 사람을 따스한 눈으로 바라보았다.

"그럼 옛 제자 겐타로를 찾아볼까? 저쪽이 조금 소란스러운 것 같으니까 살펴보자고!" 시라토리는 천연덕스러운 목소리로 외쳤다.

다섯 노인은 어색하게 고개를 끄덕인 다음 움직이기 시작했다.

64

"앗, 부장님이다!"

"정말이다, 부장님이네!"

땀으로 온몸이 흠뻑 젖은 채 횡단보도를 건넌 요시히토의 귓가에 그리운 목소리가 들렸다.

사무실 직원들이 그를 발견하고 환호성을 질렀다. 저도 모르게 눈가가 촉촉해졌다. 회사에 귀환했다고 이렇게 환영을 받을 줄이야. 집에서도 이런 환영은 받아본 적 없다.

한가운데에 서 있던 호조 가즈미가 신처럼 보였다. 감격한 요시히토는 목멘 소리로 그녀의 이름을 불렀다.

"호, 호조!"

"부장님, 계약서랑 보험료, 영수증 주세요."

가즈미는 손을 내밀어 요시히토가 껴안고 있던 가방을 낚아챘다. 비와 땀으로 젖은 서류를 꺼내 내용물을 확인하고는 가즈미는 만족스레 고개를 끄덕였다.

"좋았어! 자, 경리과에 입금해! 지사장님께 연락하고!"

"네!"

직원들이 각자 임무를 다하기 위해 엘리베이터로 뛰어갔다.

"저, 저기, 호조."

"부장님, 수고하셨습니다."

그곳에 홀로 남아 힘없이 미소 짓는 모리카와 야스오를 보고, 요시히토는 무릎에서 힘이 쭉 빠지는 것을 느꼈다.

"얼마나 고생했는지 알아? 정말 장난 아니었다고!"

"압니다, 알아요."

뜨거운 포옹을 나눈 두 사람은 서로의 어깨를 꼭 껴안고 비틀거리며 빌딩으로 들어갔다.

65

야에스 방면으로 무사히 빠져나온 것까진 좋았지만, 다시 추격자들의 모습을 발견한 겐지는 혀를 찼다.

젠장. 왜 이렇게 끈질긴 거야. 되돌아가기 위해 뒤를 봤지만, 역시 그쪽에서도 경찰차가 밀려오고 있었다. 차라리 앞쪽을 돌파하는 게 낫겠다고 판단한 겐지는 그대로 돌진했다. 하지만 이미 저 멀리에서 붉은 경광등이 다가오는 모습이 보였다. 천하의 겐지도 평생 볼 경찰차를 오늘 하루에 다 본 것 같은 기분이었다.

쳇. 위험한데. 훤히 보이는 넓은 도로뿐이잖아. 도망칠 곳도 없다.

도로는 반쯤 마비 상태였다. 서행 중이던 차들이 경적을 울려대며 겐지의 오토바이를 구경했다. 어느샌가 구경꾼도 몰려들었다.

끼익, 귀에 거슬리는 금속음이 무거운 공기를 산산조각 냈다.

"이치하시 겐지, 단념해라! 더는 도망칠 곳이 없다!"

몇 년 만에 듣는 숙적 히가시야마 가쓰히코의 목소리였다.

전방의 최전선에 있는 경찰차 안에 마이크를 쥔 남자의 모습이 보였다.

"변명은 통하지 않는다! 넌 현행범이다! 순순히 죄를 인정해라!"

승리를 확신했는지 목소리에서는 여유마저 느껴졌다.

젠장. 겐지는 바드득 이를 갈았지만 활로를 찾을 수 없었다.

탁 소리를 내며 경찰차 문이 열리더니 경찰이 우르르 몰려나왔다.

그때였다.

팡 하는 소리와 함께 갑자기 경찰차 뒤쪽에서 오토바이 한 대가 공중으로 날아올랐다. 차의 보닛을 뛰어넘은 모양이다.

"으악!"

경찰들은 자신들 뒤에서 하늘 높이 날아오른 오토바이에 시선을 빼앗겼다. 그들은 개미 떼처럼 황급히 사방으로 흩어졌다.

오토바이는 경찰과 겐지 사이에서 착지한 다음, 멋지게 핸들을 꺾어 180도 회전하며 요란하게 멈췄다.

"여, 여자?" 경찰들이 술렁거렸다.

헬멧을 착용하고 있지만, 핸들을 잡고 있는 사람은 '일본 사무직 여성'을 그림으로 그려놓은 듯 연보라색 조끼와 블라우스, 스커트를 입은 평범한 유니폼 차림의 여자였다. 젊고 연약해 보이는 이 여자가 정말 경찰차를 뛰어넘은 건가. 경찰들은 귀신에게 홀린 듯한 기분으로 하늘을 올려다보았다.

"피자 배달 아저씨, 여기 돈요. 거스름돈은 필요 없어요."

여자는 스커트 주머니에서 갈색 봉투를 꺼내더니 겐지를 향해 던졌다.

"에리코 누님!" 겐지의 눈이 반짝였다.

에리코가 허리에 손을 올렸다. "이 일대를 샅샅이 뒤지느라 얼마나 고생했는지 알아?"

"죄송합니다, 제가 모자란 놈이라."

"애초에 넌 겉모습에 너무 잘 속아. 자세히 봐, 뒤를 쫓아온다고는 하지만 머릿수 자체는 그리 많지 않잖아. 네 뒤에도 한 줄밖에 없어. 그러니까 한 군데를 택해 돌파하면 그렇게 어렵지 않아. 모처럼 꺼낸 버펄로가 울겠다."

"네, 누님 말씀이 맞습니다."

"자, 가자. 나도 별로 시간이 없어. 근무 중이고, 오토바이도 돌려 줘야 해." 에리코는 핸들을 잡았다.

뒤에서 멍하니 두 사람을 지켜보던 히가시야마 가쓰히코는 떨리는 손으로 에리코를 가리켰다. "자, 잠깐. 넌 혹시……."

에리코는 헬멧을 쓴 채 가쓰히코를 힐끔 돌아보았다.

"어머." 그녀는 의외라는 얼굴로 가볍게 손을 흔들었다. "3년 만이네. 히가시야마잖아? 좋아 보인다. 좀 출세했나 봐?"

"설마…… 넌…… 가, 가토?"

거기까지 말하고 나서 가쓰히코는 새하얗게 질려 뒤로 벌러덩 쓰러졌다.

"앗!"

"경사님!"

"어서 부축해!"

"구급차 불러!"

주변에 있던 경찰들이 황급히 가쓰히코를 부축했다.

"초과근무까지 하는 거야? 야에스까지 출장 나올 건 없잖아. 너무 열심히 일하는 거 아냐? 자, 여러분. 여기는 공공 도로입니다. 주말에다 날씨도 안 좋은데 이렇게 오랜 시간 도로를 막고 있으면 시민들의 삶에 방해됩니다. 얼른 돌아가시죠. 겐지, 가자."

에리코는 크게 핸들을 꺾더니 차체를 눕혀 두 사람을 포위하듯 서 있는 경찰을 향해 닿을락 말락 원을 그리며 방향을 전환했다. 경찰들은 비명을 지르며 물러났다.

"다치기 싫으면 저리 비켜요."

에리코는 큰 소리로 외치고는 구경꾼들 사이로 빠져나갔다. 지나가던 사람들이 황급히 물러났다. 뒤쪽에서 술렁거리는 소리가 났다.

"방송국에서 나왔나?"

"영화 촬영인가?"

"〈춤추는 대수사선〉?"

"저 스턴트맨, 대단한데?"

"어? 정말 여자 맞아? 변장한 거 아냐?"

경찰들은 다급히 가쓰히코를 차로 옮겼다. 다른 경찰들도 뭔가 생각난 듯 차에 올라탔다. 즉시 사이렌 소리가 울려 퍼진다.

두 사람은 속도를 올려 니혼바시 방향으로 달리기 시작했다.

두 대의 오토바이가 나란히 달리는 모습을 보고, 길옆에 경찰차를 대고 있던 젊은 경찰이 겁에 질린 듯 손을 버둥거렸다.

"저기야, 가자."

에리코가 핸들을 당겼다. 앞바퀴가 허공에 뜨자, 아스팔트 도로와의 마찰로 인해 뒷바퀴에서 불꽃이 튀며 연기가 피어올랐다.

"다치기 싫으면 물러나! 얼굴에 타이어 자국 남기고 싶어?"

경찰들은 허공에서 용맹스레 돌진하는 에리코를 보고 우왕좌왕 도망쳤다.

에리코의 오토바이가 앞바퀴로 허공을 가르며 경찰차 사이를 지나갔고, 겐지의 거대한 머신도 그 뒤를 따랐다. 하지만 그의 머신은 사이를 빠져나가지 못하고 경찰차 두 대를 양쪽으로 밀어냈다.

"미안해, 겐지. 근무 중에 이런 일에 말려들게 해서. 다음에 제대로 보답하러 갈게." 에리코는 나란히 달리며 외쳤다.

"그런 소리 마십쇼. 은퇴한 누님까지 나오시게 하다니, 정말 면목 없습니다."

"신경 쓰지 마."

"네, 하지만 오랜만에 누님 달리시는 모습을 보니 기운이 납니다."

"아, 맞다. 영수증 줘."

"네, 준비해놨습니다."

"항목은 분명히 퀵서비스 요금으로 했겠지?"

"네."

퍼레이드처럼 사이렌 소리가 뒤쫓아오는 가운데, 겐지가 에리코에게 영수증을 건넸다. 에리코는 영수증을 주머니에 구겨 넣었다.

"그럼 잘 지내."

"누님도요."

두 사람은 가볍게 손을 흔들고 미리 짠 듯 첫 교차로에서 정확하게 좌우대칭을 그리며 각자 다른 방향으로 코너를 돌았다. 어느 쪽을 쫓을지 혼란스러워하는 경찰차 소리를 어깨 너머로 들으면서.

66

때때로 빗방울이 떨어지긴 했지만 빗줄기는 대체로 소강상태를 보였다. 그저 어두컴컴한 하늘이 유지되는 듯했지만, 에리코와 겐지가 다른 방향으로 찢어졌을 무렵부터 묵직한 빗방울이 뚝뚝 바닥에 떨어지기 시작했다. 저기압이 드디어 이곳 도쿄 도심 부근까지 도달한 모양이다. 빗줄기는 곧바로 강해졌고, 동시에 격렬한 천둥번개가 울려 퍼졌다. 요 몇 년 동안, 이 시기 도심에서는 소나기 같은 뇌우가 늘어만 가는 추세다.

지나가던 사람들이 걸음을 재촉하며 앞다투어 빌딩이나 지하도로 대피했다. 눈 깜짝할 사이에 도로에 인적이 사라졌다.

67

"비가 오네." 레이나가 말했다.

마리카는 까치발을 하고 밖으로 조금 보이는 하늘을 바라보았다. "정말이네. 와, 어두컴컴하다."

새카만 구름이 움직이는 것이 보인다. 하얀 빗줄기가 그 구름 아래로 떨어지고 있다.

세 남자를 쫓아 지상으로 나오긴 했지만, 그들이 걸음을 멈추고 뭐라고 수군덕대는가 싶더니 곧바로 다시 움직이는 바람에 아무래도 말을 걸기가 어려웠다. 이대로 되돌아갈까도 생각했지만, 손에 든 신기하게 생긴 라이터의 무게 때문에 돌아갈 수도 없었다.

하나밖에 없는 거야. 그렇게 말하며 애지중지 라이터를 닦던 아빠의 모습이 마리카의 뇌리에서 떠나지 않았다. 애지중지하던 물건을 잃어버리면 얼마나 속상한지는 마리카도 잘 알고 있다. 1년 전, 연이어 오디션에 합격했을 당시 매번 하고 다니던 머리핀을 잃어버렸을 때에는 정말 슬펐다. 그 후로 오디션에 떨어진 건 그 머리핀이 없었기 때문이다, 한때는 진지하게 그런 생각까지 했다. 지금 생각해보면, 그때부터 계속 운이 없었기 때문에 마리카는 스스로에게 자신감을 가지지 못했다.

그 사람의 마음이 되어 생각해보렴. 극단 선생님의 말도 뇌리를 스쳤다. 마리카는 나름대로 손안의 라이터에 책임을 느끼고 있었다.

"경찰차가 왜 이렇게 많지?"

"무슨 일이 있나? 경찰 아저씨가 쫙 깔렸어."

레이나는 바깥에 멈춰 있는 붉은 경광등을 신기한 듯 바라보았다.

"이제 그만 돌려주자. 너무 멀리 왔어. 엄마도 우릴 찾고 있을지 몰라."

"그래."

레이나의 재촉에 마리카는 고개를 끄덕였다. 조금 무서워 보이긴 하지만, 떨어뜨린 물건을 주워줬는데 설마 화내기야 하겠어.

남자들은 계단을 올라가다 잠시 바깥 상황을 살피더니, 곧 걸음을 옮겼다. 마리카는 그 타이밍에 맞춰 빠른 걸음으로 그들에게 다가갔다.

68

"아저씨, 라이터 떨어뜨렸어요."

마리카가 가와조에 겐타로의 뒤통수를 향해 그렇게 말한 순간, 눈부신 섬광이 하늘을 갈랐다.

그때, 세계가 색을 잃고 모든 것이 흑백으로 변했다. 그 흑백의 순간에 그때까지 의미 없이 제각기 흩어져 있던 뭔가가 딱 하는 소리와 함께 하나로 이어진 것 같았다.

그 순간, 흑백 화면으로 변한 역의 중앙광장에서 동시에 사람들이 갑자기 여러 생각을 떠올렸다. 그리고 그것이 순간, 그들을 강하게 연결시켰다.

겐타로 일행은 광장으로 나가 바깥에 떼 지어 모인 경찰을 보았다. 경찰들은 혼란에 빠져 일시적으로 지휘 계통을 상실한 상태였다. 이치하시 겐지를 체포하기 위해 집념을 불태우며 여기까지 그들을 지휘해온 히가시야마 가쓰히코가 빈혈로 쓰러지는 바람에 지휘 내릴 사람이 아무도 없었기 때문이다.

혼란에 빠진 경찰들은 모두 흥분해 험악한 표정으로 광장 안을 바라보고 있었다.

겐타로 일행과 거의 동시에 시즈쿠이시 간조 일행도 마루노우치 남쪽 출구로 빠져나와 이 광장에 들어서고 있었다. 그들 역시 바깥에 있는 경찰을 목격했다. 경찰들의 긴박한 모습에 전직 형사들은 그들이 폭탄 사건에 동원된 인원이라 확신했다.

경찰의 존재를 눈치챈 뒤, 겐타로 일행과 간조 일행은 서로의 모습을 발견했다. 그 또한 동시에 일어난 일이었다. 그들은 서로를 힐끔 본 순간, 그것이 극적인 해후라는 사실을 즉각 깨달았다.

간조는 그들이 흐릿한 흑백사진으로 오랫동안 봐온 얼룩끈의 간부급 인사 세노오 진이치와 미즈누마 아키후미, 폭탄 제조범 가와조에 겐타로라는 사실을 꿰뚫어 보았다. 겐타로 일행 역시 눈앞의 노인들이 자신들을 오랫동안 추적해온 당국의 형사라는 사실을 깨달았다.

"너희는 이미 포위되었다!"

간조는 반사적으로 그렇게 외쳤지만, 세찬 천둥소리에 묻혀 그들 귀에 들어갔는지는 알 수 없었다. 실제로는 아니었지만 간조 일행은 그렇게 믿고 있었고, 그들이 그렇게 믿었기 때문에 겐타로 일행 역시 그 말을 믿었다. 바깥에 있는 경찰이 자신들을 쫓고, 포위하고 있다고.

그 모든 일이 마루노우치 남쪽 출구의 중앙광장이 순간 흑백으로 물든 아주 짧은 시간 동안 일어난 일이다.

섬광에 이어 울려 퍼진 격한 천둥소리에 모두 움직임을 멈췄다. 하지만 그다음 순간에는 전원이 일제히 몸을 움직이기 시작했다.

제일 빨리 반응한 건 세노오 진이치였다. 그는 주머니에서 접이식 칼을 꺼냈다. 칼날이 은빛으로 번득였다.

그 모습을 보고 간조 일행은 그를 진압하기 위해 움직였다. 마찬가지로 칼을 본 한 경찰이 총을 빼 드는 자세를 취했다.

마리카는 눈앞에서 무슨 일이 일어난 건지 알 수 없었다.

무슨 일이지? 싸움이 벌어진 건가?

마리카는 라이터를 내민 자신의 손과 남자의 등을 두드린 손을 넋 나간 얼굴로 바라보았다. 마리카는 칼을 든 손이 획 방향을 바꾸어 자신을 향하는 것을 보았다. 날카롭게 빛나는 칼이 슬로모션처럼 천천히 자신을 향해 다가왔다.

어? 어떻게 된 거지? 왜 나한테?

그다음 순간, 남자가 자신의 팔을 잡아끌고는 목에 팔을 둘렀다. 여전히 마리카는 얼빠진 표정을 짓고 있었다. 아래를 바라보니, 빛나는 칼날이 자신의 목에 닿아 있었다.

남한테 칼끝을 내밀어서는 안 된다고 배웠는데.

마리카는 쭈뼛쭈뼛 고개를 들고 남자의 얼굴을 보았다. 그리고 남자가 이렇게 말하는 걸 들었다. 텔레비전 드라마에서 들었던 대사. 그의 대사는 무척 생생했고, 그 안에 감정이 깃들어 있었다.

다른 사람의 마음을 알아야 한단다. 선생님의 말이 또다시 뇌리를 스쳐 지나갔다.

"가까이 오지 마! 자리에서 움직였다간 이 꼬맹이 목숨은 없는 줄 알아."

69

"사람을 찾습니다. 사람을 찾습니다. 아즈마 슌사쿠 님. 아즈마 슌사쿠 님. 마루노우치 북쪽 개찰구로 와주십시오. 아즈마 슌사쿠 님, 다가미 님이 기다리고 계십니다. 마루노우치 북쪽 개찰구로 와주십시오."

부드럽게 지하통로에 울려 퍼지는 안내 방송을 흘려들으며 하루나와 다다시 일행은 무리 지어 역 안을 돌아다녔다. 학생 세 명에 덩치 큰 백인 남자, 거기에 더해 묘령의 여성까지. 한눈에 보기에도 꽤 기묘한 일행이었다.

"이렇게 사람이 많은데 찾을 수 있을까?" 다다시는 분주하게 지나다니는 사람들을 보며 중얼거렸다.

가바야도 귀찮아졌는지 한몫 거들었다. "벌써 집에 가지 않았을까? 아니면 지금쯤 약을 삼킨 걸 후회하고 병원으로 뛰어갔을지도 모르고."

선두에서 걷던 하루나와 구미코가 동시에 뒤돌아 매섭게 두 사람을 노려봤다. 둘은 반사적으로 허리를 꼿꼿이 폈다. 덩달아 필립까지 자세를 바로 한다.

"정말 한심하기 짝이 없네. 겨우 이만큼 돌아다녔다고 벌써 지친 거야? 한 사람의 목숨이, 그리고 회장 자리가 걸려 있다고."

"맞아요. 순정을 짓밟다니 정말 형편없어요. 아까 그 남자, 딱 보니까 상습범이에요. 게다가 사촌 동생한테 뒤처리를 부탁하다니, 말도 안 되는 일이죠."

두 여자는 완전히 가요코의 편이었다.

"그렇지만 현실적으로 도쿄역은 이용자 수가 어마어마하잖아요. 이 안에서 그 여자를 찾는 건 불가능에 가깝다고요. 더구나 우리는 오늘 안에 회장을 정해야 하는데요. 축제도 코앞에 닥쳤는데, 남의 일에 신경 쓸 시간은……."

"아뇨." 구미코는 투덜투덜 불평을 늘어놓는 가바야를 제지했다. "찾을 수 있어요."

"네?"

세 학생이 화들짝 놀란 얼굴로 구미코를 봤다.

가바야가 조심스레 질문을 던졌다. "찾을 수 있다니……. 그 여자를요?"

"네. 오늘은 습도도 높고, 비구름도 가까이 있어요. 컨디션이 좋네요."

"컨디션요? 대체 무슨……."

다다시가 쭈뼛거리며 묻자, 구미코는 긴 머리를 펄럭이며 무표정한 얼굴로 단호하게 대답했다.

"기를 읽을 겁니다."

"기?"

세 학생은 저도 모르게 합창했다. 필립은 '기'란 단어에 반응했다. 구미코에게서 자주 그 이야기를 들었기 때문이다.

"쉬 이즈 '무녀'."

싱긋 웃는 필립을 보며 세 사람은 서로를 마주 보았다.

과연 필립 크레이븐이다. 일본에서도 빈틈없이 재패니즈 호러 느낌의 여자를 체크하고 있다니. 다다시는 그런 생각을 했다.

과연 필립 크레이븐이야. 스태프 가운데 이상한 사람이 많다는 소문이 사실이었구나. 이 여자, 보기엔 멀쩡하지만 제정신일까? 하루나는 그런 생각을 했다.

설마, 〈나이트메어〉 다음 편은 밀실 밖에서 기를 보내 살인을 저지르는 건 아니겠지? 속편으로 갈수록 점점 황당무계한 방향으로 치닫는 것 같은데. 가바야는 그런 생각을 했다.

"느껴져요." 구미코는 자신만만한 목소리로 정면을 바라보았다. "아마도 그녀에게 도쿄역은 추억의 장소일 거예요. 그녀의 정념, 미련이 떠돌고 있는 게 느껴져요. 조금 전 달려가며 격렬한 감정을 발산했는데, 그 정념이 군데군데 남아 있어요. 걱정 말아요. 반드시 찾아닐 수 있어요. 자, 가죠."

세 학생은 당혹스러운 표정으로 아득한 눈빛의 그녀를 바라보았다. 이내 가바야가 불현듯 무언가 생각났는지 입을 열었다.

"그럼 지금 내기를 하자."

"어?"

이번에는 모두 가바야의 얼굴을 바라봤다.

"만일 이분이 정말로 그 여성분이 어디 있는지 찾아낸다면, 그건 그것대로 좋은 일이지. 너희 두 사람은 그 여성분이 어디 있을지 미리 추리해봐. 실제로 너희가 예상한 장소에 있을 경우에는 정답을 맞힌 사람을 회장으로 임명하겠어."

"뭐? 말도 안 돼. 둘 다 틀리면 어쩔 건데?"

"그건 그때 가서 봐야겠지만, 더 정답에 가까운 쪽을 택할 거야."

"그게 뭐야. 추리하기에는 단서가 너무 없단 말야." 다다시는 불평을 쏟아냈다.

"얼마 안 되는 단서로 전체 윤곽을 만들어내는 게 진짜 실력이란 거지."

가바야는 들으려 하지 않았다. 하루나가 콧방귀를 뀌었다.

"좋아. 그럼 추리해보자." 하루나는 그렇게 말을 꺼내더니 잠시 동안 생각에 잠겼다. "그분은 플랫폼 벤치에 앉아 있어. 분명히 그곳이 추억의 장소일 거야. 그곳에서 만나 데이트를 했을 수도 있고. 그 벤치에 앉아 그를 생각하고 있을지도 몰라. 그렇게 싸우고 헤어지긴 했지만 그렇게 쉽게 잊을 수 없을 거야. 아직 미련이 남아 있거든."

가바야가 다다시 쪽으로 시선을 돌렸다. "좋아. 다다시는?"

다다시는 잠시 망설이다 입을 열었다. "난 의무실이나 파출소에 있을 것 같아. 분명 그 남자에게 미련이 있긴 할 거야. 하지만 약을 떠올려봐. 격정에 휩쓸려 약을 삼키긴 했지만, 제정신으로 돌아와 냉정하게 생각해보면 제일 먼저 약을 어떻게 하려고 했을 거야. 역내의 의무실이나 파출소, 아니면 화장실 중 어딘가에 있을 거야. 어찌 됐든, 분명히 어디 공공시설로 뛰어 들어갔을 거야."

"흠. 좋아, 이걸로 두 사람의 추리는 들었어. 나머지는 진짜 찾을 수 있느냐 하는 건데……."

가바야는 회의적으로 중얼거리더니 급히 입을 닫았다. 구미코는 기를 읽는 데 집중하는지 세 사람의 대화 따윈 들리지 않는 것 같았다. 때때로 걸음을 멈추고 천천히 지면을 둘러보는 자세가 꼭 진짜 같아서, 세 사람은 어느샌가 의심도 잊은 채 그녀의 행동을 지켜보고 있었다.

"이쪽이에요."

구미코는 엄숙하게 중얼거리더니 다시 움직이는 듯하다가 걸음을 멈췄다. 뒤따라오던 네 사람도 함께 걸음을 멈췄다.

구미코가 획 뒤를 돌더니 기묘한 눈빛으로 필립을 바라보았다. 그가 흠칫했다.

"필립, 당신 뭔가 걱정거리가 있군요?"

"네?"

"당신 주변에 들러붙은 작은 기가 날 방해하고 있어요. 뭔가 작은 동물 같아요. 여우는 아니고, 너구리도 아닌데."

구미코는 필립의 온몸을 빤히 훑어봤다.

긴장한 필립은 허리를 꼿꼿이 폈다. 다리오 말인가? 그는 반려동물 이야기를 하려 했지만 구미코의 가면 같은 표정을 보고 있자니 아무 말도 할 수 없었다.

"아, 잠깐만요."

구미코는 미간을 찌푸린 채 손을 들었다. 그녀는 손바닥을 펼쳐 위로 들더니, 눈을 감고 뭔가를 느끼려 했다. 다른 네 사람은 마른 침을 삼키며 그녀를 바라보았다. 지나가던 사람들도 의아한 표정으로 그녀를 힐끔힐끔 봤다.

"정념이 한층 더 강해진 것 같아요. 분명 그 남자를 생각하는 거예요. 울고 있는 것 같아요."

구미코는 여러 방향을 향해 손바닥을 움직이다가 어떤 위치에서 동작을 멈췄다.

"이쪽이에요."

구미코는 눈을 뜨고 갑자기 뚜벅뚜벅 걸음을 옮겼다. 나머지 네 사람은 줄줄이 사탕처럼 황급히 그 뒤를 쫓았다.

70

아사다 가요코는 정처 없이 걸었다. 어디를 어떻게 걷는지 아무 생각도 하지 않았다. 아무도 혼자 훌쩍거리며 걸어가는 여자를 신경 쓰지 않았다. 가요코가 울고 있다는 사실조차 아무도 몰랐다.

가요코는 번갈아가며 파도처럼 밀려오는 분노와 굴욕, 슬픔에 만신창이가 되었다. 마사히로와 사촌이라는 예쁜 여자, 자신을 바닥에 누르던 학생들 얼굴이 빙글빙글 뇌리에서 맴돌았다.

분해. 분해죽겠어. 모두 날 바보 취급했어. 날 비웃으며 이상한 여자라고 수군댔을 거야.

너무나도 비참한 지금, 상황이 그녀의 사고능력을 마비시켰다. 그녀의 마음은 자신이 처한 상황에 대해 생각하기를 거부했다.

그러다 뭔가에 부딪혔는데, 자세히 보니 결혼식장을 광고하는 핑크색 간판이었다. 가요코는 분을 이기지 못하고 간판을 걷어찼다. 하지만 간판은 보기와는 달리 무척 튼튼했다. 가요코는 욕설을 내뱉은 뒤 욱신거리는 다리를 끌고 방황을 계속했다.

71

"사람을 찾습니다. 사람을 찾습니다. 아즈마 슌사쿠 님. 아즈마 슌사쿠 님. 마루노우치 북쪽 개찰구로 와주십시오. 다가미 님이 기다리고 계십니다. 아즈마 순사쿠 님, 마루노우치 북쪽 개찰구에서 일행이 기다리고 계십니다. 마루노우치 북쪽 개찰구로 와주십시오."

되풀이되는 안내 방송 목소리에 당혹스러운 기색이 역력한 건, 옆에서 유코가 역무원을 채근하고 있었기 때문이었다. 그 안내 방송 내용을 제일 먼저 알아챈 것은 전직 형사들이었다.

마루노우치 남쪽 중앙광장은 기적 같은 순간이 지난 지금, 범상치 않은 긴장감에 휩싸여 있었다.

때때로 거센 빗줄기가 광장 밖 아스팔트 도로를 때렸지만, 광장을 둘러싼 경찰들은 얼어붙은 듯 꼼짝도 하지 않고 안쪽을 주시했다. 지나가던 사람들은 숨을 삼킨 채 광장 구석으로 대피한 상태였다. 개찰구 안쪽에 있던 사람들도 느닷없이 눈앞에서 벌어진 사태에 허둥대며 상황을 지켜보고 있었다.

시즈쿠이시는 눈앞에서 소녀를 인질로 잡은 녀석들이 자신이 지금 안내 방송에 반응한 것을 눈치채지 못하도록 태연한 척 가장했다. 시즈쿠이시 뒤에 있던 시라토리 일행은 아즈마 순사쿠를 감싸 광장 밖 벽에 숨겼다. 가와조에 겐타로가 순사쿠의 존재를 눈치채서는 안 된다. 순식간에 그렇게 판단한 것이다.

순사쿠는 방송에서 자신의 이름을 부른다는 걸 전혀 알아채지 못하고, 갑작스레 벌어진 눈앞의 사태에 완전히 정신을 빼앗긴 상태였다.

"아즈마 씨, 지금 방송 들으셨습니까?"

시라토리가 조용히 속삭이자, 슌사쿠는 그제야 제정신을 차렸는지 시라토리의 얼굴을 보며 되물었다.

"네?"

"아까 그 직원도 아즈마 씨를 찾고 있는 모양입니다. 방금 안내 방송이 나왔는데, 마루노우치 북쪽 출구에서 기다리고 있다고 하네요. 잘 들으세요. 가와조에 겐타로가 당신을 발견하면 위험합니다. 녀석은 당신이 자기 폭탄을 가지고 있다고 생각하거든요. 가급적이면 몸을 숨기세요. 아까 그 직원이 봉투에 무엇이 들었는지 알아채도 곤란합니다. 아무것도 눈치채지 못하도록 실수였다고 둘러대고 봉투를 되찾아오세요."

시라토리가 담담하게 설명하자, 슌사쿠는 다소 긴장한 얼굴로 고개를 끄덕였다. 하지만 바로 곤혹스러운 표정으로 입을 열었다.

"하지만 그 아가씨 물건은 어쩌죠?"

두 사람은 광장 안에서 팔짱을 낀 채 서 있는 시즈쿠이시를 바라보았다. 다가미 유코의 물건인 쿠키 상자와 괌 여행 팸플릿은 아직도 그가 가지고 있었다. 하지만 그가 이쪽으로 다가와 물건을 건네는 것은 불가능했다.

"하는 수 없죠. 아무튼 지금은 그 종이봉투를 되찾는 게 우선입니다. 사정을 이야기하고 기다려달라고 해야죠. 그럼 갑시다."

두 사람은 몰래 그 자리를 떠나려 했다. 하지만 그 순간, 귀를 찢는 비명이 광장에 울려 퍼졌다. 그들은 흠칫 놀란 얼굴로 뒤를 돌아 봤다.

72

마리카는 자신에게 일어난 일을 제대로 파악하지 못했다.

어쩐지 아직도 오디션을 보고 있는 듯한 기분이었다. 누군가가 짝짝 손뼉을 치며 등장해서는, 처음부터 다시, 하고 말할 것 같았다.

하지만 주변에 얼어붙은 경찰들의 창백한 얼굴을 보고 있으려니 아무래도 지금 이 상황은 실제 상황인 것 같았다. 머리 한구석에서 서서히 그런 생각이 들었다.

아무래도, 아무래도, 무척 위험한 상황에 처한 것 같다!

조금씩 마음 한구석에서 초조함과 불안이 부풀어 올랐다. 불쾌한 기분이 온몸에 밀려든다.

내가 지금 '유괴'된 건가? 아냐, '유괴'는 몸값을 요구하는 거야. 이건 뭐라고 하지? 이 아저씨들, 나쁜 사람인가?

마리카는 최근에 본 형사 드라마의 내용을 필사적으로 떠올렸다.

이건 '인질극'이다. 단어를 떠올리고 마리카는 안도의 한숨을 쉬었다. 난 지금 '인질'이 된 거구나.

마리카는 주변에 있는 어른들의 모습을 가만히 둘러봤다. 모두 무서운 얼굴로 이쪽을 주목하고 있다. 서서히 공포가 밀려왔지만, 그래도 아직 실감이 나지 않았다.

천장이 높은 이 광장은 어딘지 모르게 극장을 연상시켰다. 실제로 여기서 콘서트가 열리기도 한다는 사실은 몰랐지만, 마리카는 돔 형태의 그 공간이 무대 같다고 생각했다.

난 주역이야. 주목받고 있어. 손님으로 가득 찬 간토극장은 이런 분위기일까? 마리카는 아직도 그런 태평한 생각을 하고 있었다.

하지만 자신에게 쏠린 주위 시선이 '앗' 하고 소리치듯 움직이는 것이 보였다. 그 순간, 뒤에서 누군가가 온몸으로 돌진해왔다.

마리카도, 마리카에게 칼을 들이대고 있던 남자도 모두 화들짝 놀랐지만, 곧이어 "이 꼬맹이가!" 하는 소리와 함께 실랑이를 벌이는 소리가 들렸다. 마리카는 뒤이어 들린 레이나의 신음을 듣고 돌진해온 사람이 레이나라는 사실을 깨달았다. 멀리서 광장을 포위하고 있던 경찰들은 순간 움직이려 했지만, 금세 다시 얼어붙었다.

조심스레 뒤를 돌아보니, 다른 남자에게 붙잡혀 발버둥 치는 레이나의 모습이 보였다.

마리카는 자신을 구하려 돌진한 레이나의 용기에 감탄했다. 한편으로는 '쳇, 단독 주역이었는데' 하는 아쉬운 마음과, 더는 혼자 무대에 서지 않아도 된다는 안도의 마음이 동시에 들어 기분이 묘했다.

무대는 다시 정적에 휩싸였다. 하지만 금세 누군가의 비명이 정적을 깨뜨렸다.

"레이나? 레이나니? 세상에, 레이나!"

쇳소리에 가까운 비명이 광장에 울려 퍼졌다. 마리카는 보지 않고도 그것이 레이나 엄마의 목소리라는 사실을 알아챘다. 아키코의 얼굴이 뇌리를 스쳤다. 오늘 저녁에 초밥은 먹을 수 있으려나. 마리카는 반사적으로 그렇게 생각했다.

73

세찬 빗줄기가 창문을 두드렸다.

그때까지 창문 너머로 보이던 빌딩 숲이 순식간에 이지러진 풍경으로 바뀌었다. 빗소리가 서서히 강해지더니 시간을 절단하듯 번개가 세상을 하얗게 물들였다.

하지만 호조 가즈미는 그 순간에도 컴퓨터 앞에 앉아 일사불란하게 움직이고 있었다. 이제 곧 온라인 시스템 마감 시간이다. 어쩌면 계약 내용을 입력하는 중에 끊겨버릴지도 모른다. 본사에서도 지사에서 컴퓨터를 사용하고 있다는 것을 알지만, 모두 끝날 때까지 기다리다간 끝이 없기 때문에 때때로 강제로 종료시키곤 했다.

벌써 피로감이 지사를 떠돌고 있었다. 모두 멍하니 창밖을 내다보며 시시각각 변하는 날씨를 어린아이처럼 지켜보았다.

좋아, 입력 완료. 이제는 송신만 하면 된다.

아주 잠깐 안도의 한숨을 내쉰 순간, 시야가 새하얗게 변했다.

새하얀 번개. 순간 모든 것이 정전됐다. 픽 하는 소리와 함께 화면이 새카맣게 변했다.

어? 심장이 덜컹 내려앉는다. 가즈미는 저도 모르게 몸을 내밀어 화면을 응시했다.

기나긴 침묵 뒤, 쿠쿠쿵 쾅! 무시무시한 낙뢰 소리가 울려 퍼졌다. 사무실 여기저기서 비명이 터져 나온다.

"으악!"

"바로 옆이야!"

"저기 떨어졌어."

주위의 웅성거림 따위는 가즈미의 귀에 들어오지 않았다. 눈앞에 새카만 화면이 보인다. 믿을 수 없다. 무서운 침묵이 흐른 뒤, 화면에 지지직거리며 선이 나타났다. 곧이어 화면 한가득 시스템다운을 알리는 에러 메시지가 나타났다.

"이 자식! 웃기지 마! 이 쓸모없는 자식아!"

가즈미는 그 메시지를 향해 무시무시한 얼굴로 소리쳤다.

74

"사람을 찾습니다. 사람을 찾습니다. 아사다 가요코 씨. 아사다 가요코 씨. 아, 잠깐만요. 이러시면 안 됩니다. 여기 들어오시면…….
앗, 마이크! 이러지 마세……."

끼익, 하는 귀에 거슬리는 소리와 함께 방송에서 비명이 터져 나왔다. 지나가던 사람들이 화들짝 놀란 얼굴로 걸음을 멈추고 방송에 귀를 기울였다.

갑자기 젊은 남자의 목소리가 흘러나왔다. "가요코? 가요코, 듣고 있지? 아직 근처에 있는 거 맞지? 내가 잘못했어. 용서해줘. 네가 그렇게까지 독한 마음을 먹고 있는 줄은 몰랐어. 많이 힘들었지? 내가 밉지? 네 마음을 생각하면 가슴이 찢어질 것 같아. 아, 난 왜 이렇게 나쁜 남자일까? (깊은 한숨 소리) 하지만, 하지만 가요코, 나도 나쁜 뜻으로 한 짓은 아니야. 정말 널 위해 떠나려 한 것뿐이라고. 경박한 난 우아하고 교양 있는 네가 무서웠어. 언젠가 너에게 맞추려 애쓰는 내 모습이 들통나면 네가 나를 떠날 것 같아서……(눈물을 삼키는 기척)."

사람들이 웅성거리며 서로 얼굴을 마주 보았다.

그 목소리는 처음엔 겁에 질려 있는 듯했지만, 이야기를 하다 보니 익숙해졌는지 차차 경쾌한 소리로 변해갔다. 통통 튀는 느낌이 상당히 매력적인 목소리였다. 발그레한 얼굴로 두 손을 모으고 경청하는 사람까지 있었다. 누구나 호기심 어린 얼굴로 방송에 귀를 기울였다.

"가요코, 돌아와줘. 제발 한 번만 더 이야기할 기회를 줘. 이런 식으로 헤어지긴 싫어. 오해를, 묵은 감정을 풀어버리고 편해지고 싶어. 서로의 마음이 엇갈렸다는 걸 확인하고 싶어. 그러니 부디 내 말을 들어줘. 처음부터 우리가 이랬던 건 아니잖아. 서로를 배려하며 행복한 시간을 보낸 거 기억하지? 아, 그 아름다운 날들이 그리워. 예스터데이 원스 모어. 생각나? 이렇게 다른데도 함께 있으면 즐겁다며 웃었잖아. 아, 기억났어. 두 번째 만났던 날이었지. 둘이서 마루노우치 거리를 걸으며 일본의 미래에 대해 이야기를 나눴잖아. 그러다 네가 렌즈를 떨어뜨려서 둘이서 함께 찾았지. 거기야! 그래, 추억의 장소에서 기다리고 있을게. 제발 돌아와줘. 날 믿어줘. 나……."

남자의 목소리는 거기서 뚝 끊겼다. 그리고 마이크가 지지직거리는 소리와 함께 실랑이를 벌이는 소리가 들렸다. 아무래도 마이크를 놓고 싸우는 모양이다.

"이러시면 곤란합니다! 이건 개인 방송이 아니라고요."

"뭐, 어때요? 불쌍한 사람 돕는 셈 치세요. 가요코, 가요코, 듣고 있니(눈물 젖은 목소리)?"

남자의 목소리가 커졌다 작아진다.

"이보세요!"

"계속 이러시면 경찰 부를 겁니다!"

당황한 역무원의 목소리가 그대로 방송을 타고 흘러나왔다.

75

미에는 황당함을 넘어 기가 막혔다.

예스터데이 원스 모어? 일본의 미래? 웃기고 있네. 너 같은 놈한테 걱정을 다 받고, 이 나라도 이제 곧 망하려나 보다.

직접 옛정에 호소하라고 조언하긴 했지만 대체 무슨 낯짝으로 저런 역겨운 소리를 내뱉는 건지. 처음에는 두 번 다시 가요코와 만나고 싶지 않은 듯 벌벌 떨더니, 마이크를 잡자마자 저 모양 저 꼴이다. 아무래도 이야기하는 도중에 자기 대사에 취한 것 같다.

저 자식, 허언증 있는 거 아냐? 단순히 남들의 주목을 받고 싶은 건가?

마사히로는 황홀한 표정으로 마이크를 향해 열변을 토하고 있었다. 완벽히 자아도취에 빠진 것 같다. '자신을 오해하는 연인에게 진심을 토로하며 돌아올 것을 호소하는 남자'라는 배역에 취해 있는 것이다. 미에는 이 극도의 착각과 자기 연출이(요컨대 사기다) 마사히로란 남자의 장점이자 단점이라는 사실을 지금 이 순간 생생히 목격했다.

이제 저 녀석하고는 얽히지 말아야겠다.

미에는 방송실에서 마사히로를 끌어내리려고 격투를 벌이는 역무원들의 모습을 보며 고단한 마음으로 그런 생각을 했다. 그녀의 손에는 마사히로가 잠깐 맡아달라며 건넨 가요코의 물건, 도라야의 봉투가 들려 있었다.

정말, 내가 왜 이런 일에 말려들어야 하냐고.

미에는 될 대로 되라는 심정으로 짜증스레 봉투를 쿡 찔렀다.

76

"우아, 저 사람 대담한데."

"듣는 내가 다 부끄럽다."

"어떻게 저런 말을 술술 내뱉을 수 있지?"

"그러니까 저렇게 문제를 일으키지."

자아도취에 가득 찬 마사히로의 방송을 들으며 하루나 일행은 하나둘 불평을 내뱉었다.

"쉿, 조용히 해요."

구미코의 일갈에 일동은 입을 다물었다. 그녀에게는 마사히로의 목소리도 들리지 않는 모양이다.

"이쪽이에요."

그녀는 여전히 온 신경을 집중한 채 성큼성큼 일행을 인도했다.

"어라?"

구미코가 향하는 방향을 본 다른 네 사람은 고개를 갸웃거렸다.

어느샌가 일행은 야에스 방면으로 나와 있었다. 구미코는 가방에서 접이식 우산을 꺼냈다. 아무래도 밖으로 나가려나 보다. 빗줄기는 그쳤다 내렸다를 반복하고 있었다. 처음에는 다들 바깥으로 나가는 걸 꺼렸지만 단념한 얼굴로 차례차례 우산을 꺼냈다.

"어디로 가는 거지?"

"이쪽은 긴자 방향 아냐?"

서로 쑥덕대긴 했지만 구미코에게 직접 질문을 던지는 사람은 없었다. 하지만 구미코는 금세 모퉁이를 돌아 다시 도쿄역의 윤곽을 좇듯 마루노우치 방향으로 걷기 시작했다.

"마루노우치 쪽으로 가려는 건가?" 하루나가 중얼거렸다.

구미코는 상반신은 미동도 하지 않은 채 무엇에 홀린 사람처럼 걸음을 옮겼다. 그 모습을 보던 세 사람은 점점 오싹함을 느꼈다.

"이분, 정말 괜찮은 건가?"

"혹시 하루 종일 여기저기 끌려 다니는 거 아냐?"

"필립 크레이븐한테 물어봐."

"뭐라고 물어보라는 거야."

세 학생은 서로 수군덕댔다. 필립 크레이븐은 즐거운 얼굴로 구미코를 뒤따라가고 있었다.

"소용없겠는데?"

학생들은 한숨을 쉬었다.

"하지만 밖으로 나왔다는 건 내 쪽에 가능성이 있다는 말인가?"

다다시는 여유를 보이며 힐끔 하루나를 보았다.

하루나는 발끈하며 말했다. "어머, 그걸 어떻게 알아. 이제 다시 역으로 돌아갈지 누가 아냐고?"

두 사람은 끈질기게 경쟁의식을 내비쳤다.

구미코는 뒤에서 들리는 잡담에는 신경도 쓰지 않은 채 다시 오른쪽으로 돌았다. 노란 하토버스가 줄지어 늘어서 있다.

"봐, 다시 마루노우치 방면 입구로 돌아왔잖아." 하루나는 안도한 듯한 목소리로 말했다.

"원점으로 돌아왔군." 가바야는 진절머리 난다는 듯 중얼거렸다.

"뭔가 소란스럽지 않아?" 하루나가 귀를 기울이며 말했다.

"그러고 보니…… 윽, 뭐야? 경찰차가 쫙 깔렸잖아?"

"무슨 일이 있나?"

"쉿!"

구미코는 큰 소리로 떠드는 학생들을 향해 일갈을 날렸다. 세 사람은 즉시 입을 다물었다.

"다 왔어요."

구미코는 긴 눈을 움직이며 천천히 주변을 둘러봤다. 다른 네 사람은 대체 무슨 소리를 하는 것인지 전혀 짐작조차 하지 못했다.

불편한 침묵이 깔린다. 비 내리는 거리에 이렇게 다섯 명이 함께 서 있으니 뭔가 얼빠진 녀석들 같다.

구미코는 조금 전처럼 손바닥을 들고 이쪽저쪽을 향해 움직였다. 어떻게 보면 태극권 동작처럼 보이기도 한다.

하지만 이내 갑자기 동작을 멈췄다. 네 사람은 구미코의 손바닥을 뚫어져라 바라봤다.

"이 근처예요."

구미코는 왼편에 있는 건물을 바라보더니 가만히 고개를 들었다. 다른 네 사람은 구미코의 시선을 따라 위를 올려다보았다.

그곳에 있는 건 도쿄중앙우체국이었다.

77

지사의 전화벨이 요란하게 울리기 시작했다. 온라인이 끊기는 통에 각종 업무를 처리하던 지부에서 문의 전화가 빗발치는 것이다.

"호조 선배, 사가미하라 본사 계약과에서 전화 왔어요. 지금 복구 중이니까 다운되었을 때 입력하던 내용을 다시 한번 입력해달래요."

"시간은 연장해준대?" 가즈미는 날카로운 목소리로 물었다.

시스템이 다운되었을 때 전국 각지에서 수많은 사람이 접속해 입력하고 있었을 테니 분명히 시스템 작동 시간을 연장해줄 것이다.

"30분 연장해준대요."

"좋았어!"

가즈미는 파이팅 포즈를 취했다. 힐끗 시계를 본다. 이걸로 입력은 걱정하지 않아도 된다. 문제는 계약서를 싣고 떠나는 버스다.

78

　다가미 유코는 애간장을 졸이며 아즈마 순사쿠가 나타나기만을 기다렸다.

　역시 그 할아버지는 도쿄역에 없는 걸까. 내 쿠키는 어떻게 됐을까. 설마 다 먹어치운 건 아니겠지?

　할아버지들이 자신이 제일 좋아하는 쿠키를 먹는 모습을 상상하니 분해서 견딜 수가 없었다. 아아, 모처럼 운 좋게 살 수 있었는데. 한번 손에 들어왔던 걸 놓쳤다고 생각하니 억울해죽을 것 같았다. 그와 동시에 배에서 꼬르륵 소리가 났다. 조금 전부터 이곳저곳 돌아다녔으니 이상할 것도 없지만.

　그 순간, 저 멀리에서 낯익은 가냘픈 그림자가 눈에 들어왔다.

　유코의 심장이 쿵쾅거렸다.

　아즈마 순사쿠 할아버지다! 게다가 친구분도 함께 계시네. 다행이다, 역시 아직 이곳에 계셨구나. 안내 방송을 들으셨나 보다!

　유코는 기쁜 마음에 손을 흔들었다. 하지만 일말의 불안이 머릿속을 스쳐 지나갔다. 그들의 손이 비어 있었기 때문이다.

　어라, 내 쿠키는?

　"아가씨, 미안해요. 일부러 방송까지 하게 해서." 유코의 모습을 확인한 순사쿠는 조금 떨어진 곳에서 고개를 숙였다.

　"아니, 괜찮아요. 제가 모르고 그냥 간 건데요, 뭘."

유코는 불안한 마음을 억누르며 환한 미소로 그를 맞이했다.

내 쿠키는?

기묘한 침묵이 흐른다. 기분 탓인지 유코는 두 노인이 자신이 들고 있는 도라야 봉투를 보는 것 같다는 느낌을 받았다.

"아가씨, 그때 주운 봉투가 그거죠? 미안하지만 나한테 주겠어요? 우리가 처분할 테니."

순사쿠와 함께 나타난 노인이 자연스러운 어조로 유코가 든 봉투를 가리키며 말했다.

"네? 아, 네. 이거 말이죠? 그렇게 해주실래요? 이거 그 남자 거죠? 저도 곤란하던 참이었거든요. 버리지도 못하고. 버릴까 했는데 오늘따라 쓰레기통도 안 보이네요."

유코는 생긋 영업용 미소를 지으며 순사쿠에게 종이봉투를 건넸다. 그 순간, 함께 온 노인이 봉투를 낚아채 유코는 희미하게 위화감을 느꼈다.

"아, 이거네요. 맞아요."

순사쿠는 안도한 듯 기묘한 표정으로 고개를 끄덕였다. 옆에 있는 노인은 어째서인지 종이봉투를 살며시 옆구리에 꼈다.

그렇게 중요한 물건이었나? 더러운 봉투 같아서 버릴까 했는데. 그런 생각을 한 게 미안해졌다. 유코는 살짝 반성했다.

"저기, 그런데 제 물건은요?"

두 사람은 머쓱한 얼굴로 서로를 마주 보았다.

순사쿠의 일행은 미안하다는 듯 말을 꺼냈다. "실은 예상치 못한 사태가 일어나는 바람에……."

"예상치 못한 사태라뇨?"

익숙하지 않은 단어에 유코는 화들짝 놀랐다.

79

가요코는 비틀거리는 걸음으로 역 안을 걸었다. 하지만 조금 전과는 달리 이번에는 억누를 수 없는 흥분과 환희에 찬 표정으로 신이 나 있었다.

마사히로의 방송을 들은 것이다.

그의 목소리는 스피커를 통해서도 바로 알 수 있었다. 감정에 휩쓸려 이성을 잃고 있었는데도 몸이 즉시 반응했다.

마사히로다! 그의 목소리를 들은 가요코는 마음이 움직이는 것을 느꼈다. 더구나 그의 방송 내용은 그녀가 바라 마지않던 말들의 나열이었다. 마음이 서서히 장밋빛으로 물들어갔다. 가요코는 설레는 마음으로 그 말을 가슴에 새겼다.

정말, 그런 느끼한 소리를 잘도 한다니까. 말은 청산유수야. 언제나 그랬다. 그 열기 어린 기분 좋은 말을 듣고 있으면 뭐든지 용서할 수 있을 것 같았다. 그 진지한 눈동자를 보고 있을 땐 아무 생각도 들지 않았다. 잠깐만, 가요코. 넌 또 같은 실수를 되풀이할 셈이니? 이런 뻔한 립 서비스에 속으면 어쩌자는 거야!

마음속에서 경고의 목소리가 울려 퍼졌다.

하지만 한편으로는 그를 향해 두 팔을 활짝 펴고 달려들고 싶기도 했다. 천하의 마사히로가 이렇게 사람 많은 곳에서 그런 방송을 하다니! 역시 그를 믿어야 하지 않을까? 남들 앞에서 역무원을 물리치고 직접 방송할 용기가 있는 남자는 그리 흔치 않다. 가요코는 황홀한 기분으로 마사히로의 말 한마디 한마디를 마음속으로 반복하며 되새겼다.

그래, 우리는 그날 이 나라의 미래에 대해 이야기했다. 두 번째 데이트. 마침 추가경정예산안이 심의를 통과했을 때였어.

가요코는 열성적인 국회 중계방송 마니아였다. 국회 중계방송은 하나도 빠짐없이 녹화해서 세세하게 메모해가며 시청한다. 정말 멋진 취미야, 언빌리버블! 감탄을 금치 못하던 마사히로의 모습을 기분 좋게 떠올렸다.

그래, 정신없이 소비세의 용도에 대해 이야기하다 뭔가에 걸려 넘어졌어. 그 바람에 그와 만나기 위해 새로 맞춘 렌즈가 빠졌지. 눈을 너무 깜빡였거든. 그는 열심히 렌즈를 찾아줬어. 그러는 중에 서로 손이 닿았지.

가요코는 황홀한 표정으로 비틀비틀 걸음을 옮겼다.

그곳에 가야 해. 우리의 추억의 장소에.

그녀는 흥분한 나머지, 자신이 캡슐을 삼켰다는 사실을 완전히 잊고 있었다.

80

"레이나, 설마 레이나한테 무슨 일이 일어나진 않겠죠? 반드시 구해줄 거죠? 외동딸이란 말이에요. 경찰은 왜 이렇게 무능한 거냐고요! 저런 어린 여자아이 하나 구출하지 못하다니. 고소할 거예요. 고소해버릴 거예요. 언론 쪽에 굉장한 사람들을 많이 안다고요."

"어머님, 진정하세요. 이런 말씀드리기 뭐하지만, 녀석들은 프로입니다. 발끈해서 아이를 다치게 하는 일은 없을 겁니다. 녀석들에게는 다른 목적이 있으니, 조만간 교섭 조건을 제시할 겁니다. 지금은 조금만 참고 기다려주세요. 저희를 믿으세요."

갑자기 화를 냈다 울음을 터뜨렸다 하는 레이나의 엄마를 달래기 위해 경찰들은 진땀을 뺐다.

경시청에서 나온 충원 병력이 하나둘 꼬리를 물고 나타났다. 은빛 방패를 든 기동대가 광장 주변을 둘러싸고 있다. 남쪽 개찰구는 봉쇄되었고, 안전선이 설치된 안쪽에는 경찰이 배치되었다.

마루노우치 남쪽 출구 중앙광장에는 삼면이 유리로 된 자그마한 카페가 있다. 주로 혼자 온 손님이 많이 찾는, 사람들의 출입이 잦은 카페다.

두 아이를 인질로 삼은 테러리스트들은 그 카페에 있던 손님과 종업원들을 내쫓고 안에서 인질극을 벌였다. 카운터 안쪽에 진을 친 듯, 바깥에서는 모습이 보이지 않았다. 숨 막히는 공기가 광장을 지배했다.

"아아, 레이나. 레이나. 왜 이런 일이! 가엾은 것, 왜 내 딸이 이런 일을 당해야 하는 거냐고!"

레이나의 엄마는 엉엉 울기 시작했다. 조금 전 비명을 지르며 광장에 나타났을 때부터 줄곧 이 모양이다. 처음에는 정중하게 대응한 경찰들도 서서히 상대 못 하겠다는 표정을 짓는다.

레이나 엄마 옆에서 얼어붙은 듯 꿈쩍도 하지 않는 여자의 모습이 보였다. 아키코였다. 경찰들은 오히려 아무 반응도 보이지 않는 아키코가 걱정되었다.

아키코는 눈앞에서 일어난 사태를 부인하고 있는 것 같았다.

말도 안 돼. 어떻게 이런 일이 일어나지? 바로 조금 전까지, 그래, 바로 30분 전까지 구름 위를 나는 기분이었는데. 마리카가 오디션에 합격해서 남편에게 알려주고, 친구에게 전화하고, 이렇게 기분 좋은 날은 정말 오랜만이었는데.

내가 괜히 촐싹대서 구두 굽을 부러뜨리는 바람에.

조금 전부터 아키코는 계속 그 생각을 되풀이하고 있었다.

바보같이 촐싹대서 이렇게 된 것이다. 굽을 부러뜨리고 도쿄역까지 고치러 올 생각만 안 했어도 마리카가 이런 일을 당하지는 않았을 텐데. 나 때문이야. 나 때문이야.

아키코의 머릿속에서는 그 말이 몇 번이고 울려 퍼졌다.

내가 출싹대는 바람에 마리카가.

마리카의 목에 칼을 들이대고 있는 남자를 본 순간, 하늘이 무너지고 땅이 꺼지면서 세상이 흔들린 것 같은 충격이 온몸을 지배했다. 아키코는 계속 그 순간에 붙잡혀 있었다.

거짓말이야. 누가 거짓말이라고 해줘요. 저 좁은 카운터 너머에 있는 게 우리 딸이 아니라고 말해줘요.

"어머니, 괜찮으세요? 물 좀 드실래요?"

초점이 맞지 않는 아키코의 멍한 눈을 본 경찰이 걱정스레 말을 걸었다. 그 목소리를 들은 레이나의 엄마가 사납게 뒤를 돌아본다.

"댁네 마리카 때문이에요. 마리카가 우리 레이나를 꾀어서 이런 데까지 데려왔잖아요. 우리 딸 배역을 빼앗더니, 이제 이런 일에까지 말려들게 해요?"

레이나의 엄마는 계속 책임을 전가할 사람을 찾고 있었다. 그리고 그 칼끝은 아키코와 마리카에게 겨누어졌다. 끝없이 통화만 하느라 딸을 내버려둔 일이며, 앵무새처럼 상대에게 욕설을 퍼부으며 딸을 힘들게 한 일 등은 전혀 안중에도 없는 것 같았다.

아키코는 그 와중에도 아무 반응도 보이지 않은 채, 넋 나간 사람처럼 허공을 바라보았다. 맞아, 어떻게 잡은 기회인데. 마리카가 얼마나 고생했는데. 얼마나 좋아했는데. 내가 촐싹대다……

아키코의 눈가에 그렁그렁 눈물이 맺혔다.

혹시 이제껏 마리카의 운을 내가 다 엉망으로 만든 게 아닐까. 항상 열심히 하라며 마리카를 토닥였지만, 사실 내 태도 때문에 마리카가 오디션에서 실력 발휘를 못 한 게 아닐까?

생각하면 할수록 어두운 나락으로 떨어지는 것 같았다.

마리카는 한 번도 내게 뭐라고 하지 않았어. 이제 하기 싫어. 그만두고 싶어. 그런 우는소리도 한 적 없었어. 떨어질 때마다 실망한 건 오히려 나였어. 난 괜찮아, 별일 아냐, 그렇게 말했지만 내가 누구보다 실망한 걸 마리카가 제일 잘 알았을 거야. 하지만 마리카는 엄마를 기쁘게 해주기 위해 주말마다 좋아하는 텔레비전도 게임도 모두 포기하고 끊임없이 오디션에 도전했어.

"뭐라고 말 좀 해봐! 당신 딸 때문이니까 당신이 데려오라고!"

레이나의 엄마는 침을 튀겨가며 아키코를 몰아세웠다.

경찰들은 황급히 아키코한테서 그녀를 떼어내려 했지만, 원체 풍채가 좋은 데다 흥분까지 한 상태라 좀처럼 떼어낼 수가 없었다. 젊은 경찰 두 명이 달라붙어서야 겨우 떼어냈지만, 그 와중에 뒤로 발라당 넘어진 레이나 엄마 밑에 깔리고 말았다.

아키코는 살짝 얼굴을 찡그렸다. 그러곤 양손으로 얼굴을 감싸고 조용히 어깨를 떨며 울음을 터뜨렸다.

경찰들도 너무나 비통한 그녀의 모습에 아무 말도 하지 못했다.

81

마리카와 레이나는 카운터 뒤쪽 구석에서 무릎을 안은 채 움츠리고 있었다. 거기서 가만히 있으라는 명령을 받았기 때문이다.

남자들 셋은 머리를 맞대고 수군거렸다. 상당히 진지한 표정으로 이야기에 열중했기 때문에 두 소녀가 조용히 이야기를 나누고 있는 것도 모르는 것 같았다.

"레이나, 괜찮아?"

"응, 괜찮아.

"몰래 도망치지 그랬어? 그럼 인질로 잡힐 일도 없었을 텐데."

"하지만 마리카, 널 버리고 도망칠 순 없었어."

"미안해. 내가 괜한 소리를 해서."

"아냐. 오히려 내가 너한테 얼른 라이터를 돌려주라고 했잖아."

두 소녀는 자신들이 지극히 침착하다는 것을 알고 있었다.

괜찮아. 우리는 괜찮을 거야. 신기하게도 근거 없는 자신감과 연대감이 솟아오르는 것이 느껴졌다.

"그리고 말이야." 레이나는 활짝 웃었다. "모처럼 눈에 띌 수 있는 기회인데 마리카에게 빼앗길 수 없다고 생각했어."

마리카도 웃음으로 응수했다. "그럴 줄 알았어. 나도 '쳇, 단독 주역이었는데' 하는 생각을 했거든."

두 소녀는 시선을 교환하며 서로의 마음속에 존재하는 신뢰감을 확인했다.

응. 우리 둘은 언제나 경쟁하고 있으니까. 절대 지지 않아.

"어떻게 하지? 어쩐지 일이 커져버린 것 같아. 오늘 안에 집에 갈 수 있을까?"

마리카는 살짝 고개를 들어 카운터 바깥의 상황을 살피려 했지만, 광장 벽만 보일 뿐 다른 것은 눈에 들어오지 않았다.

"경찰 아저씨가 저렇게 많으니까 이 사람들도 쉽게 밖으로 나갈 순 없을 거야. 경찰들이 여기를 공격하지 못하는 건 우리 때문이고. 그러니까 이 사람들도 여기서 도망치기 위해서 우리를 다치게 하지는 않을 거야." 레이나는 담담하게 중얼거렸다.

마리카는 새삼 레이나의 배짱과 냉정함에 감탄했다.

"어떻게 나가려는 거지? 아까 봤을 때도 경찰 아저씨들이 쫙 깔렸던데. 지금은 아까보다 사람도 많아져서, 나가려면 꽤 고생할 것 같아. 계속 여기 있기 싫은데."

마리카는 저녁에 먹기로 한 초밥을 포기하지 못하고 끈질기게 생각하고 있었다. 아빠도 이 소식을 들었을까? 많이 놀랐겠지? 조금 전까지만 해도 뛸 듯이 기뻐하며 퇴근할 채비를 서둘렀을 텐데.

레이나는 물끄러미 바닥을 바라보며 뭔가 생각에 잠겨 있었다.

"마리카." 레이나는 진지한 표정으로 마리카의 얼굴을 보았다. "우리가 어리긴 하지만 프로 연기자잖아?"

"그래, 그렇지."

마리카는 레이나가 하는 말의 속뜻을 가늠할 수 없었다.

"잘 들어. 우린 지금부터 연기를 할 거야. 어른들이 속아 넘어갈 정도로 감쪽같은 연기를. 마리카, 할 수 있지?"

결의에 찬 레이나의 검은 눈동자를 본 마리카는 저도 모르게 반사적으로 고개를 끄덕였다.

82

'텔레비전 아사다'란 붉은 글자가 적힌 하얀 밴이 천천히 다가와 인적 드문 도쿄중앙우체국 옆 도로에 정차했다.

둔탁한 소리를 내며 문이 열리자, 안에서 폴로셔츠에 비옷을 걸친 스태프들이 하나둘 뛰어나왔다. 빗줄기가 많이 약해지긴 했지만 아스팔트 도로 위 물구덩이를 밟는, 혀를 차는 듯한 소리가 울려 퍼졌다. 그들의 행동은 민첩했고, 각자의 손에는 카메라와 조명, 마이크가 들려 있었다.

"아직 이 근처는 조용하네요."

"딴 방송국에서는 아직 안 왔나 본데?"

"도쿄역에서 인질극을 벌이고 있다는 건 확실한 정보겠지?"

초로의 앵커는 희끗한 긴 머리를 쓸어 올리더니, 스태프가 내민 거울로 넥타이를 고쳐 매며 젊은 스태프를 매섭게 노려봤다. 텔레비전 뉴스에 고정 코너를 가지고 있는 낯익은 얼굴, 미야코시 신이치로였다. 젊은 여자 스태프는 그가 얼굴을 돌릴 때마다 따라 움직이며 능숙하게 파운데이션을 발랐다.

"그런 제보가 동시에 여럿 들어왔으니까 확실할 겁니다."

미야코시의 시선을 받고 불안해졌는지 수염 난 스태프는 반사적으로 어깨를 움츠렸다.

"아, 저기 봐. 저쪽이야. 경찰차가 쫙 깔렸어!"

"정말이네."

스태프들이 반쯤 안도한 듯한 목소리로 외치자, 미야코시 역시 허리를 펴고 프로의 자세를 취했다.

"좋아, 가자. 카메라 돌려."

미야코시는 와이셔츠 소매를 걷으며 마이크를 쥐고는 빠른 속도로 걸음을 옮겼다. 스태프들도 황급히 뒤를 따른다. 미야코시는 입 안으로 뭐라고 중얼거렸다. 어떻게 방송할 것인지 머릿속으로 예습하고 있는 것이다. 빠르게 걷던 그는 긴박한 표정으로 카메라를 뒤돌아보며 첫마디를 내뱉었다.

"저는 지금 도쿄역에 나와 있습니다. 세 남자가 지나가던 사람을 인질로 잡고 인질극을 벌이고 있는 현장입니다."

현장 앞에 서 있는 것보다 이러는 편이 그 자리의 분위기를 생생하게 전할 수 있다. 그 나름의 연출법이었다. 텔레비전 화면의 오른쪽 절반을 그의 얼굴이 차지하고, 나머지 절반에는 경찰차 경광등을 내보낼 것이다.

"바로 조금 전까지 세찬 빗줄기가 쏟아졌습니다. 열섬 현상으로 인해 도쿄 도심에는 최근 이러한 아열대성 집중호우가 늘면서 생각지도 못한 피해가 속출하고 있습니다. 도시계획 등 근본적으로 수해 대책을 다시 한번 되돌아보는 것이 시급합니다."

미야코시는 잠시 말을 끊었다. 일견 상관없어 보이는 도입부. 그 의외성으로 시청자들을 사로잡는 것이다.

"그리고 지금 도쿄에 또다시 새로운 위기관리 능력이 요구되고 있습니다."

미야코시는 심각한 표정에 한층 더 힘을 줬다. 주름투성이 얼굴에 큰 주름이 새겨지고, 가느다란 눈은 온데간데없이 사라진다.

"여느 때처럼 평범한 저녁의 도쿄역입니다. 이곳은 일본 경제를 지탱하는 도민들의, 아니, 수도권의 대동맥입니다. 갑작스레 나타난 악의가 그 대동맥을 덮친 것입니다. 보십시오, 지금 마루노우치 남쪽 개찰구가 봉쇄되었고, 수많은 경찰대원이 주변을 포위하고 있습니다. 사건 발생으로부터 벌써 한 시간이 흘렀지만 경찰과 범인들은 아직도 대치 중입니다. 일본에도 미국처럼 SWAT 같은 특수기동대를 창설해야 한다는 의견이 이전부터 제기되어왔습니다. 그 원형을 만들 준비가 한창 진행되고 있지만, 지금 이렇게 무고한 시민이 끔찍한 사건에 말려들고 말았습니다. 날이 갈수록 가까운 곳에서 발생하여 더욱 흉악해지고 있는 작금의 범죄에 대처하기 위해서는 실전에 기초한 대책 마련이 시급합니다."

미야코시는 무게감 있는 어조로 카메라를 응시했다.

그 순간, 그의 뒤를 연이어 지나가는 한 무리의 사람들이 화면에 나타났다. 스태프들의 놀란 표정을 본 미야코시는 뒤를 돌아봤다.

젊은 남녀 다섯 명. 그중 한 명은 덩치 큰 외국인이다. 그들은 미야코시 일행이 뉴스 중계를 하고 있는 걸 전혀 모르는지 제각기 뭐라고 외치고 있다.

"도쿄중앙우체국이 어쨌다는 거예요?"

"여기 그 여자가 있는 겁니까?"

"안 보이는데요."

"경찰이 왜 이렇게 많지?"

"중요 인사를 경호하는 건가? 누구 유명한 사람이라도 왔나?"

미야코시는 계속 각도를 바꾸며 경찰차와 경찰들을 화면에 담으려 했지만, 태평하게 얼굴을 마주 보고 있는 다섯 명 때문에 마음대로 되지 않았다.

"이봐, 자네들. 지금 중계하고 있는 거 안 보이나? 좀 비켜주게."

참다못한 미야코시가 팔짱을 끼고 말하자, 그제야 그들은 중계차의 존재를 눈치챈 것 같았다. 그 즉시 환호성을 지르며 미야코시를 둘러싼다. 화면 한가득 미야코시와 그들의 얼굴이 클로즈업된다.

"미야코시 신이치로다!"

"진짜네? 생각보다 작은데?"

"텔레비전이랑 똑같아. 당연한 소리지만."

"필립, 히 이즈 페이머스 티비 앵커."

"안녀엉하세요. 〈나이트메어 4〉를 많이 사랑해주세요오."

"제발 부탁이니까 카메라 뒤로 가라고!"

카메라맨이 비명을 지른다. 미야코시에게 악수를 청하는 학생들과 스태프들이 옥신각신 실랑이를 벌였다.

"조용! 정신 사나워!"

요즘은 보기 드문 긴 머리의 여성이 내지른 일갈에 모두 동작을 멈췄다. 구미코는 도로 한가운데에 가만히 서서 눈을 감고 의식을 집중하고 있었다.

카메라맨이 울상을 지었다. 카메라를 어디로 돌려도 팔짱을 낀 그녀가 한가운데에 자리하기 때문이었다.

"저기, 부탁이니까 저쪽으로 비켜주면 안 되겠……."

"시끄러워! 정신 사납게 하지 말라고 했잖아!"

무시무시한 그녀의 박력에 피디도 부들부들 떨었다. 카메라맨은 황급히 정차하고 있는 하토버스 쪽으로 카메라를 돌렸다. 입을 헤벌리고 졸던 운전사가 클로즈업된다.

"이상하네. 안이 아냐. 이 기는 우체국 바깥에 있어. 이상하네. 어딘가에서 강한 기가 느껴지는데."

구미코는 짜증스러운 얼굴로 주변을 둘러보았다. 이제 완전히 자신의 세계에 빠져든 것 같았다.

"이 사람, 영능력자 같은 건가요? 설마 댁들도 방송국에서 나온 거요? 타 방송국 특별 방송?" 미야코시는 의문스러운 표정으로 가바야를 향해 물었다.

"삼각관계 때문에 자포자기에 빠진 여자가 약을 먹고 도망쳤어요. 저희는 그 여자를 쫓는 중이고요."

"자네들 친구인가?"

"아뇨, 모르는 사람입니다."

"모르는 사람이라고? 그런데 이 사람은 누구요? 이 외국인 말이야. 아는 사이요?"

"음, 그게……. 이 사람은 필립 크레이븐이라는 미국 영화감독이고, 저 여자분은 배급사 직원인가 봐요. 저희는 학생인데, 차기 회장을 정하기 위해 아침 일찍 나왔다가 우연히 이 두 사람과 호텔에서 만난 겁니다."

가바야의 설명은 미야코시를 더더욱 혼란에 빠뜨렸다. 그 순간, 스태프 중 한 명이 긴장한 얼굴로 메모를 들고 달려왔다. 건네받은 메모를 본 미야코시의 안색이 달라졌다. 그는 한층 더 긴장된 표정으로 카메라 앞에 섰다. 주변에 있던 사람들은 그 메모를 훔쳐봤다.

"지금 막 새로 들어온 정보입니다. 인질로 잡힌 것은 근처를 지나가던 초등학생 소녀 두 명이라고 합니다. 인질은 어린아이 둘입니다. 그리고 인질극을 벌이고 있는 범인들은 삼인조입니다. 삼인조 범인입니다. 칼로 아이들을 위협하고 있다고 합니다."

미야코시의 표정이 점점 더 심각해진다.

"범인들은, 범인들은 아무래도 지명수배 중인 과격 테러리스트 같습니다. 그 가운데에는 1970년대 일본을 떠들썩하게 만든 연쇄 기업 폭파사건의 범인도 포함되어 있다고 합니다. 폭발물로 추정되는 물건을 가지고 있다는 미확인 정보도 들어왔습니다. 폭발물을 가지고 인질극을 벌이고 있다는 제보가 들어왔습니다."

미야코시는 무심코 혼잣말을 흘렸다.

"이 녀석들, 얼룩꾼이야. 이거 엄청난 일이 벌어졌는데?"

83

호조 가즈미는 힐끔 시계를 봤다.

오후 5시가 지났다. 야에스 지사에서 도쿄 본사로 보내는 서류는 이미 발송이 끝난 터라, 마지막으로 들어온 이 계약서 관련 서류는 따로 봉투를 만들어 직접 도쿄 본사로 들고 찾아가 사가미하라 본사로 향하는 버스에 실어야 한다.

입금 처리, 온라인 입력 처리, 승인도 끝났으니 이제 남은 건 서류를 본사로 보내는 것뿐이다. 이제껏 속이 타들어갔지만 여기까지 온 이상 안심이다. 사가미하라 본사로 향하는 버스는 6시 15분에 떠난다. 여기서 도쿄 본사까지 자전거로 5분. 이번에야말로 자신 있게 괜찮다고 말할 수 있다.

가즈미는 비닐 봉투에 든 계약서를 다시 한번 확인한 다음, 계약부 부장과 담당자 앞으로 재빨리 편지를 써서 함께 넣었다. 그리고 매직펜으로 커다랗게 '사가미하라 본사 계약부 계약과 앞'이라고 쓴 봉투에 내용물을 넣고 테이프로 붙였다.

거기까지 일을 마치고 한숨 돌리던 가즈미는 불현듯 다가미 유코가 아직도 돌아오지 않았다는 사실을 깨달았다. 그러고 보니 나간 지 한참 됐는데. 땡땡이칠 아이가 아닌데 어떻게 된 거지? 설마 사고라도 당한 건 아니겠지?

그녀는 가만히 '외출'이라고 적혀 있는 유코의 근무표를 보았다. 2시 15분경에 돌아온다고 적혀 있었지만 이미 시간이 한참 지났다.

아, 비 때문인가.

가즈미는 그런 생각을 하며 수긍했다.

조금 전에 엄청나게 쏟아졌지. 우산도 안 들고 나갔고.

"모리카와!"

가즈미는 낭랑한 목소리로 멀찍이 떨어진 곳에서 안도의 한숨을 내쉬고 있는 모리카와 야스오를 불렀다. 멀리서 보기에도 코르셋을 입은 듯 야스오의 온몸이 굳어졌다. 가즈미는 정체 모를 만족감을 느꼈다.

"도쿄 본사에 다녀와. 전속력으로. 지금쯤 사가미하라 본사로 가는 버스가 본사에 도착할 무렵이니까 직접 운전사에게 전해주고

와. 서류를 넣어두는 바구니에 넣는 데까지 지켜봐야 해. 알겠지? 누카가 부장님이 목숨을 걸고 가져오신 계약서야. 우리 지사 7월 실적이 이 봉투 하나에 걸려 있다는 걸 명심해. 만에 하나 봉투를 전달하지 못할 경우, 어떻게 되는지 알지?"

가즈미는 서서히 압박을 가했다. 구석 소파에서 쉬고 있던 누카가 요시히토는 차를 마시며 고개를 끄덕였다. 모두의 시선이 자신을 향하고 있다는 걸 알아챈 야스오의 몸은 이미 뻣뻣해져 있었다.

"자, 다녀와. 차 조심하고."

야스오는 봉투를 품에 안고 창백한 얼굴로 밖으로 뛰어나갔다.

84

"상황이 좋지 않아."

이어폰으로 소형 라디오에서 흘러나오는 아나운서의 목소리를 들으며 야마모토 도요히코는 작게 혀를 찼다.

"왜 그래?" 시라토리 겐키치가 살짝 시선을 돌리며 물었다.

"벌써 기자들이 눈치챘어. 인질극을 벌이고 있는 게 얼룩끈 간부라는 사실도."

"젠장, 어디서 정보가 새어 나간 거야?"

"모르지. 게다가 폭탄을 가지고 있다는 소리까지 하는데."

"큰일 났군. 이제 곧 하루 중 승객이 가장 많이 몰려들 시간인데."

겐키치는 저도 모르게 시계를 보았다. 5시가 지났다. 이제 곧 퇴근 시간이 시작된다.

"전철 쪽은 어때?"

"광장이 노선하고는 떨어져 있으니까 일단 원래대로 운행하고 있나 봐. 이 폭탄의 위력이 얼마나 되는지는 모르겠지만."

"하지만 상황이 비관적이지만은 않아. 드디어 폭발물 처리반이 움직이기 시작했으니까."

"무엇보다 다행인 건 폭탄이 우리 손에 있다는 거야. 녀석들은 그 사실을 몰라. 처리반한테 넘기면 일단 안전은 확보할 수 있어."

겐키치는 옆구리에 낀 도라야 봉투를 고쳐 들었다. 처리반이 도착할 때까지 자신이 맡아 가지고 있을 생각이었다. 물론 폭탄을 껴안고 있다고 생각하니 겁도 나긴 했지만, 가와조에의 기술은 확실하니 이렇게 가지고 있어도 폭발할 위험은 없을 것이다. 사람이 밀집한 곳이라 어딘가에 내려놓을 수도 없었다.

다행히도 현장 지휘 책임자는 시라토리 일행이 잘 아는 사람이었다.

시즈쿠이시 간조는 광장 중심에 홀로 서 있었다. 삼인조는 간조를 향해 손에 든 짐을 바닥에 내려놓으라고 지시했다. 그는 범인과 경찰 사이에서 전령 역할을 맡게 된 것이다. 범인들은 간조에게 확성기를 가져오라고 했다. 이윽고 경찰들이 확성기를 준비해 범인들에게 넘겼다.

간조는 다음 지시를 기다리며 양손을 꼭 쥔 채 광장에 우뚝 서 있었다.

그의 발밑에는 쿠키 상자와 괌 여행 팸플릿이 놓여 있었다. 사람들 틈에서 유코는 발을 동동 굴렀다.

아아, 내 쿠키가 저런 곳에. 5미터밖에 안 되는 거리인데. 대신할 수 있다면 대신하고 싶었다. 왜 일이 이렇게 된 거지? 호조 선배, 화 많이 났겠지? 그러고 보니 계약서는 무사히 도착했나?

유코는 괴로운 상황에 처해 있었다. 벌써 5시가 지났다. 회사에서 나온 건 1시 반쯤이었다. 여러 가지로 어쩔 수 없는 사정이 있긴 했지만, 이렇게 시간이 흘렀는데 빈손으로 돌아갈 수는 없었다. 바로 5미터 앞에 있는 저 봉투를 줍기만 하면 되는데, 지금 그 5미터는 한없이 머나먼 5미터였다.

저 남자를 그냥 보내는 게 아니었다. 역시 두들겨 패서 철도 경찰에 넘겼어야 했어. 유코는 새롭게 분노를 폭발시켰다. 저 할아버지도 그렇다. 쿠키를 저기 놓아두지 말고 얼른 나한테 넘겨주면 될걸. 아무리 범인이 지시했다고 해도, 남의 물건을 저렇게 바닥에 놓는 게 어딨어. 음식을 말이야.

멀리서 차가 다가오는 소리가 들렸다. 유코는 가만히 어두운 역 바깥을 내다봤다.

차가 점점 늘어났다. 검은 차체에 창문에 철조망을 단 왜건이 차례차례 몰려들더니 순식간에 바리케이드가 설치되었다.

굉장한데?

이렇게 경찰이 쫙 깔린 건 처음 본다.

"아가씨, 미안해요. 중요한 물건일 텐데."

뒤에 서 있던 순사쿠가 살며시 속삭였다. 미안해하는 순사쿠를 본 유코는 짜증을 내던 자신의 모습을 반성했다.

유코는 웃으며 손을 저었다. "하는 수 없죠. 할아버지 때문이 아니에요. 괜찮아요. 대단한 건 아니니까요."

하지만 되찾을 때까지 기다릴 거예요, 유코는 마음속으로 중얼거렸다.

불현듯 뒤쪽이 소란스러워졌다. 돌아보니 방송국 스태프로 보이는 사람들과 경찰들이 실랑이를 벌이고 있었다.

어? 미야코시 신이치로다.

눈썰미가 좋은 유코는 곧바로 맨 앞에서 마이크를 잡고 있는 사람이 텔레비전에서 자주 보던 앵커란 사실을 알아챘다. 주변 스태프들이 들고 있던 조명이 눈을 쪘렀다. 반사적으로 눈을 깜빡거렸다. 옆에 있던 순사쿠도 손으로 빛을 가리고 있었다.

두 사람 모두 저기 보이는 사람이 유명한 기자란 걸 알아채긴 했지만, 그 뒤에 있는 카메라가 자신들의 모습을 찍고 있다는 사실은 눈치채지 못했다.

85

"젠장, 점점 경찰이 몰려드는데." 카운터 너머를 바라보며 미즈누마 아키후미는 퉁퉁한 몸을 움츠리며 초조한 듯 중얼거렸다.

"진정해. 우리한텐 인질이 있으니 녀석들도 지금 당장 어쩌진 못할 거야. 아이들이 있는데 강행 돌파할 리도 없고 우리의 전적이 있으니 섣불리 자극하진 않겠지." 세노오 진이치는 부드러운 목소리로 말하더니 텔레비전 채널을 차례대로 돌렸다.

카운터 안에는 종업원용 작은 텔레비전 한 대 놓여 있었다. 지금은 어느 채널에서나 모두 붉은 도쿄역 건물을 화면에 내보내고 있었다. 각 방송국이 일제히 긴급 보도 특집을 편성해 현장을 중계하는 것이다. 기자들은 모두 심각한 척했지만 다들 흥분을 감추지 못했다.

"흥. 사건이 생겨 기쁜 주제에 잘난 척하긴." 세노오가 콧방귀를 뀌었다. 잔인한 기운으로 가득 찬 목소리였다. "뭐, 이제 우리 이름이 다시 국민들 기억 속에 새겨지겠군. 내일 아침에는 커다란 불꽃이 터지며 또 일면을 장식하겠지. 미리 홍보한다고 생각하자고."

미즈누마 아키후미와 가와조에 겐타로는 같은 동료지만 기분 나쁘다는 듯 시선을 돌렸다.

"과격파 테러 조직 얼룩끈은 어떤 단체입니까?"

채널을 돌리자마자 낭랑한 남자 목소리가 흘러나왔다.

겐타로는 남자의 얼굴을 보고 저도 모르게 얼굴을 찡그렸다.

미야코시 신이치로. 겐타로는 낡아빠진 정의감을 내세우며 항상 정의의 편인 양 행동하는 그 남자가 정말 싫었다.

과거에 일으킨 사건들이 흐릿한 영상을 통해 반복해서 흘러나온다. 스태프가 거품을 물고 자료실에서 찾아온 것이리라.

"지금까지의 경위로 보았을 때, 지금 저곳에서 인질극을 벌이고 있는 범인들은 무척 위험하고 흉악한 자임에 틀림없습니다. 이미 사건 발생 후로 상당한 시간이 흘렀는데요, 경찰은 어떻게 대응하고 있을까요. 경시청에 나가 있는 사사키 기자를 연결하겠습니다."

혐오감을 억누른 채 신이치로의 말을 흘려 넘기던 겐타로는 불현듯 텔레비전 화면에서 위화감을 느꼈다.

뭐지? 지금 이 느낌은?

그 순간, 으앙 하는 울음소리가 들려왔다. 세 사람은 일제히 소리가 들린 쪽으로 고개를 돌렸다.

"너무해. 마리카, 너무해. 그거 내 거란 말야."

"쩨쩨하게 왜 이래? 레이나, 넌 이미 마셨잖아. 나도 좀 줘."

얌전하게 앉아 있던 두 소녀가 얼굴을 붉히며 실랑이를 벌였다.

짧은 머리 소녀는 울상을 지으며 긴 머리 소녀에게 매달렸다. 아무래도 두 소녀는 작은 물병을 가지고 다투는 것 같았다.

"너희, 좀 조용히 해. 시끄럽잖아."

아키후미가 발끈해서 소리쳤지만, 두 소녀는 그만둘 기색도 없이 머리카락을 잡아당기고 머리를 때리며 물병을 놓고 싸웠다.

"멍청이들아, 너희가 지금 싸움이나 할 때냐!"

아키후미는 핏대를 세우며 두 사람을 떼어놓았다.

긴 머리 소녀는 심술궂은 표정으로 물병을 껴안았다. 짧은 머리 소녀는 으앙 하고 얼굴을 가리며 울음을 터뜨렸다. 잔뜩 예민해져 있을 때 어린아이 우는 소리, 신경질적이기까지 한 그 소리를 들으니 이만저만 신경이 곤두서는 게 아니었다.

"대체 무슨 일이야?" 아키후미는 무서운 얼굴로 물병을 껴안고 있던 긴 머리 소녀를 노려봤다.

소녀는 새빨간 얼굴로 입술을 삐죽이며 아키후미를 쏘아봤다. "레이나가 칼피스 좀 나눠 마시자는데 안 주잖아요. 이렇게 많이 남았는데 한 모금도 안 줬단 말이에요. 치사하게."

"그렇지만, 그렇지만 그건 엄마가……." 다른 한 아이는 흐느끼며 소리쳤다.

긴 머리 소녀는 얄미워죽겠다는 얼굴로 친구를 무시하더니 물병 뚜껑을 열려 했다.

"흥. 치사한 레이나."

"그건 엄마가 레이나를 위해 만들어준 칼피스란 말이야. 목에 좋은 벌꿀도 듬뿍 넣어서 만든 나만의 특제 드링크라고."

다시 울음을 터뜨리는 소녀를 보고 아키후미는 인상을 찌푸렸다. 소녀는 울면서 긴 머리 소녀에게 달려들어 다시 물병을 빼앗으려 했다.

"시끄러워!"

아키후미의 일갈에 두 소녀는 흠칫하며 동작을 멈췄다.

아키후미는 긴 머리 소녀가 들고 있던 물병을 거칠게 빼앗았다.

"앗!"

한목소리로 소리치는 두 소녀를 보고 아키후미는 콧방귀를 뀌었다. 그러곤 카운터 위에 있는 은색 물병을 가리키며 말했다. "사이좋게 저기 있는 물이나 마셔."

두 사람은 겸연쩍은 듯 서로를 마주 보더니 곧이어 토라진 표정으로 입을 다물었다.

"정말 요즘 애들은 감당할 수가 없다니까."

아키후미는 그렇게 말하며 동료들에게 돌아갔다.

하지만 그 순간, 그는 자신이 갈증을 느끼고 있다는 사실을 깨달았다. 그러고 보니 수분을 섭취하지 않은 지도 오래다. 생각지도 못한 사태에 계속 긴장했더니 어느 틈엔가 목구멍이 말라붙어 있었다. 꼭 그것뿐만이 아니라도 아침부터 계속된 무더위 때문에 식은땀을 포함해 땀도 많이 흘렸다.

특제 칼피스.

소녀의 목소리가 뇌리에 되살아났다. 저도 모르게 침을 꿀꺽 삼켰다.

어릴 적 맞벌이로 항상 집을 비운 어머니가 아주 가끔 주던 칼피스. 그다지 행복하지 못했던 그의 어린 시절 속에서 그 장면만이 유일하게 따스하고 아련한 추억이었다. 어머니는 텔레비전 광고에서 나온 것처럼 기다란 컵에 얼음까지 넣어 칼피스를 내주곤 했다. 얼음이 부딪히는 경쾌한 소리와 함께 풍경 소리가 들리는 것 같았다. 물방울이 맺힌 차가운 컵의 감촉과 서늘한 툇마루의 감촉이 동시에 되살아났다.

아키후미는 살며시 물병 뚜껑을 열고 그리운 그 향기를 맡았다.

무의식중에 꿀꺽꿀꺽 칼피스를 마셨다. 미지근하긴 했지만 달콤한 맛이 기분 좋았다. 한번 마시기 시작하니 멈출 수가 없었다.

"이거 봐."

옆에서 가만히 텔레비전 화면을 응시하던 겐타로가 갑자기 날카롭게 소리쳤다. 다른 두 사람이 화들짝 놀란 얼굴로 그를 바라봤다.

"이 영감이야." 겐타로는 나지막하게 속삭였다.

"이 영감이라니?"

진이치는 얼굴을 살짝 찌푸리며 겐타로를 보았다.

겐타로는 화면을 뚫어져라 보고 있었다.

"이 앵커 말이야? 왜?"

단숨에 칼피스 병을 비운 아키후미가 입을 닦으며 물었다.

겐타로는 화면 구석을 가리켰다. "이 바보 말고."

화면에는 마루노우치 남쪽 출구 중앙광장을 둘러싼 사람들 모습이 나왔다. 그 안에 고풍스러운 모자를 쓴 자그마한 체구의 노인이 있었다. 어찌 잊으랴. 그의 소중한 시제품을 가지고 있는 노인이었다.

"이 영감이 내 시제품을 가지고 있어."

"뭐라고?"

겐타로는 노인 주변을 면밀히 살피기 시작했다.

"여기 있네." 겐타로는 맥 빠진 목소리로 중얼거렸다.

다른 두 사람도 앞다투어 텔레비전 화면을 응시한다.

"이거야."

두 사람은 겐타로가 가리키는 곳을 보았다.

노인 바로 옆에 있는 또 다른 노인의 옆구리에 봉투가 끼어 있었다. 대화를 나누는 모습을 보니 아무래도 일행인 듯하다. 이 영감은 형사다. 오랫동안 일하며 몸에 밴 듯한 분위기로 인해 단번에 알아챌 수 있었다. 매섭게 주변을 둘러보는 눈빛, 빈틈없는 자세가 그것을 여실히 증명했다. 영감은 봉투에 무엇이 들었는지 알고 있는 것이다.

즉, 분명 저건 내 시제품이다.

"흐흐." 겐타로는 비아냥거리듯 웃음을 흘렸다. "가끔은 정의의 편이 도움이 될 때도 있군."

그는 화면 속에서 침을 튀기며 이야기하는 기자의 얼굴을 손가락으로 튕겼다.

86

"제시간에 도착했어?"

안도한 얼굴로 지사장이 사무실로 돌아왔다. 사무실에는 그제야 훈훈한 분위기가 흘렀다.

"정말 고생했어. 누카가 부장. 고마워, 정말 고맙네."

"무슨 말씀을. 별것 아닙니다. 빗속에서 오토바이를 타고 달려온 것뿐인데요, 뭘. 전 그저 뒤에 앉아서 오랜만에 도쿄 구경이나 했죠. 하하, 경치 좋더군요."

손을 잡으며 감사의 뜻을 전하는 지사장을 향해 요시히토는 겸손을 떨었다. 물론 요시히토가 이곳에 도착했을 때의 상태를 잘 알고 있는 직원들은 가만히 얼굴을 마주 보며 키득거렸지만.

"차 내올게요."

에리코가 자리에서 일어나 탕비실로 향했다.

"그건 그렇고, 유코는 대체 어떻게 된 거야?"

"번개 맞은 거 아냐?"

"간식을 사 오라고 했더니, 대체 어딜 간 거야?"

가즈미는 비어 있는 유코의 자리를 둘러싸고 수군거렸다.

"정말로 사고라도 당한 건 아니겠지?"

가즈미도 슬슬 걱정이 되었다. 차에 치여 구급차에 실려 가는 유코의 모습이 머릿속에 떠올랐다. 성격도 외곬이라 더더욱 걱정이 된다. 자신이 심부름을 보내서인지 가즈미는 책임감을 느꼈다.

"내가 잠깐 찾아보고 올게. 어느 쪽으로 갔을까? 긴자? 도쿄역?"

"도쿄역일 거예요. 요새 도쿄역 다이마루백화점에서 파는 쿠키에 푹 빠져 있다고 했거든요. 퇴근길엔 항상 매진이라고 아쉬워했으니까, 오늘 분명 그걸 사러 갔을 거예요."

"좋았어. 잠깐 나갔다 올게. 휴대전화 가져갈 테니까 무슨 일 있으면 연락해."

"네."

주머니에 지갑과 휴대전화를 넣은 가즈미는 사무실 입구에 놓인 우산을 들고 복도로 나가려 했다.

그 순간, 모리카와 야스오가 슬며시 얼굴을 내밀었다.

"으악, 깜짝 놀랐잖아."

가즈미는 저도 모르게 걸음을 멈췄지만, 새하얗게 질린 야스오의 얼굴을 보고 웬일로 싱긋 웃으며 말했다.

"이제 오는 거야? 수고했어. 고마워."

"수고했어."

모두 환한 목소리로 그를 맞이했다.

하지만 야스오는 어딘지 모르게 떨떠름한 표정을 짓고 있었다. 입구에 서서 쭈뼛쭈뼛 안을 들여다볼 뿐, 좀처럼 안으로 들어오려 하지 않았다.

"왜 그러고 서 있어? 빨리 들어와. 와서 차 한잔 마셔."

가즈미가 영문을 모르겠다는 듯 말하자, 야스오는 뭐라고 우물거렸다.

"뭐?"

들리지 않는다는 시늉을 하자, 야스오는 입을 더 뻐금거렸다. 말을 하려고 하는데 아무래도 목소리가 나오지 않는 모양이다.

"잠깐, 어디 아파? 전속력으로 달리느라 숨이 차서 그런 거지? 바보, 요령껏 해야지. 안 그래도 신입사원은 데스크 업무가 많아서 체력도 딸리는데."

"기, 길이……."

"응?"

야스오는 쭈뼛거리며 손에 들고 있던 것을 내밀었다.

"뭐야?"

가즈미는 자신의 눈을 의심했다.

커다란 봉투였다. 그의 손에 들린 것은 조금 전 도쿄 본사로 보내라고 지시했던, 계약서가 든 봉투였다.

"이걸 왜, 왜 아직도 가지고 있는 거야?"

가즈미는 부들부들 떨며 봉투를 가리켰다.

사무실에 얼어붙은 침묵이 내려앉았다. 지사장을 비롯한 전직원이 입을 떡 벌리고 야스오가 든 봉투를 바라보았다.

"지나갈 수가 없어요."

"뭐?"

힘없이 중얼거리는 야스오의 목소리에 모두 귀를 기울였다.

"지금…… 도쿄역에 난리가 난 모양이에요. 마루노우치 방면으로 가는 도로가 모두 봉쇄됐어요. 경찰들이 본사로 가는 길을 전부 막고 있어요. 아무리 애원해도 들여보내주질 않아요." 야스오는 울먹이며 외쳤다.

"봉쇄되어 있다고?"

모두 얼빠진 표정으로 야스오를 뚫어지게 바라보았다.

가즈미는 불현듯 벽에 걸린 시계를 보았다.

시곗바늘은 이제 곧 오후 5시 30분을 가리키려 하고 있었다.

87

"너희 추억의 장소가 어딘데?"

미에는 옆에서 황홀한 표정으로 걷는 마사히로를 싸늘하게 바라보았다. 이 녀석, 방송 후에 아직도 여운에 젖어 있는 건가. 모르는 사람인 척해야지. 떨어져서 걸을까?

"올 거야. 분명 올 거야. 내가 그만큼 뜨겁게 호소했는데 안 올 리 없어."

들뜬 기분이 계속 이어지는 듯, 마사히로는 활짝 핀 표정으로 성큼성큼 걸음을 옮겼다.

"방송을 들었다면 말이지."

분명 그 방송을 들었다면 또다시 속아 넘어갈 것이다.

미에는 단념한 표정으로 생각에 잠겼다. 이렇게 실수는 되풀이되는 것이다. 다음번엔 꼭 거절하자. 그래, 반드시 거절할 거야.

손에 든 봉투를 덜렁덜렁 앞뒤로 흔든다. 뭔가 무거운 물건이 들었는지 조금 전부터 흔들릴 때마다 묵직한 느낌이 든다.

"그렇겠지. 역시 연애는 초심이 중요해. 처음 만났을 때의 그 두근거림이 사라지면 끝이라니까."

"그래, 그래. 다시 시작하든 끝내든 네 마음대로 해. 하지만 먼저 구급차를 불러서 위세척하는 거 잊지 말고."

"괜찮아, 사랑의 힘은 강하니까."

뭐가 괜찮다는 건지.

"마사히로, 어디 가? 역에서 나가려고?"

"응. 아까 그 도쿄중앙우체국이 우리 추억의 장소거든."

"뭐라고? 우표 수집 취미라도 있니? 나도 거기서 기념우표 산 적 있는데. 왕세자 결혼식 날에 말이야."

마사히로는 고개를 좌우로 저었다. "안이 아니라 바깥이야."

"바깥?" 미에는 어리둥절한 표정으로 되물었다.

"이제 곧 보일 거야."

하지만 두 사람은 앞쪽이 소란스럽다는 사실을 눈치챘다. 어딘지 모르게 불온한 공기가 흐르는 가운데, 수많은 사람이 몰려 있었다.

"어머, 무슨 일 있나?"

"대단한 인파인데? 단체로 배낭여행이라도 가나?"

"여행객이라고 하기엔 모두 양복 차림인데?"

가까이 가서 보니 통로 안쪽에 경찰이 줄줄이 늘어서 통행을 막고 있었다. 전방에 있던 남자들이 제각기 뭐라고 떠들었다.

"무슨 일이야?"

"글쎄, 누가 남쪽 출구에서 인질극을 벌이는 모양이야."

"그럼 개찰구도 못 지나가겠네?"

"마루노우치 방면은 전부 봉쇄되었다는데?"

아무것도 모른 채 통로를 지나가려던 보행자들이 점점 몰려드는 바람에 소란은 한층 더 커졌다.

"어떻게 된 일이지?"

마사히로와 미에는 서로를 마주 보았다.

88

"이봐, 시즈쿠이시. 부탁이 하나 있는데 들어줘."

갑자기 확성기에서 차분한 목소리가 흘러나왔다. 술렁이던 광장 주변이 찬물을 끼얹은 듯 조용해진다.

극적인 변화였다. 가라앉아 있던 미적지근한 공기가 순식간에 투명해진 것처럼.

몸싸움을 벌이던 방송국 사람들과 경찰들도 동작을 멈추고 목소리가 나는 쪽으로 고개를 돌렸다.

가와조에 겐타로의 목소리군.

간조는 허리를 꼿꼿이 펴고 긴장한 표정으로 카운터 쪽을 바라보았다.

"뭐지?"

의연하면서도 차분한 목소리로 응수한다.

삐익 하고 확성기를 사용할 때 나는 독특한 소리가 들렸다. 모두 한층 더 귀를 기울인다.

"난 내가 만든 작품을 자랑스럽게 생각해. 작품에 애착을 가지고 있지. 지금 이 광장에 내 작품을 가지고 있는 녀석이 있어. 그걸 지금 여기서 돌려받고 싶어."

구석에 있던 시라토리는 흠칫 몸을 떨었다. 순사쿠도 동요한 얼굴로 살짝 고개를 돌려 그를 돌아봤다. 이야기의 참뜻을 이해할 리 없는 유코는 눈을 동그랗게 뜨고 목소리에 귀를 기울였다.

"돌려주지 않는다면, 유감이지만 여기 있는 꼬맹이들에게 쓴맛을 좀 보여줄 수밖에 없겠지. 비겁하다고 욕하진 마. 애초에 먼저 내 작품을 훔쳐간 건 너희니까."

간조는 관자놀이에서 진땀이 흐르는 걸 느꼈다.

어디서 본 거지? 여기 순사쿠가 있는 걸 언제 눈치챈 거지?

"당신, 뭔가 착각하고 있는 거 아닌가? 어째서 당신 작품이 여기 있을 거라 생각하는 거지?"

간조는 가급적이면 의외라는 기색을 보이기 위해 노력했지만, 확성기 너머에서 피식 웃는 소리가 들렸다.

"음, 거기 연보라색 유니폼 입은 아가씨 말야. 아아, 아까 날 있는 힘껏 던져버린 아가씨 맞지?"

이번에는 유코의 가슴이 철렁 내려앉았다. 그녀는 반사적으로 주위를 둘러봤다. 사람들 뒤에 있어서 잘 보이지도 않을 텐데, 어떻게 내 모습을 본 거지?

두리번거리며 주변을 둘러본다.

"아가씨 옆에 회색 모자 쓴 노인 말야. 아, 아까는 신세 많았수. 할아버지한테는 완전히 속았어. 아무리 봐도 일반인이었는데."

순사쿠는 동요한 얼굴로 시라토리를 보았다. 시라토리 역시 날카로운 눈빛으로 주변을 둘러보았다.

"그 옆에 있는 당신! 지금 두리번거리고 있는 영감 말이야. 당신 형사지? 일하느라 수고가 많소. 당신이 옆구리에 끼고 있는 봉투. 그게 내 시제품이야."

시라토리는 팽팽하게 긴장한 얼굴로 저도 모르게 옆구리에 낀 봉투를 꼭 껴안았다. 인파가 갈라진다. 주변 사람들이 자연스레 시라토리에게서 멀어졌다.

"그래, 당신 말이야. 자, 이쪽으로 와."

시라토리 앞에 서 있던 사람들이 양쪽으로 갈라져 물러선다.

그는 창백한 얼굴로 생각에 잠겼다.

"이봐, 도망칠 생각은 하지도 마. 자, 어서 이리 와! 허튼짓하려는 낌새가 보이면 그 즉시 여기 이 꼬맹이들 목을 따버릴 테니까!"

세노오 진이치는 레이나의 목에 칼을 대며 위협했다. 레이나는 저도 모르게 비명을 질렀다.

"레이나!"

사람들 저편에서 경찰들에게 둘러싸인 레이나의 엄마가 쥐어짜 듯 비명을 질렀다.

"살려줘……. 살려줘요."

이제 지쳤는지 목소리가 잠겨 있었다. 눈 밑에 생긴 다크서클을 보니 정신적으로 얼마나 극한 상태에 몰렸는지 알 수 있었다.

아키코는 창백해진 얼굴로 귀를 막고 있었다. 레이나의 비명을 들은 순간, 누군가가 심장을 꽉 움켜쥔 듯한 느낌이 들어서 도저히 듣고 있을 수가 없었다.

머리가 지끈거린다.

거짓말이야. 이건 다 거짓말이야. 저 너머에 내 딸이 있다니, 우리 마리카가 있다니, 거짓말이야. 부탁이야, 누가 거짓말이라고 해줘요.

"그만둬! 아이들에게 손대지 마!" 시라토리는 새하얗게 질려 소리쳤다.

"이제 알았지? 얼른 그걸 이쪽으로 넘겨. 꾸물대지 말고!" 겐타로는 싸늘한 목소리로 소리쳤다.

시라토리는 천천히 카페를 향해 다가갔다.

겐타로는 가슴이 벅차오르는 것을 느꼈다. 그래, 이 순간을 기다리고 있었다. 내 작품이 다시 내 손으로 돌아오는 순간을.

뒤에서 아키후미가 꼼지락거리는 기척을 느낀 겐타로는 쳇 하고 혀를 찼다.

"아까부터 왜 그렇게 꼼지락거려?"

"아니, 그게……."

아키후미는 진땀을 한 바가지 흘리며 말끝을 흐렸다. 동작을 멈추려 했지만 자연스레 몸이 비비 꼬였다.

아프다. 하복부에 의식을 집중시킨다. 아까부터 점점 배가 아파온다. 어떻게 된 거지? 서서히 고통이 심해지는 것 같은데. 기분 탓이다, 기분 탓. 분명 긴장한 탓이리라. 이런 국면은 처음이니까.

아키후미는 필사적으로 자신을 타일렀지만, 고통은 그의 노력과 반비례하듯 조금씩 심해졌다.

카페 밖 통로 안쪽에 화장실이 있다.

아키후미는 슬그머니 빠져나가려 했다.

"야, 어딜 가."

진이치가 무시무시한 눈빛으로 아키후미를 노려봤다. 반사적으로 걸음을 멈췄다.

"아니, 잠깐."

"이 멍청아, 무슨 생각을 하는 거야. 지금이 얼마나 중요한 땐지 몰라? 물건을 손에 넣을 때까지 가만히 있어. 녀석들이 무슨 짓을 할지 모른다고."

매서운 질타를 듣고 나서야 아키후미는 가까스로 동작을 멈출 수 있었다. 하지만 가만히 있는 것도 이제 한계였다.

위험하다. 대체 뭐지. 어떻게 된 거지?

땀이 비 오듯 쏟아진다. 하반신을 제어할 수 없게 되는 순간이 이제 곧 다가오리라는 것을 마음 한구석으로 깨닫고 있었다.

위험하다. 이대로는 위험하다.

아키후미의 머릿속이 새하얘졌다.

"자, 빨리 가져와." 겐타로는 한 번 더 재촉했다.

하지만 시라토리는 천천히 걸음을 옮겼다. 창백해진 얼굴로 눈을 부릅뜬 채 천천히 겐타로를 향해 다가간다.

간조는 그 모습을 얼어붙은 얼굴로 바라보았다.

뭔가 방법이 없을까. 뭔가…….

간조도, 시라토리도 머릿속으로 필사적으로 방법을 모색했다. 폭탄을 넘겨줬다간 상황이 더욱더 절망적으로 변할 것이다.

전철은 아직 정상 운행되고 있다. 만일 지금 녀석에게 폭탄을 넘겼다 과거에 있었던 기업 폭파사건 규모의 폭발이 일어난다면, 도쿄역을 이용하는 사람들 중 수백, 아니, 수천 명 단위의 사상자가 나올지도 모를 일이다.

"고마워, 미야코시 씨." 겐타로는 느닷없이 웃음기 어린 목소리로 외쳤다.

마이크를 손에 들고 가만히 귀를 기울이던 미야코시 신이치로는 화들짝 놀라 고개를 들었다. 그의 주변에 있던 경찰과 스태프가 일제히 그를 본다.

"당신이 주장하는 보도의 자유 덕분에 내 작품을 되찾게 됐군. 정말 텔레비전은 편리한 물건이라니까. 이런 좁은 곳에서도 광장 주변에 누가 있는지 똑똑히 볼 수 있으니 말이야. 보도의 자유란 거, 확실히 도움되는데. 내가 여기서 전 국민을 향해 선언해드리지."

미야코시는 저도 모르게 뒤에 있는 카메라를 바라보며 얼굴을 붉혔다.

"큭!"

카메라맨의 얼굴도 붉으락푸르락 변하고 있었다.

험악한 표정의 경찰이 스태프 주변으로 다가와 고개를 좌우로 저었다. 방송 스태프들은 잠시 이를 악물고 새빨개진 얼굴로 서로의 표정을 바라보았지만, 이윽고 맥없이 물러났다.

"이봐, 멈추지 마. 빨리 이리로 오라고. 사람을 얼마나 더 기다리게 할 셈이야."

시라토리는 부르르 몸을 떨었다. 겐타로가 미야코시에게 정신이 팔린 동안, 저도 모르게 걸음을 멈추었던 것이다.

어떻게 해야 하지. 대체 어떻게……

창백한 얼굴로 시라토리는 한 걸음, 한 걸음씩 겐타로가 기다리는 카페를 향해 다가갔다.

89

아사다 가요코는 상기된 얼굴로 신나게 걸어가고 있었다.

착실하고 꼼꼼한 성격과 어릴 때부터 학업으로 키워온 집중력으로 일단 하나의 일에 집착하면 끝까지 마음에 담고 잊지 않았지만, 한편으로는 어떤 계기를 통해 그 방향이 전환되면 맥 빠질 정도로 잘 잊어버렸다. 가정환경적 요인도 한몫 거들었다고 할 수 있을 것이다. 이러한 점이 의외로 단순한 그녀의 성격을 잘 나타내주었다. 마사히로 같은 남자에게 속아 넘어간 것도 그 때문이다.

지금 그녀의 머릿속은 마사히로와 보낸 달콤한 나날과, 잠시 후의 극적인 재회로 가득 차 있었다.

평소의 그녀였다면 주위 분위기가 뭔가 이상하다는 사실을 벌써 감지했을 것이다. 이상하다기보다, 불온한 공기가 감돌고 있다고 표현해야 했다. 평소에는 본 적도 없을 정도로 많은 경찰이 역내에 넘쳐나는 데다, 바깥에는 더 많은 경찰차와 기동대 차량이 몰려들고 있었기 때문이다. 지나가던 사람과 승객들도 의아한 표정으로 주변을 가득 메우고 있었다. 대형 터미널인 도쿄역에서는 때마침 금요일 저녁의 퇴근 러시가 시작되고 있었다. 살기 어린 뒤숭숭한 공기가 감도는 가운데, 혼자서 몽상에 잠겨 황홀한 얼굴로 걸어가는 여자는 자연히 이질적으로 보일 수밖에 없다. 아니, 솔직히 상당히 위험해 보인다는 말을 들어도 할 말은 없을 것이다.

그녀는 온몸이 따스해지는 것을 느꼈다.

어머, 마음이 들떠서 그런가 봐. 사랑이 몸을 뜨겁게 달아오르게 한 거야. 그러고 보니 아까부터 땀이 비 오듯 흘러내리고 있었다.

그것은 결코 사랑 때문이 아니라, 여름 도쿄역의 높은 불쾌지수와 몸에 맞지 않는 헐렁한 옷차림, 그리고 가발 때문이긴 했지만. 불현듯 가발에 손을 댄 그녀는 자신이 이런 차림을 하고 있다는 것이 점점 바보처럼 느껴졌다.

내가 지금 뭘 하는 거지? 조금 전까지 의심과 시기, 질투로 불타오르던 것이 믿어지지 않았다. 그녀는 쑥스러움에 혼자서 얼굴을 붉히며 천천히 가발과 선글라스를 벗어버렸다.

90

수상한 여자를 맨 먼저 발견한 것은 아에스 북쪽 출구 근처에 대기하고 있던 젊은 경찰이었다.

퇴근 러시가 시작되었는데도 마루노우치 남쪽 출구에서 인질극을 벌이는 테러리스트들의 사건은 아직도 진전이 없었다. 지금 당장 해결된다 해도 승객들의 이동에 영향을 미치는 건 피할 수 없었다. 지하철 마루노우치 선을 이용하는 승객도 서서히 늘어났기 때문에 통행을 통제하기 위해 다수의 경찰이 동원되어 있었다.

"선배, 저 여자 좀 이상하지 않아요?" 젊은 경찰은 파트너인 5년 차 선배를 살짝 팔꿈치로 찌르며 물었다.

"응?"

수많은 사람이 오가는 통로에서도 여자를 한눈에 알아볼 수 있었다. 비틀비틀, 두리번두리번, 침착함이라고는 눈을 씻고 찾아봐도 없다. 다른 사람들이 심상치 않은 분위기를 느끼고 무슨 일인지 알아보거나 재빨리 목적지로 떠나려 하는데, 여자는 홀로 수상한 움직임을 보였다.

"변장하고 있는데? 대체 뭐하는 거지?"

선배 경찰은 한눈에 여자가 변장하고 있다는 사실을 간파하고 의아한 표정을 지었다.

두 사람은 얼굴을 마주 보고는 이내 여자의 뒤를 밟기 시작했다.

"조심해. 어쩌면 얼룩끈 일원일지도 몰라."

그렇게 말하며 선배 경찰은 슬며시 핸드마이크를 들고 본부에 연락했다.

"여기는 야에스 북쪽 출구. 거동이 수상한 젊은 여자 발견. 변장하고 있으며 야에스 방면 지상 통로에서 어슬렁거리고 있습니다. 나이는 스물여섯, 일곱으로 보이지만 선글라스로 얼굴을 가리고 있어서 자세히는 알 수 없습니다. 보통 체격에 마른 편……. 손에 작은 핸드백을 들고 있습니다. 네, 혼자입니다."

몇 번 고개를 끄덕이더니 선배 경찰은 후배의 얼굴을 보며 고개를 또 한 번 끄덕였다. 후배 경찰도 알았다는 표정으로 고개를 끄덕인다. 불심검문을 한 뒤, 경우에 따라서는 임의동행하라는 뜻이다.

두 사람은 허리를 꼿꼿이 펴고 긴장한 얼굴로 여자를 향해 다가갔다.

부자연스러울 정도로 윤기 흐르는 검은 머리가 눈앞으로 다가온다. 선배 경찰은 자연스럽게 말을 걸었다.

"잠시 협조 부탁드립니다."

그렇게 말을 건 순간, 여자는 느닷없이 가발과 선글라스를 벗어던졌다. 두 사람은 어리둥절한 표정으로 그 모습을 지켜봤다. 어리둥절한 표정을 지은 것은 두 사람뿐만이 아니었다.

누군가 부르는 소리에 놀라서 뒤를 돌아본 여자는 경찰들이 서있는 것을 보고 기겁했다.

그대로 멈춰 선 세 사람 사이에 침묵이 내려앉는다.

두 손에 가발과 선글라스를 쥔 가요코는 그제야 비로소 호텔 카운터에 두고 온 봉투를 떠올렸지만, 이내 눈앞에 있는 경찰의 존재로 머리가 가득 찼다.

놀란 표정을 짓던 경찰들은 가요코의 두 손에 들린 가발과 선글라스를 보고 안색을 바꾸었다. "잠깐만, 이게 어떻게 된 일이죠? 잠깐 같이 가주셔야겠습니다."

가요코는 머리가 새하얘졌다.

유치원 때부터 무지각, 무결석에다 여름방학 때에도 매일 아침 국민체조를 빼먹지 않았다. 중학교 때엔 선도부였고, 학생회 부회장도 역임하며 바른 생활 인생을 살아온 가요코는 경찰이 자신을 무서운 얼굴로 노려보는 날이 올 줄은 꿈에도 생각지 못했다. 규칙에 충실하게 살아온 만큼, 그녀는 사회적 권위에 경외심을 갖고 있었다. 마음속에서 눈 깜짝할 사이에 공포가 부풀어 올랐다.

가요코는 입을 뻐끔거렸다. 선량한 시민이라면 무릇 치과의사와 경찰을 두려워하기 마련이다.

경찰들 역시 무의식중에 '테러리스트의 일원이 분명하다'라는 색안경을 끼고 있었기 때문에, 평소에 길을 물어보는 노인을 상대할 때에 비하면 70퍼센트쯤은 더 무서운 표정을 짓고 있었다.

겁에 질린 가요코는 반사적으로 본능적이면서도 단순한 행동을 취했다. 홱 몸을 돌려 한달음에 야에스 남쪽 출구 쪽으로 쏜살같이 도망친 것이다.

그녀의 행동에 경찰들 역시 순간 황당한 표정을 지었지만 곧바로 뒤를 쫓아갔다.

91

"보여?"

"아니, 안 보여. 범인은 안쪽 카페에 틀어박힌 모양이야."

"정말 쫙 깔렸네. 꼭 엑스트라들 같아. 어디서 저렇게 솟아나온 거지?"

"밀실이군."

"이 상황에서 카페 안 범인이 연기처럼 사라지면 굉장하겠는데? 이렇게 많은 사람이 지켜보는 앞에서. 경찰들이 포위하고 있는 데다 텔레비전까지 실황으로 중계하고 있어. 스릴 서스펜스, 사회파와 본격의 결합. 상황적으로 보면 경찰소설이지만 실제로는 본격 밀실 미스터리. 이거 굉장한데. 혁신적이야."

"어떻게?"

"지하에 GHQ가 만든 VIP용 통로가 있었다는 건 어때?"

"그런 안이한 물리적 트릭은 반칙이야."

"저기 서 있는 할아버지는 형사인가?"

"아, 교섭인일지도 몰라."

"아이디어가 생각났어. 이런 미스터리는 어때? 제일 첫 장면은 저 할아버지가 카페로 강행 돌파하는 데서 시작하는 거야. 돌진하긴 했지만 카페는 텅 비어 있었지. 인질은 뭐가 뭔지 모르겠다는 얼굴로 남아 있고, 범인은 연기처럼 사라져버린 거야. 이게 어떻게 된 일이지? 할아버지는 아연실색해. 주변은 경찰로 둘러싸여 있고, 텔레비전 중계까지 되고 있었어. 작은 가게라 도망칠 곳은 아무 데도 없고. 완전한 밀실, 불가능 범죄의 제시."

"흠, 그래서? 진상이 뭔데?"

"실은 저 할아버지는 자기가 형사라고 믿는 사이코패스 살인마인 거야. 이 상황은 전부 저 할아버지를 붙잡기 위한 연극이었고. 범인은 사실 경찰이었고, 카운터 안에는 경찰 제복이 세 벌 들어 있었지. 범인들은 몰래 제복으로 갈아입고 빈틈을 이용해 한 명씩 경찰들 속으로 도망친 거고. 그래서 저 할아버지가 들어갔을 때에는 아무도 없었던 거야."

"왜 그렇게 귀찮은 짓까지 해야 하는데? 연극 같은 걸 할 필요 없이 처음부터 붙잡으면 되잖아."

"아니, 그게 이 이야기의 복잡한 점이야. 사실 저 할아버지는 전직 형사였어. 과거에 담당했던 인질 사건에서 인질을 구하지 못하고 범인과 함께 사살해버리는 바람에 마음에 상처를 입고 사이코패스 살인마가 된 거고, 그 당시 자신도 사건에 말려들어 머리에 상처를 입고 기억을 잃어버린 거지. 자신이 사건에 말려들었다는 사실도 잊어버린 그는 사건의 기억이 되살아나려 할 때마다 충동적으로 살인을 저질렀어. 하지만 그를 존경하던 부하들이 그의 기억을 되살리기 위해 그런 엄청난 연극을 준비한 거야."

"너무 억지 아냐? 범인이 사라졌는데 어떻게 기억을 되찾겠어.

사건을 재현했다고 할 수 없잖아."

"단 한 사람의 기억을 되돌리기 위해서 너무 많은 비용을 들이는 거 아냐? 국민의 세금을 사용하는 거잖아. 이렇게 경찰을 많이 동원하는 비용, 도쿄역을 사용하는 비용 같은 거 말이야."

"시끄러워. 예를 들면 그렇다는 거야, 예를 들면. 비용으로만 따지자면 추리소설의 트릭은 모두 예산초과일걸."

"히 이즈 네고시에이터?"

구경꾼 사이로 비집고 들어가려 악전고투를 벌이는 하루나와 다다시를 향해, 필립은 광장에 서 있는 초로의 남자를 가리키며 말했다. 일반인들보다 머리 하나는 더 큰 장신 노인의 모습은 몰려든 구경꾼과 경찰들 너머로도 한눈에 들어왔다. 하루나와 다다시는 카메라를 가지고 오지 않은 것을 무척 아쉬워했다.

학생들의 관심이 완전히 이 사건으로 옮겨간 지금도 구미코는 혼자서 도쿄중앙우체국 주변을 어슬렁거리고 있었다.

또한 의기소침해하던 방송국 스태프들은 몰려든 사람들 뒤편에서 몰래 정보를 수집하고 있었다.

"네고시에이터?"

"교섭인 말이야. 일본어로 하자면 '설득'이라고 해야 하나? '설득'이 영어로 뭐야?"

"음, 익스플레인?"

"그건 '설명'이잖아. '설명'하고 '설득'은 다르지."

학생들은 기억 저편에 묻혀 있던 영어 단어를 헤집어봤지만, 어설프게 외운 쓸데없는 문장만 기억날 뿐 단어는 떠오르지 않았다.

"아, 뭔가 시작됐나 봐?" 전방의 경찰 기동대에 긴장이 감도는 것을 느낀 하루나는 나지막한 목소리로 속삭였다.

광장 가운데 우뚝 서 있던 노인이 다른 남자가 건넨 봉투를 손에 들고 움직이기 시작한 것이다. 모두 입을 다물고 고개를 들어 그 광경을 지켜보았다.

92

주인과 함께 묵던 호텔을 빠져나와 카운터 아래에 놓인 봉투에 숨어들어 잠시 가만히 쉬던 다리오는 심상치 않은 주변 분위기를 느꼈다. 그렇지 않아도 아까 전부터 땅바닥에 던지질 않나, 다시 들어 올리질 않나, 기울이질 않나, 껴안질 않나, 섬세한 다리오로서는 견딜 수 없는 난폭한 취급에 무척 기분이 상해 있었다. 처음 들어왔을 때에는 쾌적하고 편안하던 이 좁은 공간도 슬슬 지겨워서, 이제는 주인이 그리워지려고 했다.

게다가 조금 전부터 도저히 참을 수 없는 상태가 계속되었다.

아무래도 다리오가 들어 있는 봉투는 공중에 매달려 있는 것 같았다. 게다가 가늘게 떨리고 있어서 위험하기 그지없었다. 언제나 좁은 공간에 가만히 발붙이고 있는 다리오에게는 허공에 떠 있는 상태가 더없이 불쾌했다. 정체 모를 진동은 더더욱 마음에 들지 않았다. 불쾌해진 다리오는 신경질적으로 변해 있었다.

누군가가 봉투를 건네받은 것 같다. 봉투가 흔들리면서 다리오는 조바심이 났다. 이대로 바닥에 떨어져버릴지도 모른다는 생각에 덜컥 겁이 난 것이다. 조금 전에는 허를 찔려 배를 부딪혔다. 다리오는 다리에 힘을 주고 버텼다.

하지만 다음 순간, 누군가에게 발을 밟힌 다리오는 저도 모르게 비명을 질렀다. 봉투 위로 누군가가 손으로 자신을 누른 것이다.

동물 학대 반대!

마침내 인내심이 한계에 다다른 다리오는 힘차게 머리를 쑥 내밀었다.

93

아키후미의 머릿속에는 더는 아무 생각도 들지 않았다.

하복부의 통증은 이제 한계를 뛰어넘었다. 눈앞이 빨개지면서 온몸에서 식은땀이 흘러내렸다. 지금은 그냥 한시라도 빨리 저 통로 안쪽에 있는 화장실로 뛰어 가야겠다는 생각뿐이었다. 자신들이 어떤 상황에 처해 있는지는 충분히 이해하고 있었지만, 아랫배가 보내는 신호는 그의 몸에서 그보다 더한 일이 일어나고 있다는 사실을 강하게 호소했다.

극심한 고통 때문에 흐릿해진 시야 속에서 젠타로가 창백한 얼굴의 형사로부터 봉투를 건네받은 것을 본 순간, 드디어 그는 모든 것을 버리고 밖으로 뛰어나가 화장실로 향했다.

아키후미는 자신을 멀리서 지켜보던 두 소녀가 남몰래 V 사인을 그리고 있다는 사실은 꿈에도 몰랐다.

94

봉투를 들고 자신을 향해 걸어오는 형사의 손이 부들부들 떨리는 것을 보고 젠타로는 콧방귀를 꾸었다.

"얼른 내놓으시지." 젠타로는 뻣뻣한 형사의 손에서 봉투를 낚아 챘다. "꾸물대긴."

그렇게 중얼거리면서도 젠타로는 어디선가 이상한 신음이 들린 것 같다고 생각했다. 신음이라기보다는 공기가 빠져나가는 소리에 가깝다. 뭐지? 봉투 안에서 들린 것 같은데. 그리고 이 감촉은 뭐지? 내 시제품이 이렇게 말랑말랑할 리 없는데.

다음 순간, 봉투가 부스럭부스럭 움직였다.

"어?"

겐타로는 눈을 부릅떴다. 손안에서 뭔가가 힘차게 움직였다. 움직임은 더욱더 커졌고, 반동으로 인해 봉투가 손에서 떨어졌다.

황급히 봉투를 주우려 한 순간, 느닷없이 안에서 시커먼 뭔가가 하늘을 향해 뛰어올라 카운터 바 너머에 있던 진이치의 얼굴에 찰싹 달라붙었다.

"으악!"

무시무시한 비명을 지르는 진이치의 모습을 겐타로는 아연실색하여 바라보았다.

"떨어져! 싫어! 좀 떼어줘! 떼어줘!"

진이치는 미친 듯이 날뛰었다. 팔다리를 흔들며 벽이며 카운터에 부딪히던 그는 겐타로를 밀치고 양손을 버둥거리며 카페 밖으로 뛰어나갔다.

광장으로 뛰어나온 남자를 보고 주위에 있던 사람들은 반사적으로 뒤로 물러섰다.

남자의 얼굴에 거대한 도마뱀(정확히는 이구아나이지만)이 찰싹 달라붙어 있었기 때문이다.

"뭐야!"

이 광경을 본 시라토리 일행도 놀라움을 금치 못했다.

진이치의 얼굴에 달라붙은 다리오 역시 어안이 벙벙했지만 놀라고 있을 틈은 없었다. 다리오는 난리를 피우며 비명을 지르는 진이치의 얼굴에서 떨어지지 않기 위해 필사적이었다. 갑자기 환하고 넓은 곳에 나왔는데 수많은 사람이 주변을 둘러싸고 있으니 혼란에 빠질 법도 했다.

다리오와 진이치 모두에게 불행하게도, 진이치는 성격은 파충류와 비슷한 주제에 어릴 적부터 커다란 파충류를 무척 두려워했다. 파충류의 상징이라고 할 수 있는 거대한 이구아나가 날아와 자신의 얼굴에 찰싹 달라붙었다는 건 그에게 있어 악몽 그 자체였다. 그의 뇌리에서는 어째서인지 영화 〈에이리언〉에서 첫 희생자가 나오는 장면이 반복해서 재생되고 있었다.

제정신을 잃은 진이치는 다리오와 함께 스스로 경찰들을 향해 돌진했다. 처음에는 입을 떡 벌리고 있던 경찰들은 곧 정신을 차리고 삽시간에 진이치를 붙잡았다.

한편, 이 순간을 노리고 바깥을 포위하고 있던 경찰들도 일부 광장 안으로 들이닥쳤다. 화장실로 뛰어간 아키후미를 붙잡기 위해서였다. 애초에 아키후미는 저항은커녕 이미 화장실 안에서 전의를 상실한 상태였지만.

필립 크레이븐은 진이치가 뛰어나온 순간, 그의 얼굴에 붙은 이구아나가 사랑하는 반려동물이란 사실을 즉시 깨달았다. 어디를 어떻게 경유한 것인지는 알 수 없지만, 저 남자의 얼굴에 붙은 것은 분명히 사랑스러운 다리오였다.

"다리오!"

필립은 저도 모르게 달려갔다. 그 순간, 포위망이 일제히 무너지며 광장은 혼란에 빠졌다.

"다리오!"

체포한 진이치의 얼굴에 필사적으로 달라붙어 있는 이구아나를 떼어내기 위해 끙끙대던 경찰들은 느닷없이 뛰어나온 덩치 큰 외국인의 존재에 멍한 표정을 지었다. 하지만 이내 그가 이구아나의 주인이라는 사실을 깨닫고 그에게 떼어달라고 부탁했다.

필립은 경찰들과 함께 다리오를 떼어내려 했지만, 완전히 인간 불신에 빠진 다리오는 좀처럼 떨어지려 하지 않았다. 억지로 더 떼어내려 하다간 다리오와 진이치 모두를 다치게 할 것 같았다.

"하는 수 없군. 도마뱀이 안정을 찾을 때까지 당신이 함께 있어야 겠군요. 떨어지면 즉시 데려가시고요."

경찰이 지친 듯 말하자, 필립은 고개를 끄덕였다. 진이치는 혼자서 큰 소리로 울부짖었다. 하지만 그 순간 필립의 머릿속은 지금 막 번뜩인 아이디어로 가득 차 있었다.

좋았어! 이걸 사용해야겠군. 시작은 도쿄역. 인질극을 벌이던 남자에게 네고시에이터가 다가간 순간, 갑자기 도마뱀을 연상시키는 거대 괴물이 나타난다. 처음은 경찰 서스펜스처럼 시작하지만 갑자기 SF 호러로 바뀌는 거야! 스릴과 서스펜스. 사회파와 SF 호러와의 결합. 혁신적이다!

광장에 경찰이 뛰어든 순간, 다가미 유코 역시 순식간에 앞으로 뛰쳐나갔다. 물론 그녀의 목적은 바닥에 놓인 쿠키 상자였다.

비명과 성난 목소리가 교차하는 가운데 유코는 상자를 힘껏 껴안았다. 희색이 만연한 얼굴로 광장 밖으로 뛰어나가 내용물을 확인하는 데 여념이 없었다.

아키후미가 화장실로 뛰어 들어가고, 진이치가 광장으로 뛰어나간 것을 확인한 마리카와 레이나는 "야호" 하고 소리치며 밖으로 나가려 했다. 하지만 혈색을 바꾸며 뛰어 들어온 겐타로를 보고 둘은 저도 모르게 서로를 껴안은 채 주저앉았다.

"가만있어!"

무서운 목소리에 깜짝 놀란 두 소녀는 몸을 부르르 떨었다.

겐타로는 진이치가 떨어뜨린 칼을 재빨리 주워 들고 확성기에 대고 난폭하게 외쳤다.

"조용히 해! 다 밖으로 나가! 꼬맹이들은 아직 여기 있다!"

그 즉시 광장은 정적에 휩싸였다. 술렁거리는 소리와 함께 사람들이 움직이기 시작했다.

"빨리빨리 움직여! 이제 안 속아!"

겐타로의 목소리에 밴 소름 끼치는 증오를 느낀 시라토리 일행도 조심스레 광장 밖으로 나갔다.

"대체 무슨 짓을 한 거야? 폭탄은 어디 있어?"

시라토리와 순사쿠, 유코는 서로 얼굴을 마주 보며 빠른 어조로 이야기를 나누었다. 유코와 순사쿠는 급작스러운 전개에 입을 떡 벌리고 있었다.

시라토리는 유코의 얼굴을 보며 물었다. "그 봉투, 야에스 출구에서 주운 거 맞죠? 그 뒤에 어디에 놓아둔 적은 없나요?"

"네, 그때 이분이 떨어뜨린 걸 주워서……."

유코는 기억을 더듬었다. 어딘가에 내려놓은 적은 없는데. 맞아, 손에서 놓은 적은 없어. 아니, 잠깐만. 정말 그랬나?

─저, 이거 떨어뜨렸어요.

뇌리에 누군가의 목소리가 되살아났다.

분명히 그 말을 듣고 봉투를 주워든 기억이 난다. 그때 봉투가 내 손을 떠났다. 맞아!

"그러고 보니 아까 마루노우치 북쪽 출구에서 갑자기 오토바이가 안으로 들이닥치는 바람에 넘어질 뻔했거든요. 그때 떨어뜨렸나 봐요. 안내 방송을 부탁하려고 파출소에 서 있었을 때니까, 아마 같이 서 있던 사람이 들고 있던 걸 잘못 가지고 온 것 같아요."

시라토리 일행은 얼굴을 마주 보았다.

"그럼 지금 봉투가 어디 있는지 모른다는 말인가요?"

"어떤 사람이 가지고 있었는지 기억나요?"

모두 굳은 표정으로 유코를 바라봤지만 유코의 몸은 점점 움츠러들기만 했다.

"죄송해요. 사람이 많아서 잘 기억이……. 젊은 남녀 커플이었던 것 같은데, 정확하게는 기억이 안 나요."

"젊은 남녀라……."

"네. 뭐랄까, 굉장히 눈에 띄는 외모의 커플이었어요. 하지만 그 두 사람이 봉투 주인이었는지는 잘 모르겠어요."

단순히 그 두 사람이 제일 눈에 띄었기 때문에 인상에 남은 것인지도 모른다. 유코는 필사적으로 기억을 헤집어봤지만 전혀 기억나는 게 없었다.

전직 형사들은 낙담한 표정을 감추지 않았다. 순사쿠까지 덩달아 힘없이 어깨를 떨어뜨렸다.

도움이 되지 않아 미안하긴 했지만 유코는 조금씩 뒷걸음치고 있었다. 쿠키도 되찾았으니 이제 슬슬 회사로 돌아가봐야겠다.

"저기, 그럼 전 이만."

"하는 수 없지. 분담해서 그 커플을 찾아보자고. 아가씨도 도와줄 거죠?"

전직 형사들은 진지한 표정으로 유코를 바라보았다.

"아, 네. 저기……."

"그 커플을 다시 보면 알아볼 수 있겠어요?"

"아, 네, 그럼요."

도저히 그만 가봐야겠다고 말할 분위기가 아니었다. 유코는 저도 모르게 고개를 푹 숙였다.

그렇게 중요한 물건인가. 대체 뭐가 든 거지? 범인의 정체를 알지 못하는 유코는 그저 마음속으로 고개를 갸웃거릴 뿐이었다.

"좋아, 재미있는 사실을 알려주지!"

그 순간, 확성기에서 흘러나온 굵은 목소리에 모두 화들짝 놀라 뒤를 돌아봤다.

광장은 정적에 휩싸였다.

"우리는 도내 열다섯 군데에 폭탄을 설치했다. 내일 아침 새벽녘에 일제히 폭발할 거야. 내가 가지고 있는 기폭장치의 스위치를 누르면 당장이라도 폭파시킬 수 있지만."

광장 안에 소리 없는 아우성이 일었다. 불온한 긴장이 광장의 높은 천장에 메아리친다.

"뭐라고?"

"어떻게 그런 짓을!"

시라토리 일행이 소리쳤다.

확성기 너머에서 흥 하고 콧방귀 뀌는 소리가 들렸다.

"거짓말이라고 생각하나? 우리가 왜 오늘 이런 곳에서 어슬렁거렸다고 생각하지? 아무 이유 없이 그러지 않는다는 것은 너희가 더 잘 알고 있을 텐데?"

광장은 다시 정적에 휩싸였다.

"오늘 도쿄역에 온 건 내 시제품을 시험해보기 위해서였어. 원격 조작이 제대로 작동하는지 확인해보려고 했지. 뭐하면 지금 여기서 시험해봐도 좋고."

그 목소리에는 박력 넘치는 웃음이 섞여 있었다. 도저히 장난이라고는 생각할 수 없었기 때문에, 그 순간 모두 폭탄의 존재를 확신했다.

"이제 됐어. 시제품을 되찾는 건 포기하겠어. 멀리 도망친 뒤에 스위치를 누르면 되니까."

경찰들은 가만히 다음 말을 기다렸다. 유코와 슌사쿠, 학생들도 마른침을 삼키며 그의 말을 들었다.

"난 여기서 나갈 거야. 미안하지만 조금 더 아이들을 데리고 있어 야겠어."

더는 목소리도 내지 못하는 레이나의 엄마가 몸을 움찔거렸다. 아키코 역시 넋 나간 얼굴로 고개를 들기만 할 뿐이었다.

"아이들을 데리고 전철을 탈 거야. 여기 개찰구에는 아무도 들어 오지 마. 경찰이 보이면 바로 스위치를 누를 테니까."

경찰들 사이에 다시 동요의 물결이 일었다.

이동. 전철에 타면 추적하기도, 보호하기도 어려워진다.

마리카와 레이나는 반사적으로 얼굴을 마주 봤다.

이동. 엄마와 경찰 아저씨들과 떨어지게 된다. 어떡하면 좋지?

마리카의 얼굴에 불안한 기색이 번졌다.

아아, 초밥이 점점 멀어져간다. 그 아저씨에게 간신히 칼피스를 먹이고 일이 잘 풀리나 했더니. 마리카는 피로가 몰려오는 것을 느 꼈다. 대체 언제쯤 저 아저씨에게서 벗어날 수 있을까?

레이나는 마리카만큼 낙담한 기색을 보이지 않았다. 레이나는 여 전히 무표정한 얼굴로 뭔가 생각에 잠겨 있는 것 같았다.

"야, 가자. 얌전히 따라와."

남자는 무서운 얼굴로 레이나를 끌어당겼다. 레이나가 마리카보다 얌전해 보였기 때문인 듯했다.

"야, 거기 너!"

남자는 레이나의 목에 손을 두르고 칼로 위협하며 마리카를 쏘아봤다. 숨이 막히는지 레이나는 얼굴을 찡그렸다.

"도망칠 생각은 하지도 마. 조용히 앞장서서 걸어. 도망치면 네 친구 목숨은 없는 줄 알아. 친구가 너 때문에 피투성이가 되는 건 싫겠지? 잘 들어. 친구를 두고 도망치면 너한테도 평생 살인자란 꼬리표가 따라다니게 될 거야."

비겁하다. 마리카는 그렇게 생각했다.

그때까지는 현실감 없이 꼭 연기 연습을 하는 듯한 기분이던 마리카는 그 순간 눈앞의 남자를 향해 강한 분노를 느꼈다.

난 레이나를 두고 도망치지 않아. 그런 건 어른들이나 하는 짓이야. 수를 쓰고, 남 탓으로 돌리고, 난폭한 짓을 하는 건 항상 어른들이니까.

"아저씨 친구는 두고 가도 돼요?" 마리카는 조용히 남자의 눈을 똑바로 응시했다.

남자는 순간 움찔했다. "어서 가."

남자는 눈을 돌리고 무뚝뚝하게 내뱉더니, 다리로 마리카를 건드리며 먼저 나가라고 재촉했다.

넓은 곳으로 나온 마리카는 순간 다리가 후들거렸다. 광장의 탁한 공기가 그립기도 했지만, 한편으로는 숨 막히기도 했다. 마리카는 줄줄이 늘어선 경찰들을 보고 감탄을 금치 못했다.

엄마는? 카메라는 어디 있지?

마리카는 저도 모르게 주변을 두리번거렸다. 하지만 아키코의 모습은 아무 데도 없었다. 분명 이 사람들 너머에 있는 것이다.

"야, 얼른 걸어."

남자가 등을 쿡 찔렀다. 자동 개찰구를 지나 유인 개찰구 쪽으로 가라고 지시했다. 하기야 지금은 역무원이 없으니 무인 개찰구나 마찬가지이지만.

이렇게 텅 빈 개찰구를 본 것은 처음이었다. 금요일 저녁 도쿄역인데 말이다. 개찰구 너머에도 아무도 없었다.

불안해진 마리카는 살며시 뒤를 돌아봤다. 모두가 자신을 뚫어져라 보고 있었다. 마리카는 걸음을 내딛길 주저했다. 이대로 개찰구를 지나면 두 번 다시 모두가 있는 곳으로 돌아오지 못할 것 같았다.

"어서."

다시 남자가 등을 떠민다. 마리카는 담담하게 걸음을 옮겼다. 한 걸음 내디딜 때마다 광장이 멀어져간다. 아무도 움직이지 않았다. 자신들을 지키기 위해서라는 걸 알고 있었지만, 뭔가 굉장히 비참하고 버려진 것 같은 기분이 들었다.

"자, 가자. 똑바로 걸어!"

남자는 나지막하게 중얼거리더니 걸음을 빨리했다.

엄마, 도와줘요. 마리카는 처음으로 울먹이며 마음속으로 속삭였다.

95

주위 소란은 아랑곳하지도 않고 구미코는 여전히 홀로 도쿄중앙우체국 주변을 어슬렁거렸다.

우체국이라는 곳에서는 다양한 기운이 느껴진다. 특히 도쿄중앙우체국 정도 되면 취급하는 문서의 양도 막대할 테니 수많은 사람의 기를 느끼는 것도 당연했다.

온다. 반드시 이곳으로. 그녀는 올 것이다.

구미코는 자신의 직감 하나를 믿고 신기하게 생긴 낡은 우체통에 가만히 손을 올렸다.

독자들은 이미 잊었을 테지만, 이 신기한 모양의 우체통 입구에는 글자가 새겨져 있다.

'우편은 세상을 이어준다.'

그리고 이 돌로 만든 우체통 위에는 나팔 부는 천사의 석상이 놓여 있다. 산성비와 배기가스로 인해 완전히 어두운 녹색으로 변색되었지만, 둥근 지구 위에 천사가 앉아 있는 것을 알아볼 수 있다.

주위는 소란스러웠고, 수많은 사람이 천사를 무시한 채 오가고 있지만, 천사는 기특하게도 하늘을 향해 나팔을 불고 있었다.

우편은 세상을 이어준다.

그래서 우체통은 자신의 사명을 믿으며 지금도 가만히 그 자리에서 누군가 편지를 넣어주기를 끈기 있게 기다리고 있었다.

96

"어떻게 이런 일이 일어날 수 있을까요. 경찰이 저희를 사건 현장에서 쫓아냈습니다. 우리에겐 지금 무슨 일이 일어나는지 알 권리가 있습니다. 애초에 사태가 이러한 교착 상태에 빠진 것은 경찰의 초기 대응에 문제가 있었기 때문이 아닐까요?"

텔레비전 속에서 화면 한가득 주절대는 미야코시 신이치로의 얼굴을 보면서, 호조 가즈미는 있는 힘껏 콧방귀를 뀌었다.

"짜증나게 다 가리고 있어. 경찰 욕은 그쯤 하고 얼른 거기서 비키라고. 뒤쪽이 안 보이잖아." 가즈미는 팔짱을 낀 채 리모컨 버튼을 짜증스레 눌렀다.

전 직원이 심각한 얼굴로 지사장실 텔레비전을 둘러싸고 있었다.

어느 채널을 틀어도 모두 도쿄역 인질 사건을 중계하고 있다.

"정말 이런 민폐가 어디 있어. 테러리스트? 어떻게 저런 시대착오적인 생각을 할 수가 있지? 아직도 저런 짓을 하는 놈들이 있나 보네. 바보 아냐? 정상적인 경제활동을 해본 적도 없는 주제에 남의 경제활동을 훼방이나 놓고 말이야. 우리 영업 사원들을 적으로 돌리면 얼마나 무서운지 모르는군. 너 때문에 할당량을 채우지 못하게 되면 평생 저주할 거야. 딴 데서 하라고, 딴 데서. 공사 현장이나 새해 부둣가 같은 데서. 왜 하필이면 오늘, 그것도 도쿄역에서 일을 벌이냐고." 가즈미는 혼자서 불같이 화를 냈다.

"호조 선배, 어떻게 할까요?"

"이대로 가다간 본사 버스도 출발 못 하는 거 아닐까요?"

"버스는 출발할 거야. 방향이 다르니까. 계약과에 확인했어."

"그렇지만……."

직원들은 가만히 책상 위의 시계를 보았다. 시곗바늘이 이제 곧 6시를 가리키려 하고 있었다.

"쳇."

지사장과 부장이 걱정스러운 얼굴로 가만히 자신을 바라보는 것을 알아채고, 가즈미는 작게 혀를 찼다. 정말이지, 나이도 먹을 만큼 먹은 양반들이 목을 길게 빼고 그런 표정 지으면 어쩌라는 거야.

"지사장님, 수단에 대해서는 추궁하지 않겠다고 약속해주시죠."

가즈미가 중얼거리자, 지사장과 이하 중역들은 말없이 고개를 끄덕였다. 땅이 꺼져라 한숨을 내쉰 가즈미는 힐끗 에리코를 봤다.

"에리코, 부탁해."

"네."

가즈미가 나지막하게 중얼거리자, 에리코는 단념한 듯 고개를 끄덕였다.

"호조 선배, 가토 선배, 조심하세요."

직원들의 배웅을 받으며 봉투를 껴안은 가즈미와 에리코는 성큼성큼 복도로 나가 엘리베이터로 향했다. 엘리베이터 안으로 들어간 가즈미는 불현듯 생각났는지 머리를 내밀고 말했다.

"유코 오면 우리 몫 간식은 남겨놓으라고 전해줘."

97

"자, 어떻게 할까." 큰길로 나온 가즈미는 팔짱을 끼며 중얼거렸다.

에리코는 주위를 두리번거렸다. "뭐, 급한 일이니 어쩔 수 없죠. 우리 지사의 실적, 그리고 우리의 보너스가 걸린 사안이니까요."

"어디로 지나가려고?"

"야에스 북쪽 출구요. 겐지도 아까 거길 통과했다고 하더라고요."

"그러자."

두 사람은 말없이 잠시 주변을 둘러봤다.

"저거야?" 가즈미는 갑자기 시선을 멈추고 에리코에게 속삭였다.

"아."

에리코는 가즈미가 가리킨 방향을 보고 작게 소리쳤다.

퀵서비스 청년이 봉투를 들고 오토바이에서 내리고 있었다.

조금 전 에리코가 오토바이를 빌린 청년이었다. 보아하니 서류를 들고 광고대리점으로 돌아오는 길 같았다.

에리코는 머리를 긁적였다.

"저거면 될 것 같은데?"

동의를 구하는 가즈미를 향해 에리코는 혼잣말처럼 중얼거렸다.

"두 번은 좀 그런데."

"어?"

"뭐, 상관없나."

두 사람은 퀵서비스 청년을 향해 성큼성큼 다가갔다.

"헬멧이 하나밖에 없는데?"

"선배가 쓰세요. 뒷좌석에 앉은 사람이 사망률이 높거든요."

"알았어."

두 여자가 무서운 얼굴로 자신을 향해 오는 걸 본 청년은 어리둥절한 표정을 지었다. 하지만 그중 한 명이 조금 전 오토바이를 강탈한 여자라는 걸 깨닫고 남자는 입을 떡 벌리고 뭐라고 말하려 했다.

가즈미는 그를 제지하며 싱긋 웃었다.

"죄송해요. 급한 일인데 부탁 좀 드려도 될까요?"

98

가요코는 공포에 휩싸여 하염없이 통로를 달렸다.

무슨 일인지 사람이 가득했지만 모두 가요코를 피했다. 경찰들도 왜 그런지 멀리서 자신을 둘러싸고 있었다. 이유가 뭐지?

그녀는 자신에게 폭탄이 있다고 경찰들이 착각하고 있다는 건 꿈에도 몰랐다.

가요코는 양손에 가발과 선글라스를 든 채 필사적으로 달렸다. 상당히 이질적인 모습이었다. 멀리서 보면 사람 머리를 들고 달리는 것처럼 보인다. 시민들이 저도 모르게 도망치는 것도 이상할 건 없었다.

바깥으로 나갈까 생각했지만 그러면 너무 멀리 나가는 것 같아서, 가요코는 야에스 남쪽 출구의 개찰구로 향했다. 자동 개찰구에 카드를 쑤셔 넣고 개찰구 안으로 도망친다.

"거기 서!"

뒤에서 경찰들이 쫓아온다. 돌아보지 않아도 조금 전보다 추격자가 더 늘어난 것은 확실히 알 수 있었다.

자신이 왜 도망치고 있는지, 왜 그들이 자신을 쫓고 있는지, 조금만 생각해보면 상당히 부조리한 상황인데도 가요코는 완전히 혼란에 빠져 있었다. 순간 멈춰서 그들에게 쫓아오는 이유가 뭔지 물어볼 여유 같은 건 전혀 없었다.

심장이 쿵쾅거리며 뛴다. 이렇게 전속력으로 달린 게 대체 얼마 만일까.

아아, 마사히로. 도와줘. 왜 모두 날 괴롭히는 거지? 난 꼭 당신을 만나야 해. 우리는 수많은 고난을 뛰어넘어 사랑을 이루어야 해.

그런 혼자만의 착각도 그녀의 도주를 한몫 거들었다.

아무튼 가요코는 달리고 있었다. 수많은 경찰을 거느리고, 마루노우치 남쪽 출구를 향해.

99

"참 나, 이렇게 멀리 돌아오다니."

"이제 못 걷겠어. 안 그래도 오늘 불편한 하이힐을 신고 왔는데."

마사히로와 미에는 투덜투덜 불평하며 되돌아가고 있었다.

전방이 통행인과 경찰들로 꽉 차 있었기 때문에 야에스 북쪽 출구로 나와 역 바깥을 통해 도쿄중앙우체국에 가기로 한 것이다.

마사히로도 조금 전 멜로드라마 모드에서 벗어나 현실적인 사고 능력을 되찾았는지 머쓱한 얼굴로 힐끗 미에를 바라본다.

"미에, 미안해. 일이 어쩌다 이렇게 돼버렸네. 이제 두 번 다시 이런 부탁은 하지 않을게."

마사히로가 미안해하는 모습을 본 미에도 살짝 웃으며 답했다.

"그래. 이제 이쯤 해둬. 나도 질렸어. 정말로 그만둘 거지? 다른 사람한테라도 이런 역할을 부탁하면 가만 안 있을 거야."

미에는 마사히로의 어깨를 가볍게 쳤다.

"알았어."

"약속했다?"

고개를 끄덕이는 마사히로에게 미에는 새끼손가락을 내밀었다.

어깨에 메고 있던 봉투가 흔들거린다.

이게 뭐지? 상당히 무거운데. 빨리 가요코에게 돌려줘야겠어.

"뭐야, 어린애처럼."

"이 정도는 군말 없이 따라주면 어디 덧나니?"

미에가 입술을 삐죽이자, 마사히로는 살짝 웃으며 어깨를 으쓱하더니 새끼손가락을 내밀었다.

"음?"

그 순간, 미에는 뭔가 나지막한 모터 소리를 들은 것 같았다. 그녀는 고개를 들었다.

"마사히로, 이상한 소리 안 들려?"

"글쎄?"

마사히로도 정면을 보았다.

두 사람은 새끼손가락을 마주 건 채, 정면에서 다가오는 것을 뚫어져라 응시했다. 분명히 뭔가가 다가오고 있다.

전방에서 "꺄악!" "악!" 하는 비명이 들려온다.

"저게 뭐지?" 미에는 어리둥절한 얼굴로 중얼거렸다.

바로 1초 뒤, 두 사람은 그 정체가 전속력으로 달려오는, 연보라색 유니폼 차림의 두 여자가 탄 오토바이라는 사실을 깨달았다.

100

간토생명 도쿄 본사 입구에는 하얀 중형 버스 한 대가 서 있었다. 버스 안에는 사가미하라 본사로 보낼 짐들이 쌓여 있다. 버스는 오전과 오후, 하루에 두 번 운행되는데, 안에는 사가미하라 본사로 가는 몇몇 직원도 타고 있었다.

운전사인 시노야마 야스히데는 서무과 직원과 함께 수도권 지사에서 보낸 서류가 든 커다란 플라스틱 바구니를 운반하고 있었다. 모든 바구니는 서류가 꽉꽉 들어찬 봉투로 가득했다.

초로의 서무과 직원은 문득 어두운 하늘을 올려다보았다. "또 쏟아질 것 같네."

"맞아요. 사가미하라 쪽도 억수로 쏟아지고 있다네요."

"조심해."

"그래야죠, 평소보다 늦었는데."

"도쿄역 쪽은 어떻게 됐대?"

"아직도 교착 상태인 모양이에요." 시노야마는 운전석에서 흘러나오는 라디오를 가리키며 말했다.

"영차. 오늘은 괜히 더 무거운 것 같네."

"7월 전쟁 마지막 날이니까요. 아까도 고탄다 지사의 직원이 계약서를 들고 실어달라며 달려왔잖아요."

"지사 직원들도 고생이야."

"이게 끝이에요."

두 사람은 바구니 수를 확인했다.

"아, 맞다. 시노야마 씨, 이제 곧 시노야마 씨 아들도 여름방학이지? 좋은 걸 줄게."

뭔가 생각난 듯 서무과 직원은 손을 흔들며 빌딩 안으로 뛰어 들어가더니 이내 티켓을 들고 왔다. '간토생명 뮤지컬 〈에미〉 특별 초대권'이라 적힌 티켓을 보고 시노야마는 고개를 끄덕였다.

"아, 지금 광고하고 있는 그 뮤지컬이군요. 재미있어요?"

"우리 집사람이 손자를 데리고 다녀왔는데, 의자가 폭신해서 푹 잤다고 하더군. 어차피 어디 데리고는 가야 할 테니 여기 가도록 해. 간토극장 의자에서 푹 쉬라고."

"아하. 좋은 정보 감사합니다. 감사히 받을게요."

"그래. 아, 시간이 많이 늦었네. 슬슬 가봐. 사가미하라 제시간에 도착하지 않으면 얼마나 말이 많은데."

"네."

시노야마는 시계를 본 다음 서둘러 버스에 올라탔다. 밖을 향해 손을 흔들며 천천히 문을 닫는다.

안에 앉아 있던 직원들을 향해 시노야마는 마이크로 안내 방송을 했다. "오래 기다리셨습니다. 지금부터 사가미하라 본사로 출발하겠습니다."

"비켜!"

가토 에리코가 눈앞의 커플을 향해 외쳤다. 오토바이 뒷좌석에 놓인 커다란 상자 때문에 가즈미는 좁은 공간에 불편하게 앉아 에리코에게 매달릴 수밖에 없었다. 가즈미의 존재로 중심을 잡기가 어려워진 에리코도 온 힘을 다해 떨어지지 않게 버티고 있었다.

남녀가 쌍으로 연예인처럼 생겼군. 뭐야, 새끼손가락을 걸고 있잖아. 바보냐, 나이도 먹을 만큼 먹어서.

여자가 어깨에 멘 도라야 봉투가 거치적거리겠다고 생각한 순간, 놀란 두 사람의 얼굴이 커다랗게 클로즈업됐다. 비명이 터지며 가벼운 충격을 받은 듯한 느낌이 들었지만, 에리코는 아랑곳하지 않고 계속 달렸다.

이제 곧 마루노우치 방면이다.

"뭐야, 저건? 어떻게 저런 짓을……."

"하루에 두 번씩이나 저런 꼴을 보다니. 오늘은 재수 옴 붙은 날인가 봐. 아까는 남자 두 명이더니 이번에는 여자 둘이네."

멀어져가는 오토바이를 지켜보며 마사히로와 미에는 불평을 터뜨렸다.

"어머?"

갑자기 손이 가벼워진 것을 느낀 미에는 저도 모르게 두리번거렸다.

뭔가 짐이 줄었는데?

"앗!"

미에는 멀어져가는 오토바이를 바라보며 소리쳤다. 마사히로는 어리둥절한 표정으로 그녀를 바라보았다.

"왜 그래?"

"저거 봐, 저거. 가요코 씨가 떨어뜨린 봉투야. 방금 부딪칠 때 걸렸나 봐."

도라야의 봉투가 오토바이 뒷좌석 옆에서 펄럭이고 있었다. 플라스틱 상자의 걸쇠에 손잡이가 걸린 것이다.

"뭐? 가요코 물건이라고?"

"그래. 어쩌지. 찾아와야 하는데."

"쫓아갈 수 있을까?"

"넌 도망치는 속도만큼은 세계 챔피언급이잖아. 어떻게 좀 해봐."

"그런 말이 어딨어."

두 사람은 또다시 마루노우치 방면으로 되돌아갈 수밖에 없었다.

"빨리 걸어!"

뒤에서 들려오는 남자의 목소리에 점점 짜증이 담겼다.

하지만 마리카는 몸을 움직일 수가 없었다. 앞으로 가야 해. 가야
해. 생각은 그렇게 하고 있었지만 몸이 꿈쩍도 않는다.

엄마, 도와줘요. 엄마!

머릿속이 비명으로 가득 찼다. 목구멍과 콧속이 아프다. 꾹 참고
있었지만 금방이라도 눈물이 쏟아질 것 같았다. 눈앞의 고요한 풍
경이 흔들린다. 아무래도 고인 눈물 탓이리라.

그 순간, 마리카는 전방에서 사람들이 달려오는 소리를 들었다.

기분 탓만은 아니었나 보다. "뭐지?" 뒤에서 남자가 중얼거리는
소리가 들리자, 마리카는 고개를 들었다.

아사다 가요코는 이제 심장이 터질 것만 같았다.

뒤에서는 대체 몇 명인지 헤아릴 수도 없을 정도로 수많은 경찰
이 쫓아오고 있었다. 그리 길지 않은 인생이지만 이렇게 많은 사람
에게 쫓기는 것은 처음 있는 일이었고, 앞으로의 인생에서도 도저
히 경험할 수 없을 것 같았다.

그건 그렇고, 통로에 왜 이렇게 사람이 없는 거지?

머리 한구석에서 불현듯 그런 의문이 떠오른 순간, 저 멀리 마루
노우치 남쪽 출구의 개찰구가 보였다.

개찰구 앞에 서 있는 한 남자와 두 소녀의 모습이 눈에 들어오긴

했지만, 가요코는 지금 그 세 사람의 상태를 관찰하고 있을 때가 아니었다.

"저, 저게 뭐야?"

개찰구 너머에서 마른침을 삼키며 지켜보던 경찰들은 반대편에서 달려오는 여자와 경찰들을 보고 기겁했다.

"연락 들어온 거 있어?"

"일당인가?"

"왜 하필 이런 타이밍에……."

웅성거림이 번져간다. 경찰들은 여기저기 연락을 취했지만 여자의 정체를 파악할 수 없었다. 필사적으로, 다가오지 마, 거기 서, 하고 제스처를 취했지만, 일당은 끝내 자신들을 향해 달려왔다.

"대체 오늘은 왜 이래?"

시즈쿠이시 간조는 끙 하고 신음했다.

"저, 저게 뭐야?"

겐타로는 정면에서 달려오는 여자를 보고 저도 모르게 뒷걸음질 쳤다. 그의 뇌리에 예전에 텔레비전에서 방영한 드라마 〈팔묘촌〉의 한 장면이 떠올랐다. 하지만 자신이 처한 상황을 떠올린 그는 개찰구 너머의 경찰들을 향해 소리쳤다.

"야, 어떻게 좀 해봐. 저 녀석들 멈추게 하라고! 안 그러면 지금 여기서 일제히 폭탄을……."

침을 튀기며 외치던 겐타로는 황급히 바지 주머니를 뒤졌다.

그래, 여기 기폭장치가, 내가 라이터를 개조해 만든 원격 조작용 스위치가 있을 텐데.

"어라?"

주머니가 빈 것을 눈치챈 겐타로는 머릿속이 새하얘졌다. 그는 저도 모르게 레이나에게서 손을 떼고 온몸의 주머니를 샅샅이 뒤지기 시작했다.

레이나와 마리카는 얼빠진 얼굴로 그 모습을 지켜봤지만, 이내 어떤 결론에 도달했다. 두 소녀는 서로 얼굴을 마주 봤다.

"아저씨." 마리카는 자신의 주머니에 손을 넣었다. "혹시 이거 찾아요?"

마리카는 천진난만하게 라이터를 꺼냈다.

전류가 공기를 스치고 지나간다.

겐타로와, 개찰구 바깥에서 지켜보고 있던 형사들(정확히 말하자면 전직 형사이지만)은 위험한 기폭장치란 것이 저 라이터이며, 이유는 알 수 없지만 그것을 겐타로가 아닌 소녀 하나가 가지고 있다는 사실을 거의 동시에 깨달았다.

"얘야, 이쪽으로 던지렴!" 시라토리는 박력 넘치는 목소리로 외쳤다.

"이 꼬맹이가! 이리 내!" 동시에 겐타로도 외치며 마리카에게 달려들었다.

마리카는 반사적으로 시라토리 쪽을 돌아봤다. 마리카는 학교 소프트볼 대회에서 투수를 맡은 경험이 있었다.

내 직구 실력은 이미 검증됐다고!

마리카는 재빨리 라이터를 언더핸드스로 팔을 어깨 밑에서 위쪽으로 추어올리면서 공을 던지는 행동로 개찰구 너머를 향해 던졌다.

"이 녀석이!"

겐타로의 손이 마리카의 어깨를 붙잡은 순간, 레이나는 겐타로의 왼쪽 다리에 매달렸다. 겐타로는 중심을 잃고 넘어졌다. 넘어지면서 손 안의 칼도 날아갔다.

시라토리는 자동 개찰구로 돌진해 라이터를 받기 위해 손을 뻗었다. 그 뒤에서 경찰들이 일제히 개찰구를 넘어 겐타로를 향해 달려왔다.

공중에서 라이터가 커다란 포물선을 그리며 시라토리의 손을 향해 날아갔다. 그리고 산발한 여자와 그녀를 쫓는 경찰들이 비명과 노성을 지르며 달려왔다.

"대체 무슨 일이야?" 호조 가즈미는 헬멧을 누르며 중얼거렸다.

뭔가 진전이 생긴 듯, 살기등등한 경찰들이 차례차례 분주하게 달려가는 모습이 보였다. 가즈미 일행이 탄 오토바이가 통로에서 뛰어나온 것도 눈치채지 못한 듯, 정신없는 분위기였다. 천하의 에리코도 앞으로 나아가지 못하고 비틀비틀 경찰들을 피하고 있었다.

"짭새들 좀 봐……. 앞으로 갈 수가 없잖아."

에리코는 불평을 내뱉었지만, 분주하게 뛰어다니는 경찰들 주변으로 보도진과 구경꾼이 몰려들고 있었기 때문에 좀처럼 바깥으로 나갈 수가 없었다.

"젠장, 비키란 말이야!"

힘껏 소리쳐봤지만 소란스러운 주위 공기에 파묻힐 뿐이었다.

"대체 무슨 일이야?"

앞다투어 밀려드는 군중 속에 휩쓸린 미에는 황당한 얼굴로 중얼거렸다. 하루 동안 상당한 거리를 걸은 터라 얼굴에는 피로한 기색이 역력했다. 애당초 미에와 마사히로는 도쿄역 안을 돌아다니면서도 현재 무슨 사건이 일어나고 있는지 전혀 몰랐기 때문에, 갑작스러운 아비규환에 당혹스러워하는 것도 무리는 아니었다.

"마사히로, 보여?"

미에는 고생고생하며 뒤에서 따라오는 마사히로를 향해 외쳤다.

"응, 보여. 20미터쯤 앞에 가고 있어."

마사히로는 고개를 뻗어 앞쪽에서 천천히 달리는 오토바이를 보았다. 군중 덕분에 쫓아가던 오토바이가 제대로 앞으로 나아가지 못한 것은 불행 중 다행이었지만, 좀처럼 거리를 좁힐 수가 없었다.

"정말이지, 대체 오늘은 일진이 왜 이 모양이야?"

마사히로는 이마의 땀을 닦으며 불평했다.

다가미 유코는 느닷없이 몰려든 경찰들 속에 파묻히지 않기 위해 필사적이었다. 고생 끝에 드디어 찾은 쿠키를 사수해야만 한다. 그녀는 봉투를 꼭 껴안고 인파에 휩쓸리지 않으려고 다리에 힘을 줬다.

인질은 어떻게 됐을까? 그 녀석은 붙잡힌 건가?

상황을 확인하고 싶었지만 앞이 꽉 막혀 있었다. 포기하지 않고 두리번거리던 유코의 눈에 저 멀리 낯익은 얼굴이 보였다.

어라? 호조 선배랑 가토 선배잖아?

유코는 오토바이에 탄 채 짜증스러운 표정을 짓고 있는 회사 선배들의 얼굴을 발견하고, 지금이 계약서를 보내야 하는 시간이라는 걸 깨달았다. 열심히 손을 흔들어봤지만 이 인파 속에서 알아볼 리 없었다.

포기하고 손을 내리려던 순간, 유코는 군중 속에서 또 다른 낯익은 얼굴을 발견하고 화들짝 놀랐다. 그녀는 황급히 옆에 있던 요로의 어깨를 치며 말했다.

"아, 저기, 저 사람들이에요!"

"뭐라고요?"

"조금 전에 저기 있던 커플이 틀림없어요!"

"좋았어, 붙잡는다!"

요로는 야마모토에게 눈으로 신호를 보낸 다음, 어렵게 군중 속으로 뛰어들어 커플을 향해 천천히 이동하기 시작했다.

경찰들은 드디어 가요코를 붙잡았다. 하지만 너무 힘이 넘쳐났던 탓일까. 달리다 지친 그녀의 다리가 꼬이면서 그들은 개찰구 근처에서 차례차례 도미노처럼 쓰러졌다.

가와조에 겐타로를 붙잡기 위해 달려온 경찰도 몰려들고 있던 터라 누가 누군지 알 수가 없었다. 개찰구 부근은 수많은 경찰들이 밀고 밀리는 일대 혼란에 빠졌다.

가요코는 철퍼덕 바닥에 내동댕이쳐졌다. 들고 있던 핸드백이 바닥과 가슴 사이에 끼면서 그녀의 위장은 격한 충격을 받았다.

순간 위 속 모든 것이 역류했다. 녹기 시작한 캡슐이 입 밖으로 튀어나왔다. 누군가가 캡슐을 짓밟고 지나갔다. 그리고 그 위를 또 다른 사람이 밟고 지나갔다. 얼마 지나지 않아 납작해진 캡슐은 이내 흔적조차 없이 사라지고 말았다.

가요코의 눈앞에 빨간 불꽃과 별이 날아다녔다.

아아, 그를 향한 내 마음이 가슴속에서 별이 되었나 봐.

"가와조에 겐타로의 신병을 확보했답니다!"

"한패로 보이는 수상한 여자도 붙잡았습니다!"

일제 돌입을 개시한 지 5분이란 시간이 흘렀다.

여기저기에서 들어온 정보가 복잡하게 뒤섞여 있었지만, 아무래도 사건은 순식간에 해결되어가고 있는 것 같았다.

"좋았어. 지금이야, 가자!"

그때까지 마른침을 삼키며 바깥에서 촬영하고 있던 방송국 스태프들이 미야코시 신이치로를 선두로 혼잡한 경찰을 헤치고 다시 역 안으로 진입했다.

"이봐요, 들어오면 안 됩니다!"

미야코시 일행의 존재를 눈치챈 경찰이 황급히 제지하려 했지만, 이미 스태프들은 카메라와 조명을 들고 개찰구 근처까지 이동한 상태였다. 미야코시는 마이크를 향해 소리쳤다.

"드디어 움직이기 시작했습니다! 지금 사건은 해결의 조짐을 보이고 있습니다! 인질로 잡혔던 두 아이도 무사하다고 합니다!" 그러곤 경찰의 보호를 받으며 넋 나간 얼굴로 걸어오는 소녀들을 향해 달려들었다. "장하다, 장해! 지금 기분은 어떠니?"

조명을 비추며 마이크를 들이대자, 두 소녀는 어리둥절한 표정으로 미야코시와 주변 스태프를 둘러봤다. 그러고는 이내 얼굴을 마주 보며 교대로 입을 열었다.

"네, 정말 기뻐요. 저희도 서로를 다독이며 꾹 참았어요."

"저희는 같은 일을 하는 친구예요. 지금까지 꾸준히 해온 연습이 도움이 됐어요."

"같은 일을 하는 친구?"

미야코시의 질문에 두 소녀는 기다렸다는 듯 카메라를 향해 싱긋 웃으며 말했다.

"8월 11일부터 간토극장에서 상연하는 뮤지컬 〈에미〉에 출연합니다. 여러분, 많이 보러 와주세요."

"8월 25일에 방영하는 KBS의 특집 드라마 〈여름 약속〉에 출연합니다. 꼭 보세요."

천사와 같은 영업용 미소를 본 스태프들은 어안이 벙벙할 뿐이었다.

뒤에 있던 스태프가 미야코시 신이치로를 건드리며 귓속말로 속삭였다. "둘 다 내보내면 안 돼요. 우리 스폰서는 다이니치생명인데다, 타 방송국 드라마란 말이에요."

하지만 이미 늦었다. 두 소녀의 말은 생방송으로 전국에 중계되고 있었다.

현장의 혼란을 틈타 역 안에 진입한 것은 방송국 스태프들만이 아니었다. 호기심 왕성한 세 학생도 상황이 진전되자 곧바로 안으로 밀고 들어왔다.

"어때? 범인 찾았어?"

"누가 범인인지 모르겠어."

"경찰 진짜 많다!"

"범인은 밑에 깔린 거 아냐?"

"도미노 현상이 무섭긴 무섭구나."

"있잖아, 저기 저 여자. 혹시 우리가 찾아다니던 사람 아냐?" 하루나가 날카롭게 핑크색 정장을 가리켰다.

"어? 아, 진짜네. 역시 아까 그건 가발이었구나."

"왜 저 여자가 경찰에게 붙잡혔지?"

"슬슬 위험할 때가 됐어." 하루나는 손목시계를 보았다.

다다시는 그제야 생각난 듯 가바야를 보며 물었다. "이럴 경우에는 어떻게 되는 거야?"

하루나는 매섭게 다다시를 돌아보며 외쳤다. "먼저 찾은 건 나야!"

"웃기지 마! 거의 동시에 발견했잖아!" 다다시 역시 당황한 표정으로 응수했다.

"무슨 소리야! 내가 가리켜서 그제야 본 주제에!"

"나도 알고 있었어. 말하지 않은 것뿐이지."

순식간에 분위기가 험악해진다.

가바야는 조심스레 중얼거렸다. "그보다 구급차를 부르는 게 먼저 아닐까? 캡슐이 조금씩 위 속에서 녹는다면서."

"저기, 죄송합니다. 하나만 물어볼게요."

다가미 유코와 전직 형사들은 겨우 미에를 따라잡을 수 있었다. 뒤를 돌아본 미에는 어리둥절한 표정을 지었다. 처음 보는 여자와 날카로운 눈매의 노인들이 서 있었다.

누구지? 거래처 직원들인가?

사람 얼굴은 좀처럼 잊지 않는 편이라고 자부했는데, 미에는 눈 앞에 서 있는 사람들이 누구인지 도저히 기억해낼 수 없었다.

"저기, 누구시죠?"

"저기, 아까 그쪽 옆에 서 있었는데, 혹시 가지고 있던 도라야 봉 투가 바뀌지 않았나요?" 여자는 조심스러운 목소리로 물었다.

미에는 점점 혼란스러웠다. 왜 이 사람들이 가요코의 봉투에 대 해 알고 있는 거지?

"실은……."

전직 형사들의 간략한 설명을 듣고 미에는 기겁했다.

"포, 폭탄이라고요?"

"그래요, 아무래도 그 봉투에 들어 있는 모양입니다."

머릿속이 새하얘졌다. 내가 폭탄이 든 봉투를 휘두르고 찌르고 했단 말이야?

등골이 오싹해졌다. 무지란 무서운 법이다.

전직 형사들은 불현듯 미에의 손을 내려다보았다. 그리고 그녀의 손에 봉투가 없다는 사실을 깨달았다. 미에는 그 시선에 작게 고개 를 끄덕이며 창백한 얼굴로 저 너머를 가리켰다.

"실은 아까 야에스 쪽에서 달려온 오토바이와 부딪쳤을 때……."

이번에는 유코가 기겁할 차례였다. 미에가 가리킨 방향에는 가즈미와 에리코가 탄 오토바이가 있었다.

서, 설마, 선배들이…….

"저, 저 사람들, 저희 회사 직원이에요!"

"뭐라고요?"

형사들은 유코의 외침에 화들짝 놀란 표정을 지었다.

"오늘이 영업 실적 마감일이거든요. 계약서를 가지고 도쿄 본사로 가는 거예요!"

시라토리와 시즈쿠이시는 혼잡한 광장 안에서 경찰들과 함께 마리카가 던진 라이터를 혈안이 되어 찾고 있었다. 분명히 날아오는 것을 봤고, 받을 수 있었는데, 갑자기 이상한 여자와 경찰들이 몰려오는 바람에 라이터는 행방불명 상태다.

"찾았어?"

"없습니다."

"분명히 근처에 있을 거야. 꼭 찾아야 해. 언론에서 알면 안 돼."

풀려난 인질을 향해 몰려든 보도진을 곁눈질하며, 시라토리 일행은 주저앉아 날카로운 시선으로 주변을 둘러봤다. 하지만 라이터는 좀처럼 보이지 않았다. 크기는 작았지만 못 보고 지나칠 만한 물건은 아니었다. 식은땀을 뻘뻘 흘리며 시라토리는 허리를 붙잡고 욕설을 퍼부었다.

"대체 어디로 사라진 거야?"

군중 속에서 어느샌가 미에와 헤어진 마사히로 역시 인파에 휩쓸려 흘러가는 도중에 경찰에게 끌려가는 가요코의 모습을 발견했다. 그는 저도 모르게 손을 흔들며 큰 소리로 외쳤다.

"가요코!"

가요코는 화들짝 놀라 고개를 들었다. "마사히로!"

이런 경우에는 '비 내린 뒤에 땅이 굳는다'라는 표현을 사용해야 할까, 아니면 역경에 처한 남녀가 보게 되는 환영이라고 해야 할까. 이 순간만큼은 극적으로 재회한 멜로드라마의 주인공이 된 두 사람이었다.

특히 마사히로는 조금 전 방송의 여운이 아직도 남아 있는지 가요코를 향해 달려가며 애절하게 외쳤다.

"기억해? 그 우체통 말이야."

가요코는 눈물을 글썽이며 답했다. "그럼, 물론이지. 우체통 위에 놓인 천사의 머리를 쓰다듬으면서 세상을 하나로 만들기 위해 사회인으로서 의무를 다하자고 맹세했잖아."

"맞아, 그랬어. 만기가 된 적금을 어디다 맡길지 이야기했어."

"난 투자신탁을 권했지. 최저 금리라 정기로 넣어봤자 아무 이익도 없으니까. 그럴 바엔 차라리 저축예금으로 돌려서 유동성을 높인 다음에……."

"난 달러 외화예금으로 돌릴까 했는데 가요코가 그러지 말라고 했잖아."

"확실히 달러가 강세지만, 외화예금은 의외로 위험성이 높아. 왜나하면……."

"저기……."

경찰들이 완전히 둘만의 세계에 빠진 그들의 모습을 황당한 얼굴로 지켜보는 가운데, 하루나 일행이 조심스레 말을 걸었다.

"지금, 구급차를 불렀습니다만."

드디어 사람들을 헤치고 도쿄 본사에 도착한 가즈미와 에리코는 이미 버스가 출발했다는 소식을 듣고 초조했다.

"젠장, 상황이 이러니 분명히 늦게 출발할 거라고 생각했는데." 가즈미는 혀를 찼다.

"쫓아가죠." 에리코는 엔진에 시동을 걸며 힘찬 목소리로 말했다. "어딜 지날지 대충 짐작이 가요. 괜찮아요, 아직 늦지 않았어요."

에리코의 두 눈이 번득인 것을 보고 가즈미는 일말의 불안을 느꼈다.

"긴급 출동, 긴급 출동. 여자 두 명이 탄 오토바이. 두 사람은 간토생명 야에스 지사 직원으로 연보라색 유니폼을 입고 있다. 뒷좌석에 도라야 봉투가 걸려 있다. 봉투에는 얼룩끈 간부가 만든 폭탄이 들어 있을 것으로 추정된다."

"여자 두 명은 간토생명 도쿄 본사에서 사가미하라 본사로 향하는 버스를 추적 중이다. 흰색 중형 버스다."

"둘 중 하나라도 발견했을 경우 신속하게 연락하라."

"긴급 출동, 긴급 출동. 여자 둘이 탄 오토바이. 오토바이는 뒷좌석에 하얀 상자가 달려 있다. 퀵서비스 회사의 로고가 들어간……."

"여자 두 명은 간토생명 야에스 지사 직원이다. 이름은 가토 에리코와 호조 가즈미. 운전자인 가토 에리코는 헬멧 미착용."

남자는 지지직거리는 경찰차 무선을 통해 차례차례 흘러나오는 목소리에 반응을 보이더니 갑자기 몸을 일으켰다.

조금 전 이치하시 겐지와 장렬한 레이스를 벌였지만 가토 에리코의 출현으로 인해 빈혈을 일으키며 쓰러진 히가시야마 가쓰히코였다. 도쿄역 인질극 사건으로 일단 협력 체제를 취하고 있던 지바 현 경시청의 경찰차는 사건이 해결되었다는 소식을 듣고 돌아갈 준비를 하던 참이었다.

"뭐? 가토 에리코가 또 오토바이를 몬다고?"

"경사님, 아직 일어나시면 안 됩니다."

부하 직원들이 황급히 가쓰히코를 눕히려 했지만 가쓰히코는 핏대를 세우며 소리쳤다.

"쫓아! 쫓으라고! 놓치면 안 돼. 무슨 일이 있어도 붙잡아! 잘 들어! 이번에 또 놓치면 난 죽어도 눈을 못 감아!"

"아, 알겠습니다."

박력 넘치는 그 모습에 부하들도 모자를 고쳐 쓰고 핸들을 틀었다. 그들은 차례차례 방향을 바꾸어 달리기 시작했다. 순식간에 경찰차 사이렌 소리가 주변을 가득 채웠다.

필립 크레이븐은 곤경에 처해 있었다.

그것은 경찰들과 진이치 역시 마찬가지였다. 필립의 반려동물인 다리오가 아직도 진이치의 얼굴에 찰싹 달라붙어 있었기 때문이었다. 광장 구석에서 달래도 보고 혼도 내봤지만, 인간 불신에 빠진 다리오는 도무지 떨어지려 하지 않았다.

담당 경찰은 지친 나머지 얌전해진 진이치와 다리오, 그리고 필립을 번갈아 바라보며 말했다. "죄송합니다만, 이대로라면 서까지 동행해주셔야겠습니다."

그때 구미코가 나타났다. "필립, 무슨 일이에요?"

말도 통하지 않아서 어쩔 줄 모르던 필립은 눈을 반짝이며 그녀의 이름을 불렀다. "구미코!"

"그녀의 기가 사라졌어요. 어디 먼 곳으로 가버린 모양이에요. 내 능력으로는 더는 쫓을 수 없어요."

구미코는 지친 듯 고개를 좌우로 저었다. 하지만 불현듯 생각났는지 주변을 두리번거렸다.

"어머, 여기에도 정체된 기의 흐름이 느껴져요. 음? 이게 뭐지?"

구미코는 얼굴에 이구아나가 달라붙은 남자를 빤히 바라보았다.

"구미코, 실은 말이죠."

"쉿." 그녀는 우물쭈물 말을 거는 필립을 제지했다. "좋지 않아. 새로운 기를 보내야 해요. 여기서 뭔가 원한 같은 것이 느껴져요."

구미코는 눈을 감고 두 손을 모았다. 핫! 날카롭게 외치는 소리에 주변에 있던 경찰들은 화들짝 놀란 표정을 지었다.

그 순간, 다리오는 갑자기 확 고개를 들더니 바닥으로 폴짝 뛰어내렸다.

"오오."

"해냈어!"

환호성이 터져 나왔다. 곧이어 땀과 눈물로 범벅이 된 진이치의 얼굴이 나타나자, 경찰들은 다시 그를 포박했다. 필립은 황급히 다리오를 안아 올렸다. 뭔가에 홀렸다 제정신으로 돌아온 듯, 다리오는 상쾌한 표정으로 필립을 바라보았다.

"역시 구미코네요."

"도쿄에도 이런 커다란 도마뱀이 있다니, 조심해야겠어요." 구미코는 침착한 목소리로 중얼거렸다.

그 순간, 필립은 처음으로 이 일본인 여자가 상당한 괴짜일지도 모른다는 생각을 했다. 하지만 그 생각은 금세 기를 다루며 이구아나를 길들이는 슈퍼우먼을 주인공으로 한 영화로 모습을 바꿨다. 영화는 그의 머릿속 스크린에서 꿈틀거리며 움직이기 시작했다.

좋았어! 다음 〈나이트메어〉는 이걸로 가자! 범인은 저택 밖에서 기를 보내 살인을 저지르며 밀실 살인을 완성하는 거야! 혁신적이다! 분명히 관객들도 좋아할 거야!

필립은 곧바로 시나리오 작업에 착수하기 위해 서둘러 호텔로 돌아갔다.

"앗, 마사히로!"

광장에 도착한 미에의 눈에 들어온 것은, 마사히로와 가요코, 그리고 사정 청취를 위해 동행한 경찰들이 구급차에 올라타 달려가는 광경이었다.

"가요코는 무사할까요?"

미에는 그곳에 서 있는 낯익은 학생들 얼굴을 둘러봤다. 세 사람은 진지한 표정으로 미에의 얼굴을 빤히 보았다.

미에는 걱정스레 물었다. "왜 그래요? 무슨 일이라도 생긴 거예요? 설마 가요코의 상태가 악화된 건 아니겠죠?"

"아뇨. 그분은 괜찮아 보였어요." 가바야는 미안한 듯 미에를 보았다. "잠깐 부탁을 드리고 싶은 게 있는데요."

"응? 무슨 소리죠?"

"오늘 안으로 차기 회장을 정해야만 하거든요."

다다시와 하루나는 창백한 얼굴로 미에를 빤히 바라보았다.

"세 분의 나이와 직업에 대해 저희 두 사람이 추리해볼게요. 어느 쪽이 진실에 가까운 답을 내놓는지 판단해주세요."

미에는 얼빠진 얼굴로 외계인 보듯 두 사람을 번갈아 바라봤다.

시노야마 야스히데는 멀리서 우렁차게 울려 퍼지는 사이렌 소리를 들었다.

무슨 일이 있나? 화재라도 났나? 그런 생각을 하며 백미러를 들여다봤지만 아무래도 경찰차인 것 같았다. 저 멀리 뒤에 수많은 붉은 경광등이 보였다.

무슨 일이지? 사건인가?

버스에 타고 있던 직원들 모두 의아한 표정으로 뒤를 돌아봤다.

"이, 이봐. 저기 우리 회사 직원 아냐?"

"아, 정말이네."

뒤에서 외치는 소리를 듣고 설마 하는 마음에 뒤를 돌아보니, 오토바이를 탄 여자들의 모습이 보였다. 자세히 보니 분명히 회사 유니폼을 입고 있었다.

오토바이는 점점 속도를 올려 버스를 쫓아왔다. 어쩐지 경찰차도 속도를 올려 쫓아오는 것 같다.

서, 설마.

그 순간, 시노야마는 경찰차가 그 오토바이를 쫓고 있을 가능성을 떠올렸다. 게다가 그 오토바이가 쫓고 있는 것은 자신이 운전하는 이 버스라는 사실도 함께.

시노야마는 순간 도망치고 싶어졌다. 오토바이는 더욱 속도를 올려 이제는 운전석까지 따라붙을 기세였다.

두 사람 중, 뒷좌석에 앉은 헬멧을 쓴 여자가 손을 뻗어 운전석

창문을 똑똑 두드렸다.

"헉." 시노야마는 당황해 어쩔 줄을 몰랐다.

"안녕하세요. 야에스 지사에서 왔습니다, 계약서 가져가세요!"

여자는 봉투를 내밀었다.

악몽이다. 이건 분명히 악몽이다.

시노야마는 반사적으로 조심스레 창문을 열었다. 여자는 그 즉시 커다란 봉투를 들이밀었다.

"꼭 바구니에 넣어주세요!"

무시무시한 목소리가 울려 퍼졌다. 시노야마는 황급히 뒤쪽에 놓인 커다란 플라스틱 바구니에 봉투를 던져 넣었다. 그 모습을 끝까지 지켜본 여자는 고개를 끄덕였다.

"잘 부탁드립니다!"

오토바이는 속도를 줄이더니 눈 깜짝할 사이에 뒤로 멀어졌다.

꿈이다. 지금 꿈을 꾸고 있는 것이다. 시노야마는 필사적으로 자신을 타일렀다. 경찰의 추격을 받으며 오토바이를 타고 계약서를 가져오는 직원이 있다니, 말도 안 된다.

플라스틱 바구니 안에서 달그락거리는 봉투 소리를 들으며, 시노야마는 그저 앞만 보며 운전을 계속했다.

"경찰이 쫙 깔렸네."

"볼일은 끝났어. 서둘러 돌아가자."

무사히 봉투를 건네자 에리코는 속도를 줄였다. 그녀가 차체를 기울인 순간, 뒷좌석 상자 걸쇠에 가까스로 매달려 있던 도라야 봉투가 털썩 바닥으로 떨어졌다. 두 사람 모두 그때까지 봉투가 매달려 있던 사실도, 지금 바닥에 떨어졌다는 사실도 알지 못했다.

"꽉 잡으세요. 지금부터 단숨에 녀석들을 따돌리고 지사로 돌아갈 테니까요."

"부탁해. 휴, 이제야 겨우 간식을 먹을 수 있겠네."

에리코는 무서운 기세로 속도를 올리며 갓길로 빠졌다.

"잠깐만! 거기 서! 봉투가 떨어졌어!"

전방의 오토바이에서 봉투가 떨어진 순간, 선두에서 달리던 경찰차는 급브레이크를 밟았다. 속도를 내며 달리고 있었기 때문에 곧바로 정지하진 못하고 도로 위를 미끄러지듯 움직인다. 핏발을 세우고 오토바이를 뒤쫓던 뒤차들이 차례차례 선두 차량과 연쇄 추돌을 일으켰다.

"으악! 위험해! 봉투를 깔아뭉개겠어!"

줄줄이 사탕이 된 경찰차들이 함께 도로 위를 미끄러졌다.

끼이익, 끼이익, 무시무시한 소리를 내며 아스팔트 도로 위를 미끄러지던 제일 앞 차량 범퍼가 봉투 50센티미터 앞에서 딱 멈췄다.

"봉투에 든 폭탄은 회수한 모양이야."

연락을 받은 야마모토 도요히코가 그렇게 소리치자, 함께 있던 요로 히데토모와 다가미 유코, 아즈마 순사쿠는 함께 환호성을 질렀다.

"천만다행입니다."

"정말 다행이네요."

유코와 순사쿠는 서로 손을 잡고 기쁨을 나눴다.

그곳에 시라토리와 시즈쿠이시가 나타났다. 라이터를 찾지 못해서 표정은 침울했지만, 아키후미에게 도내에 설치한 폭탄 위치가 적힌 메모가 있었기 때문에 일단 최악의 사태는 막을 수 있게 되어 한숨 돌린 참이었다.

"정말 굉장한 하루였어요."

시즈쿠이시는 순사쿠와 유코를 향해 쓴웃음을 지었다.

"아, 지금 시상이 떠올랐습니다." 순사쿠는 집게손가락을 들며 즉흥적으로 시를 읊었다. "비 갠 하늘에 눈부시게 빛나는 친구의 미소."

"천만다행이야."

드디어 보도진과 경찰들에게서 해방된 마리카는 아키코와 얼싸안았다.

"큰일 나는 줄 알았어. 정말 다행이다."

아키코는 마리카의 머리에 얼굴을 묻고 엉엉 울었다.

"아빠가 텔레비전 봤을까요? 오늘 초밥 먹을 수 있어요?"

"아, 맞다. 초밥 먹기로 했지." 아키코는 태연하게 말하는 마리카의 모습에 살며시 웃으며 눈물을 닦았다. "하지만 경찰 아저씨들이 아까 일을 차례대로 이야기해달라고 했으니까, 집에 가려면 조금 더 있어야 할 거야. 그래, 아빠한테 연락해야겠다."

"나도 친구한테 전화할래요. 텔레비전 봤는지 확인해야겠어요. 아, 녹화했는지도 물어봐야지. 내 얼굴이 어떻게 나왔는지 궁금해요."

아키코는 얼빠진 얼굴로 마리카를 봤다.

"정말, 너는. 아까까지만 해도 인질로 잡혀서 칼로 위협까지 받았으면서."

"하지만 난 프로 연기자잖아요. 내 연기를 똑똑히 확인하고 싶단 말이에요."

그렇지?

마리카는 조금 떨어진 곳에서 엄마와 얼싸안고 있는 레이나를 힐끗 보았다. 레이나 역시 마리카의 눈빛을 알아챈 모양이다. 두 사람이 싱긋 미소를 주고받았다.

"엄마는 다리에 힘이 풀려서 움직이지도 못하겠어."

경찰들의 보호를 받으며 경찰차에 올라타던 아키코는 바닥에 떨어진 뭔가에 발이 걸려 작게 비명을 질렀다.

"정말! 이게 다 이 구두 때문이야!"

아키코는 수선을 마친 구두를 밉살스럽다는 듯 내려다보더니, 마리카의 손을 꼭 잡고 경찰차에 올라탔다.

"오래 기다리셨죠!"

겨우 지사로 돌아온 유코는 쿠키가 든 상자를 열었다.

에리코, 가즈미, 부장, 과장, 모두 기대에 찬 얼굴로 상자를 들여다봤다. 하지만 안에는 가루가 된 쿠키의 잔해가 상자를 가득 메우고 있을 뿐이었다.

　

자.

드디어 소란이 잠잠해진 도쿄역에 밤이 찾아왔다. 마지막으로 마리카가 언더핸드스로로 재빨리 던진 그 라이터가 어떻게 되었는지 알아보자.

그때, 공중에 날아오른 라이터는 일단 그곳으로 뛰어든 가요코의 어깨에 맞았고, 그 반동으로 다시 튀어 올라 광장을 향해 날아갔다. 그 때문에 시라토리는 라이터를 보지 못한 것이다.

공중에서 떨어진 라이터는, 겐타로를 붙잡기 위해 돌진한 경찰의 머리에 맞은 다음 다시 튀어 올라 역 밖으로 날아갔다.

그곳에는 역시 역 안으로 뛰어들려 한 방송국 스태프가 있었다. 그가 든 조명에 부딪힌 라이터는 바닥에 떨어져 빙글빙글 돌면서 도로 구석으로 내동댕이쳐졌다. 주변 사람들이 점점 역 안으로 뛰어들고 있었기 때문에 아무도 그 라이터의 존재를 알아채지 못했다. 시라토리 일행이 광장 바닥을 뒤지고 있을 무렵에 이미 라이터는 바깥쪽 도로에 떨어져 있었던 것이다.

경찰차에 올라타던 아키코의 발에 채인 것이 바로 이 라이터였다. 때문에 라이터는 더더욱 도로 중간으로 내몰리게 되었다.

아이들과 엄마를 태우고 움직이기 시작한 경찰차가 마지막 일격을 가했다.

타이어에 치인 라이터는 작게 포물선을 그리며 어떤 장소에 떨어졌다. 그것은 도쿄중앙우체국 앞에 있는 천사가 올라탄 우체통 안이었다.

우편은 세상을 이어준다.

이윽고 우체국 직원이 우편물을 회수하러 올 것이다.

겉보기에는 고급스러운 지포 라이터처럼 보이니, 어쩌면 그는 그것을 집어 들고 불을 붙이려 할지도 모를 일이다. 과연 그가 불을 붙일 것인가, 붙이지 않을 것인가. 또한 그가 불을 붙인다면 그것은 경찰이 도내에 설치된 폭탄을 찾아내는 것보다 먼저일까, 아니면 나중일까.

그것은 또 다른 도미노의 이야기이며, 앞으로 쓰러질지도 모르는 다른 한 조각에 지나지 않는다.

마술처럼 펼쳐지는 온다 리쿠의 도미노 월드

온다 리쿠는 미스터리, 호러, 판타지 등 다양한 방면에 걸쳐 재능을 발휘하는 작가이지만, 개인적으로는 차분하고 신비로운 작품을 주로 쓴다는 이미지가 있다. 그런 작가의 작품 중에서도 이색적인 작품이《도미노》가 아닐까 싶다.

드넓고 복잡한 도쿄역을 주 무대로, 일견 아무런 관계도 없어 보이는 여러 등장인물의 행동들이 꼬리에 꼬리를 물고 연쇄적으로 이어져 마침내 하나의 큰 그림을 완성하는 이 작품은 누구나 가볍게 즐길 수 있는 유쾌한 엔터테인먼트 소설이지만, 과연 온다 리쿠답게 그 구성과 인물 조형에는 빈틈이 없다. 그야말로 제목에 걸맞게 한 점에서 출발해 주르륵 쓰러져 다시 제자리로 돌아오는 도미노 놀이를 보는 듯한 느낌이다. 차례차례 바뀌는 시점과 속도감 넘치는 전개, 생생하게 뇌리에 떠오르는 소설 속 광경들은 흡사 영화를 방불케 한다.

또한 이야기를 구성하는 도미노 조각들도 제각기 고유의 개성을 가지고 있다. 실적 마감 직전까지 1억 엔짜리 계약서를 본사에 전달해야 하는 회사원, 속도에 미쳐 있는 전직 폭주족, 뮤지컬 배역을 두고 경쟁하는 아역배우, 지명수배 명단에 올라 있는 전설의 테러리스트, 그 테러 조직을 오랫동안 추적해온 전직 형사, 신작 호러영화 홍보차 도쿄에 방문한 미국 영화감독, 회장이 되기 위해 치열한 경합을 벌이는 미스터리 동아리의 회원들 등등……. 열 손가락으로 세어봐도 모자랄 수많은 인간 군상의 모습에 놀랄 테지만, 이야기를 읽다 보면 그 한 명 한 명의 이름은 물론, 성격까지 어느새 저절로 머릿속에 남는다. 그리고 이들의 이야기를 하나의 구도에 담아내는 작가의 능력에 절로 감탄하게 된다.

도쿄역에 가본 분들은 공감하시겠지만, 처음 그곳에 갔을 때 대체 이곳이 역인지 무엇인지 알 수 없는 그 정신없고 복잡한 공간과 그곳을 오가는 사람들의 모습을 보고 무척이나 놀랐던 일이 기억난다. 책을 읽는 동안 그런 도쿄역의 모습을 머릿속에 떠올리며 등장인물들의 동선을 함께 좇다 보니, 눈 깜짝할 사이에 시간이 흘러가 있었다. 도쿄역을 방문하신 경험이 있는 분들께는 멋진 선물이 될 것 같다.

하지만 그런 경험이 없다 해도 걱정할 필요는 없다. 온다 리쿠의 마술 같은 필력이 순식간에 당신의 머릿속에 거대한 도쿄역을 세워 놓을 테니.

최고은

옮긴이 **최고은**

현재 도쿄대학교 대학원 총합문화연구과에서 일본문학을 연구하며 전문 번역가로
활동하고 있다. 옮긴 책으로는 온다 리쿠의 《도미노 in 상하이》, 기리노 나쓰오의
《천사에게 버림받은 밤》, 노리즈키 린타로의 《잘린 머리에게 물어봐》, 마리 유키코의
《골든애플》, 요코야마 히데오의 《64》, 무라타 사야카의 《소멸세계》 등 다수가 있다.

도미노

1판 1쇄 인쇄 2023년 3월 15일 **1판 1쇄 발행** 2023년 3월 22일

지은이 온다 리쿠 **옮긴이** 최고은
펴낸이 고세규
편집 백경현 정혜경 **디자인** 윤석진
마케팅 이헌영 **홍보** 이태린 반재서

발행처 김영사
주소 경기도 파주시 문발로 197(문발동) 우편번호 10881
등록 1979년 5월 17일 (제406-2003-036호)
구입 문의 전화 031)955-3100 **팩스** 031)955-3111
편집부 전화 02)3668-3289 **팩스** 02)745-4827 **전자우편** literature@gimmyoung.com
비채 블로그 blog.naver.com/viche_books
인스타그램 @drviche **트위터** @vichebook
ISBN 978-89-349-4233-7 03830 책값은 뒤표지에 있습니다.

비채는 김영사의 문학 브랜드입니다.